公元787年，唐封疆大吏马总集诸子精华，编著成《意林》一书6卷，流传至今

意林：始于公元787年，距今1200余年

青春最美，梦想出发

中国式好看轻小说优鲜品牌

意林轻文库
绘梦古风系列 0422

萌晞晞 著

千金逍遥纪

① 少主出山

吉林摄影出版社
·长春·

图书在版编目（CIP）数据

千金逍遥纪.①,少主出山/萌晞晞著.--长春:吉林摄影出版社,2017.11
（意林·轻文库.绘梦古风系列；042号）
ISBN 978-7-5498-3390-0

Ⅰ.①千… Ⅱ.①萌… Ⅲ.①长篇小说-中国-当代Ⅳ.①I247.5
中国版本图书馆CIP数据核字(2017)第273464号

千金逍遥纪①少主出山
QIANJIN XIAOYAO JI ①SHAOZHU CHU SHAN

著　　者	萌晞晞
出版人	孙洪军
总策划	安　雅　张　星
责任编辑	李　彬
图书统筹	朱　颜
特约编辑	曹爱云
绘　　图	葡　萄
书籍装帧	刘　静
图书设计	袁　萌
开　　本	700mm×1000mm 1/16
字　　数	300千字
印　　张	12.5
版　　次	2017年11月第1版
印　　次	2017年11月第1次印刷

出　　版	吉林摄影出版社
发　　行	吉林摄影出版社
地　　址	长春市泰来街1825号
	邮编：130062
电　　话	总编办：0431-86012616
	发行科：0431-86012602
网　　址	www.jlsycbs.net
经　　销	全国各地新华书店
印　　刷	北京嘉业印刷厂

书　　号	ISBN 978-7-5498-3390-0	定价：25.80元

版权所有　侵权必究
如发现印装质量问题，请与印务部联系退换，电话：010-51908584

目录 Contents

第一章	代理盟主不好当	001
第二章	怪癖神偷送上门	023
第三章	江湖遍地是陷阱	041
第四章	沙漠商队为马贼	051
第五章	南国春里遇青梅	069
第六章	秘籍惊现承天教	089

目录 Contents

第七章	云谲波诡五人行	103
第八章	身份识破青莲死	119
第九章	一夜惊变河洛宫	145
第十章	绝处逢生玩潜伏	165
第十一章	武林大会反转多	179
尾　声	江湖险恶须防偷	193

第一章

代理盟主

不好当

"小姐，小姐醒醒！武林大会就在后日了。您不发话，我们都不知道该怎么置办啊！"

正在睡梦中与武林第一剑客打得如火如荼、不分上下的上官清，硬生生被丫鬟小媛给摇醒了。可恶，她最擅长的"夺命十八鞭"都还没使出来呢！

上官清翻了个身朝里，摆摆手，不耐烦地道："武林大会的事儿去找我哥啊！我又不管这破事。"

"您忘啦，盟主他几天前就离开了，现在您是代理盟主呀！"小媛无奈地抓住上官清的肩膀把她扳了过来，"这上官府和整个江湖上的大小事宜，可都等着您来做主呢！"

上官清的脑中有一瞬的空白，紧接着发出一声痛苦的呻吟，绝望地把被子一拉，盖在自己皱成一团的小脸上。

是了，她怎么就忘了，她那个不靠谱的哥哥上官澈，五日前留书一封说要给她去找个嫂子，就任性地出走了。他把整个武林的烂摊子都留给了自己这个代理盟主，美其名曰要锻炼一下妹妹的能力！

看到这封信时，上官清整个人就像是被雷劈了两遍，外焦里嫩，怒发冲冠，当即带领府内护卫出动，把上官澈可能去偶遇未来嫂子的所有地方都搜了一遍。然而，武林盟主毕竟是武林盟主，岂是随便什么人都能找到其行踪的？所以两日后，上官清无功而返，不得不硬着头皮，替哥哥暂代盟主之位。

只是每每一入梦，那已经被她接受的现实，就会被她再次忘记……

"小姐，少爷不在这件事，您就认了吧！其实做代理盟主也挺好的啊。"小媛并不气馁，继续给上官清做思想工作，"比如往年武林大会上的果品和糕点，您总说不好吃。今年您就可以决定买什么、买哪家的了。"

"呵呵，"上官清闻言，猛地把被子掀开坐起，皮笑肉不笑地说，"小媛你这是在讽刺你家小姐我只会吃吗？"

小媛急忙摇头，干笑："不敢不敢！奴婢就是举个例子，举个例子……"

"哦，那就栗子吧！"上官清一脸冷漠地开始穿靴子。

"什么？"小媛一时没反应过来。

上官清无语地瞥她一眼："吃栗子啊！便宜。今年咱们不买水果，那么多人吃，会被吃穷的，瓜子和茶水管够就行。"

"可是小姐，咱们上官府好像不缺买水果的钱吧……"明确了代理盟主的指示后，小媛感到眼角不由自主地在抽搐。

就在小媛质疑的同时，上官清已经迅速穿戴妥当。一身对襟窄袖紫色华裙，料子好，裁缝的手艺更好，不同于寻常人家小姐的宽袍大袖，改进后的裙装更适合江湖儿女。她满意地对镜照了照，又把墙上挂着的龙纹烫金长鞭佩在腰间，衬着裙腰上那针线细腻的暗色云纹刺绣，仿佛鞭上的长龙当真在衣上的紫云中吞云吐雾。

这身装束气度不凡，是上官清的最爱。只要做到抬头、挺胸、收腹，女侠范儿立刻就显现出来了，还真有代理盟主的架势！

"这你就不懂了！之前不缺钱，是因为我哥还没成亲啊！"上官清边大步往外走，边与紧跟在后的小媛说道，"如今他要去给我讨嫂子了，从聘礼到婚礼，再到将来生娃，可不处处得花钱？我当然要从现在起就勤俭持家。省得他把钱都花光了，我以后的嫁妆可怎么办？"

"扑哧。"小媛忍不住掩嘴一笑，"小姐，您想得可真够远的。"

上官清是一脸的无奈："人无远虑必有近忧啊。没办法，谁让我哥靠不住呢！"

闲聊到这儿，两个人已转过几道檐廊，来到了上官府邸的东苑。

上官府说是一座私宅府邸，实则规模之庞大不输任何一个大门派，总共分为东、西、南、北四苑。老上官夫妇原本占据西苑，但早几年便出门远游，根本不着家了。平日里上官兄妹两个人则住在南苑，而北苑居住的都是家仆与府邸护卫，空出来的东苑便成了每年武林大会时前来参会的各派人士的落脚之地。

东苑极大，厢房甚多，完全容得下几十个人各居一处，减少了门派之间的摩擦。但毕竟往常无人居住，少不得落尘、蛛网遍布，派人定期打扫也颇为耗时耗力，且并无用处。因此上官澈只在每年一次的武林大会召开前半个月，才会着手让家仆开始清理东苑。

如今距离武林大会只剩三日，上官清前来视察。东苑的厢房自是早已焕然一新，只差苑门上的大匾额还未除尘。只是这烫金匾额挂得颇高，让家仆踩着梯子上去危险，普通护卫也难以胜任，所以从前都是上官澈亲力亲为。今年他不在，这个担子理所当然地就落在了他的亲信随风身上。

上官清微微抬头，看到随风整个人倒挂在屋檐上擦拭匾额，不由得胆战心惊。武艺再好也不是这么秀的吧？她哥都没这么浮夸。

然而，随风这看似毫不留痕迹，实则又高调无比的耍帅似乎很成功。周围的丫鬟

都围了过来，或托着腮或捧着脸，向此刻正用后脑勺对着她们的随风暗送秋波。上官清在心中对这些没见过世面的洒扫丫鬟们嗤之以鼻，认为自己的贴身丫鬟定然能抵御住诱惑。

谁料一扭头，她才发觉，身边的位置早就空了。小媛早已拿着手绢凑上去，使劲往上面抛了起来："随风公子，擦擦汗吧！"

她真是看错小媛了。上官清撇撇嘴，不知道随风有什么好的，就一个不解风情的闷葫芦，说起话来也总是不咸不淡。作为亲信护卫跟在她那幽默过度的哥哥身边那么久，也不见有什么长进。

"随风，你行不行啊？要不要我帮你？"上官清决定也找点儿存在感，亮着嗓门吆喝了一句。尽管自己武功不济，可场面话不能输啊！

对此，随风只是淡淡地吐出一句："不劳小姐费心，随风只当寻常练功。小姐还是去前厅盯着吧。"

哪怕此时此刻看不到随风的表情，上官清也想象得出他那张难掩嫌弃的面瘫脸。真不知道哥哥把随风留给自己是何居心，请她吃瘪？

所以，随风让她去前厅，她偏不去！前厅有什么好瞧的？无非就是挂挂红灯笼、拉点儿红绸布，整得一副府中要办喜事似的。一想到这里，上官清每次都对自家老哥的审美嗤之以鼻。

"小媛，走了。"上官清大喊一声，率先转身往大悲书阁方向去了。

直到走出十来步远，小媛才恋恋不舍地从房檐下小跑着跟上："小姐，你又去书阁啊？那里不就一本破书吗？有什么好看的……"

"破书？那是神功秘籍好吗？"提到秘籍，上官清是一脸的向往和憧憬，"要是没有我哥，我现在肯定是武林第一人了，哪里还会连随风都打不过？"

小媛口中的那本"破书"，就是《大悲神功》，存放于整个上官府中央的大悲书阁中。传说"大悲神功"乃上官家族的先祖所创，练就后一个人就可敌千军万马，是每个江湖人都梦寐以求的无上心法。

百年之前的上官老盟主曾用此心法大战群雄，只可惜大战过后英年早逝。但也正因如此，才奠定了上官家族的武林盟主世家的地位。之后的百年间，上官家英才辈出，众望所归，武林各派在其领导下都心服口服，一派和谐。

而《大悲神功》则由历代盟主传承，只是除去百年前那次惊鸿一瞥，此后再无人有幸得见哪一任盟主使用过。众人都道是，之后的上官家主自身武艺就已十分惊人，没有任何人与事能让他们动用祖传心法……

"问题是小姐您连我都打不过啊,更不必说随风公子了。少爷也说了,就算是大悲神功,也救不了根骨奇差的人……啊!"小媛不服地嘟囔着,换来上官清直接招呼上后脑勺的一个大巴掌。

"那是他嫉妒我的潜力!"

这话直戳上官清的痛处。江湖上人人都知,上官澈是武学奇才,而她上官清却是武学废柴。但她始终相信,流着上官家血液的自己,不可能永远是那个连鞭子都甩不直的人——只是缺乏一次打通任督二脉的奇遇罢了!

主仆两个人斗着嘴,已经来到了大悲书阁所在。

说是书阁,但其建筑宏大,并非只有一幢书阁突兀耸立。步入圆形拱门后,便是抄手游廊,廊画琳琅满目,各不相同,行走之间亦能赏心悦目。而在假山叠嶂、花草掩映之后,才是大悲书阁。大悲书阁坐北朝南,分为三层,模仿古制,顶层通为一间,其下两层则被分割为六大间,取"天一生水,地六承之"之意,并以碧色琉璃瓦为顶,朱甍飞翘,古朴大气。

每每立于阁楼下仰望,上官清都不禁心生感慨——上官家的老祖宗可真会享受!

这么想着,原本无人的阁门前已有一道虚影闪过,挡住去路,正是上官府的藏书卫之一。这些藏书卫善于藏匿,常年身着黑色斗篷,没人看清过他们的脸。他们专门负责守护大悲书阁,只在有人接近时现身,不认人,只认上官家的令牌。

"来者何人?"

藏书卫常年不与人交谈,嗓音嘶哑。面对盘问,上官清很熟练地从怀中掏出一块刻有上官家徽与"清"字的火焰形令牌,往他眼前一递。

"请。"藏书卫只扫了一眼,便在还未落下的话音中再度凭空消失了。

见状,上官清收好令牌,扭头吩咐小媛:"在这里等我,不要乱走动。"

一块令牌只可一个人通过,小媛若是胡乱走动,难保不被武功高深莫测的藏书卫视为图谋不轨,当场击毙。

"嗯,小姐记得快些出来。"说着,小媛本分地往后退了两步站定,目送上官清步入藏书阁,直到阁楼的砖红色大门在其身后缓缓关上。

身处藏书阁中,上官清仰起头,闭上眼,深深地吸了一口气,满是楠木与书卷混合散发出的香气。楠木可防虫蛀,最宜藏书,多数人家只以楠木为箱藏书,也只有如

上官家这样的大族,才能打造出楠木阁楼。

她心底不禁油然生出一股敬意,一种身为上官家族人的自豪。这座屹立的高阁,见证了整个古老武林世家的百年风雨,一代代子孙守护着阁楼,守护着《大悲神功》的同时,这阁楼与神功,不也正在庇佑着他们吗?

上官清在心中感慨着,已不自觉地拾级而上,来到顶层。

这偌大的藏书阁里头卷帙浩繁,书香扑鼻。每本书都叫作《大悲神功》,却只有一本书是真的,其余不过是寻常心法罢了。如此一来,纵使有人能逃过藏书卫的眼睛潜入偷盗,面对上千本难辨真假的《大悲神功》也只能傻在当场。这就是上官家族得以安全保存秘籍至今的不二秘法。

而秘法传到这一代,上官清想出了个更损的招数——每隔一段时间就调换一次真秘籍的位置!

"如果有哪个自作聪明地想按照顺序一一排查,这个法子保证让他找到崩溃!"至今,上官清都记得自己十岁那年,是这么对上官澈建议的。

因此,上官兄妹两个人每月都要根据约定好的规律,调换秘籍位置。

今天又是例行调换日,上官清准确地走到第二排的第三架书柜前,一弯腰,从最下一层的第一摞书中将第三本书抽出来。她笑容满面地把《大悲神功》捧在手里,摸了又摸,瞧了又瞧。

尽管她很想翻开来读读这《大悲神功》,见识它的传奇之处,可老祖宗的规矩总是能在她控制不住自己时,阻止她的手有下一步动作。

只有历代盟主可以翻阅与修炼,她不能越过这个雷池。大不了回头再使劲求老哥,给她展示一遍功法奥妙就是了。

这样想着,她不舍地又摸了摸书卷的封皮,按照天干地支的组合,将其移动到了另外某个书架的某一摞书中。

"三天后再来看你喽。"

这是走出阁楼前,上官清的兀自低语。

三日后,碧空万里,艳阳高照,宜出行,宜聚会。

"丐帮帮主到。"

"琴宗宗主到。"

"精绝门门主到。"

第一章 代理盟主不好当

上官府邸前，车马络绎不绝，访者如织。两名小童分别立于府门左右两座大石狮子旁，每来一个门派，就吆喝一声。通传声此起彼伏，增添了热闹的氛围，预示着一年一度盛大的武林大会如期举行了！

偌大的前厅除上位八仙桌旁的两大主座外，左右两边各置办了八张太师椅，太师椅的右手边摆着一张小几，上面早已摆放好了茶水与瓜果，等待客人享用。

上官清就在前厅入口处迎候众人，与各派掌门一一寒暄过后，请他们入内落座。各派掌门往往也会相互客气地礼让一番后，才按照门派、威望、长幼，论资排辈，列坐其中。他们最得意的门生也会随其进入前厅，立侍在左右。至于其余随从而来的三五弟子，则先一步由上官府的家仆与婢女引领着，到东苑落脚歇息。

这无疑是一个激动人心的日子，江湖同庆，各派肱骨精英，怀揣一身武艺，欢聚一堂，在上官府的前厅中——喝喝龙井、嗑嗑瓜子、唠唠闲嗑，顺便照例瞻仰一下《大悲神功》的"英姿"。

不过这么多高手齐聚，各有各的脾气，难免一言不合……

这不，厅内很快就有两派掌门先后拍案而起，剑拔弩张，恶声叫嚣。

"好啊，你瞧不起我们狼牙帮？有本事比画比画！"

"来就来！"

但这并没能让上座主持的上官清稍微抬一下眼皮，只是专注于眼前的果盘，细眉微蹙，纠结该先吃哪一样。毕竟，刀光剑影、血溅当场什么的，是绝对不会发生的。因为上官家主持的武林大会，向来不是什么正经的武林大会。真要一言不合，就动手呗！

果然，上官清才拿起栗子，那头就传来了惨叫声。

"啊。"

"你输了，哈哈哈，今天得帮我剥瓜子。"

"老子不服，再战！再输今天栗子也帮你剥！五魁首啊，六六六……"

是的，一言不合就动手猜拳，是武林大会上解决一切纷争时约定俗成的规矩。能用手解决的，还费力拔剑做什么？也难怪这百年来，至少从表面上看，整个武林都是一团和气……

所以说，上官清对自己能够圆满完成此次武林大会的主持工作还是充满信心的！

"上官小姐，听说令兄此次是突然离开，归期不定？"

各派交流完感情之后，就要开始与上官清唠嗑了。先发难，哦不，发问的是丐帮帮主乐正山。

此人大腹便便，一副营养过剩的模样，导致江湖传言丐帮才是武林中第二有钱的门派。至于第一，当然是上官世家喽！这都多亏了上官家每年打肿脸充胖子，一力承担各门派往返武林大会的全部开销！光想想，上官清就觉得给他们提供瓜子都太多了！

"嗯，家兄多年来都被俗务所扰，始终无法完全参悟神功，因此早有远行的打算。但他天生奇才，想必不需多少时间就能顿悟，谈不上归期不定。"上官清用最得体的笑容，扯着最瞎的瞎话。

"原来如此。"乐正山缓缓点头，笑容满面，"上官盟主少年英才，统领武林诸事有条不紊，又有'大悲神功'傍身，真是武德兼备啊。"

上官清也是笑呵呵地拱手，替哥哥谦虚起来："谬赞，谬赞了。江湖一心，还不是仰仗各派掌门前辈的支持吗？"

"依乐某看，上官小姐如今代理盟主，也颇有风范，他日必定是巾帼不让须眉。"乐正山说完这句，便仿佛失去了相互客套的耐心，直入正题道，"不过上官盟主既然此去是参悟神功，莫非将秘籍带在了身上？"

"神功内容家兄早已烂熟于心，不需携带。更何况，照例每年武林大会上，我上官家都要将《大悲神功》取出给各派一观，以保证秘籍并未外传或者丢失，断然不会食言。"上官清打着官腔，拊掌三声。

随风便捧着由金色锦缎盖面的楠木书匣，从后堂步入厅中。

他在上官清身边站定，把书匣摆于八仙桌上，掀开金色锦缎后退到一旁。

这是上官清早些时辰，就去大悲书阁取出的《大悲神功》，放于书匣中由随风保管，等寒暄一阵后，再拿出来给众人观瞻。这样的程序，上官清看自己的哥哥进行过许多遍，这些年从未出过差错。

上官清站起身，走到八仙桌前，侧身对着众人，将书匣缓缓打开，从中取出秘籍，托于双手之上后，才将身子转正，面向下座的诸位掌门。

"《大悲神功》安然无恙，请诸位放心。"她清脆的嗓音回荡在前厅中，"武林大会结束后，我也会亲手再将其归位于大悲书阁。"

一道道或探究或艳羡或贪婪的目光齐刷刷朝上官清射来，但她把背挺得笔直，面上是从从容容的微笑。

自古以来，最难平衡的便是人心，而《大悲神功》正是这江湖人心最至关重要的平衡点。只有武林盟主可以修炼秘籍，让其余各派都没了雄霸武林的希望，故而也鲜少彼此相争。有些小门派因此受益，得以安安稳稳地发展。可这并不代表，每个江湖人、每个门派，都不想打破这种平衡，又或者对野心家来说——这不是平衡，反倒是一种僵局。

因此每年此刻，上官清都能从这些人的目光中感受到暗潮汹涌的人心。只是往年，站在这儿受到众人目光洗礼的是哥哥，而今年是她。她心中那种复杂的滋味，比之前几年旁观，更加微妙。

这武林百年来的和乐盛景，究竟还能持续多久？

恍惚深思之间，没来由地一阵大风透过窗棂刮进厅中，秘籍书页翻飞，最终停留在了异常尴尬的一页上——那上边印着的是一幅横版插图。插图上那一对才子佳人正"月上柳梢头，人约黄昏后"呢！

最怕气氛突然变得安静，这大约是上官清此时内心的真实写照。

习武之人，目力比一般人要好，就连坐在最后一张太师椅上的狼牙帮帮主都清清楚楚地看到了那幅插图，莫说坐在第一排的乐正山了！

"这……"他当即起身，将上官清手中的"秘籍"一把夺过，皱眉翻阅起来，越翻越快，越翻脸色越难看，"这哪里是什么《大悲神功》？"

变故来得太过突然，上官清直到手中一空，才反应过来："乐帮主，别激动！诸位少安毋躁……"

底下的掌门们哪里听得进她说的话，毫不客气地传阅起了所谓的"秘籍"，个个面露不满之色，怒气显而易见。

"话本？"狼牙帮帮主最后一个看完，将书狠狠地摔在地上，"这是把我们当猴子耍不成？"

"随风，怎么回事？"上官清急切地扭头看向随风。

后者当真是泰山崩于眼前都面不改色，只是走过去，将那话本捡起，又返回来，递给她。

上官清无语，接过话本，也随意翻阅了几下，小脸煞白。这么狗血的言情话本，断不可能是《大悲神功》，更不像是有什么功法暗语藏在其中！不仅《大悲神功》不可能，大悲书阁中所藏武学典籍，本本也都是历代上官祖先收集而来，也绝对不会混入此等杂书……

真正的《大悲神功》一定是被人调包了！

意识到这一点的上官清感到一阵灭顶的绝望。传承了百年的秘籍，就这么在自己手中被人调包了？究竟是哪里出了错？是有人潜入书阁先行调包，还是在今晨秘籍取

出之后才被调包的?

"随风,从我取出秘籍后,你可是寸步不离书匣?"上官清深呼吸几次,试图让自己冷静下来,"想想看,有没有什么可疑的人接近过书匣?"

"没有。"随风惜字如金,回答得肯定,毫不犹豫。

随风跟随上官澈多年,深得其信赖,若是觊觎秘籍,早几年便可下手。如今他说没有,便应当是没有。

排除了一个可能后,上官清端端正正地给众人行了一礼:"各位掌门,我知道秘籍丢失,我责无旁贷,但现在还是以追回秘籍为首要,过后上官清再来向各位赔罪。希望各位能够理解,配合我的做法。"

说罢,她也不给众人反应机会,立刻命令道:"随风,通知下去,从现在起一一排查府内众人房间与行李,不要错漏!任何人不得出入上官府。有强行出入者,直接拿下!"

"是!"仿佛没想到她能临危不乱,随风深深地看了她一眼后,才领命而去。

"另外,请各位先在府上住下,明日此时,我必定给大家一个答复。"上官清看向小媛,叮嘱道,"小媛,好生招待各位掌门,不要怠慢了。"

小媛闻言郑重颔首,上前做了个请的手势:"各位掌门,请随奴婢前往东苑歇脚。"

"唉,待在这儿秘籍也回不来。走吧走吧……"几位掌门见状,率先摇摇头,唉声叹气地先行一步。

"上官代盟主,那明天我们就在此等你的答复。"

发生了这般棘手的事后,这一句"代盟主"听来当真是格外讽刺啊!

上官清勉强扯扯嘴角,目送各派掌门离开前厅后,才转而进了后堂,急匆匆地往大悲书阁赶去。她手里紧紧握着话本,心中焦灼,从前只觉抄手回廊太短,唯独今日恨其太长。

藏书卫照例现身,上官清一边出示令牌,一边冷声喝道:"你们可知,《大悲神功》失窃了!"

"失窃?"藏书卫的语气难得有了波澜,接着很快回忆道,"这几日,我们并未发现有人靠近书阁。"顿了顿,他又带着点儿犹疑,说,"莫非……这几年间,江湖又出了什么能人异士,善于隐匿,我们不曾发觉?"

上官清无奈地一叹:"罢了。我先进去看看吧。你们还是要守好这里,若有风吹草动,立刻通知我。"

其实来的路上，她也想过，哪怕有人能够躲过藏书卫的眼睛潜入阁楼，又怎么能从这几千本混淆视听的书卷中，找到真的那一册呢？知道真秘籍位置的，只有她和哥哥，哪怕是他们的父母，离家多年也早已不知晓真书的藏处了。

难道当真是几千分之一的可能，那盗书贼撞大运了？

上官清摇摇头，觉得这种可能性太小了。与其在这里胡思乱想，倒不如好好探察一番对方在书阁内是否留下作案痕迹。

她率先登上顶层，来到真秘籍所在的那一处书架前，发现书架上的书仍摆放得整齐，完全不见翻找后的狼藉。如果不是作案时间十分充裕，那就是……

见此情形，上官清不由得蹙眉，弯下身，抬手在每一摞书的第一本封皮上抹了下——灰尘，灰尘，还是灰尘。这些书籍上的积灰并未被抖落，说明近期根本没人搬动或者翻阅。而最让她惊悚的是，唯独放置真秘籍的那一摞书上的积尘少了大半！

这意味着，来人是清楚地知道真秘籍所在，直接而迅速地进行了调换后离开的！

此人不仅轻功了得，更熟悉上官府邸与大悲书阁的布局，甚至知晓上官家族保存真秘籍的法子。这个人会是谁？藏书卫中出了内鬼？

不可能，他们和随风一样，若想偷早就偷了，何必等到今天？是有人冒充藏书卫潜入了书阁？可就算如此，他也不可能得知真秘籍的存放位置！

上官清烦躁起来，开始没头没脑、漫无目的地把一本本书抽出来翻阅。这本不是，那本也不像，这本更不可能……一切都徒劳无功，不过是一次次告诉自己一个事实——《大悲神功》真的失窃了！

"啊！"上官清大动作的翻找让书架顶层的一摞书有些不稳，最上头一本正砸在了她的脑袋上。

她捂住被砸痛的地方，却灵光一闪！那个盗贼很可能在五天前就潜伏在书阁中，亲眼看着她调换了秘籍位置后才动的手！所以才连写有《大悲神功》的书卷封皮都逼真地模仿了！如此推理，一切"不可能"就都说得通了！

这么一想，上官清心中的那股毛骨悚然的感觉退去不少。只是事情仍然不容乐观，此人既然可以潜藏多日才动手，甚至反复出入上官府，就一定是高手中的高手。她此刻才下令封锁府邸，只怕早已晚了……

因此，当随风排查了全府上下来报无果时，倒也在上官清意料之中，她只是反复地摆弄着手中的话本，想要看出些门道来。这也算是那盗贼留下的唯一线索了。

扉页上写的是《倩女离魂梦情人》，俗得很。书名旁有几个鬼画符一样的记号，看不懂。其中几页好像被什么沾湿过，字迹有些模糊了。除这些以外，她左看右看、上看下看，甚至连话本的故事都认真看完了，也没什么收获。倒是白日里不觉得，这书册竟带着一股淡淡、甜甜的幽香，把她的瞌睡虫勾了出来，支撑着脑袋就迷迷糊糊地睡了过去……

而正当上官清"一睡解千愁"时，有人却在这夜半时分忙碌了起来。

一道矫健的黑影如风似电，飞檐走壁，朝郊外方向而去。不消半刻，那道身影就悄无声息地翻墙而入，落入某处民宅的小院落中。

院里有一个男子似乎已立候多时，露水沾湿了他的衣襟。他身材颀长，白袍飘逸，气度不凡。可偏偏借着黯淡的月色仔细一瞧，却是个容貌平平、面黄肌瘦的人，显得他那双有神又时不时透出睿智光芒的眼，在如此平庸的脸上格格不入。

"很准时，看来很顺利。不愧是'怪癖神偷'。"

他一开口，嗓音竟呕哑嘲哳，让人以为是个耄耋老者，在这清冷的夜色之中更令人周身不适。

被称为"怪癖神偷"的来人一身黑色劲装，却非普通夜行衣，右肩绣有精致的赤褐色蟒纹团花，蟒目本是威严而有神的。衣裳的主人脸上挂着不羁的笑意，一身洒脱恣意的风流气质，将锐气生生压住了。

"你要的东西。"他满不在乎地从怀中掏出一册书卷，丢给对方。

"不错。"白衣男子稳稳接住书册，看都没看就收入怀中，随即取出一叠银票递出，"银货两讫。"

"你都不验验货？这可是江湖上人人都觊觎的《大悲神功》，不怕被我调包了？"

男子轻笑："不必。用人不疑，疑人不用。"

"既然如此，"劲装男子说着便是一抱拳，作势就要转身离去，"那就告辞了。"可话音未落，他眼底精光迸发，脚下突然发力一踏，身子前倾，一手裹挟着劲风，直取白衣男子的面门！

看对方没有立刻动作，他咧嘴笑出了八颗白牙，以为对方防备不及，自己势必能撕下他的人皮面具。

可眨眼工夫，他面色凝固，取而代之的是满目惊疑——原本近在眼前、唾手可得的"猎物"不见了，身后却多了一个正扼住自己后颈致命大穴的"猎人"。

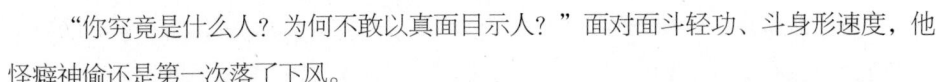

"你究竟是什么人?为何不敢以真面目示人?"面对面斗轻功、斗身形速度,他怪癖神偷还是第一次落了下风。

"不问雇主,难道不是你们这行的规矩?"刚被奇袭,白衣男子的语调却已然平稳,好似早就预料到这一幕。

"好奇嘛。谁让你偷的东西这么不一般。"

"既然知道是偷,我倒是好奇,你为何总以真面目示人?"

"我郝英俊长了张这么帅气的脸,若是戴着人皮面具岂不可惜?"郝英俊自恋地一挑眉,"大部分长相寻常者,是无法体会到我这份苦恼心情的!"

大约是从未见过如此厚颜自恋之人,白衣男子忍不住轻咳一声。

感觉到气氛有些缓和,郝英俊又觍着那张俊脸,笑道:"这位兄弟,我们这么聊天多累啊,不如换个姿势?"

结果他话还没说完,白衣男子就以一套点穴手法回应了他。

"喂喂喂,你做什么?"

"立于此处观看日出极美,故而想请郝神偷欣赏罢了。后会有期。"

身后之人腾跃而去,竟隐隐有气流卷动,更令郝英俊骇然的是,此人从说出"立"字到最后一个"期"字声音落下,仔细听来,少说与自己已相去百丈之远!

江湖中何时有了这号人物?若再修炼那传说中的神功,啧啧……郝英俊不由得庆幸,凭借自己阅人无数的直觉,此人蕴有浩然之气,并非为恶小人,否则自己也不会应下这差事。

"算了,老实看日出吧……"他摇晃着唯一能动的脑袋,认命地抬头看向东方。

看日出,是上官清一直以来最讨厌的事。因为老哥每每拉着她去登山看日出,却又不用轻功带她,结果等她凭自己轻功登顶之时,太阳早就当空照了!

挫败,挫败,满满的挫败啊!

不过今天,上官清破天荒地起了个大早,坐在房门口,看着红日一点点破开天边的鱼肚白,低声告诉自己该面对的还是要面对,然后空着肚子,就往前厅去了。

各派掌门上了岁数,都是少眠的主儿,加之又惦记秘籍下落,因此,上官清到后不久,他们也陆陆续续地用完早膳来了。

众人还按昨日的座次而坐,接着以一种无声的默契,一起将目光投到立于八仙桌前的上官清身上。

"诸位都知道，《大悲神功》一直都存放于我们上官家的大悲书阁中，有藏书卫世代守护，从不曾出过差错。而且秘籍在书阁中的具体位置，除了我与家兄，无人知晓，想要偷盗，难上加难。昨日我查验过现场，发现并无翻找痕迹，推断必定是有轻功高手早早潜伏在府内，经过数日观察，趁我去书阁察看秘籍是否仍在时，偷看去了秘籍的存放位置。然后他又选定夜深人静之时，躲过重重守卫，悄悄盗走了秘籍……"上官清显然对自己的推论很满意，神情虽然沉重，却不失从容，顿了顿才继续道，"此等高手武林中并不多见，但也不排除一些隐士高人，或者有人一直在刻意隐瞒实力。他心思缜密，除了我手中这一卷话本外，没有留下其他线索。所以我认为……"

"所以上官小姐应当立即沿着线索揪出那个人啊！"不知是谁飞快地接道，把上官清给喊蒙住了。

这一蒙不要紧，底下的人竟纷纷附和起来。

"是啊是啊，这秘籍一向由盟主保管承袭修炼，出了事自然也得由盟主去解决。"

"对，我们谁都不准派人找！线索也不能给任何一派！万一哪派先行找到却隐瞒不报给代盟主，私吞秘籍了呢？"

"诸位……"上官清无力地伸出一只手，想让他们注意。

众人却沉浸在他们自己的话题中，不肯自拔。

其实她刚才想说的是，她认为各派应该同心协力，派出精英多方探察，广撒网，然后共享消息，一点点缩小目标啊……

"有理有理，我狼牙帮第一个支持代盟主追查秘籍下落！"

"不错，丐帮也认为可行。"

"我琴宗没有异议……"

各怀心思的众人很快达成共识：由上官清亲自离府追查，找到秘籍才能回来！他们会派弟子驻守上官府，彼此监督，并且及时将寻找秘籍的进展传回各派。

就这样，一盏茶后，背着包袱的上官清，被众人半是簇拥半是强迫地"请"出了自家府邸。

随着府门重重一关，她这个代理盟主算是正式被"流放"了……

说好的武林盟主号令群雄呢？为什么她老哥平时轻轻松松发几道盟主令，就可以在府里躺着贵妃椅，吃着冰镇梨，她却被群雄赶出家门，找不到秘籍就不准回来了？她是不是当了个假盟主啊？

好在仰天长叹时，上官清看到了令人欣慰的一幕。随风从天而降，越过上官府高高的围墙落在自己身边。

"盟主临行前命属下务必时刻不离小姐，保护小姐安全。"

上官清夸张地抹了一把不存在的热泪："呜呜呜，真是患难见真情啊！好！我们这就出发！"

"去哪儿？"从随风的神情来看，大概是不相信上官清这么快就有"破案"思路。

"酒楼啊！我今早可是饿着肚子上阵和那些老家伙周旋的。"

对上理直气壮的上官清，随风除了无语凝噎，只有默默负责掏银子付饭钱的份儿。

上官清这人有个优点，不挑食，但缺点也是这个，正因为不挑食，所以太能吃……为了让她能在城中最好的酒楼"迎客来"填饱肚子，随风的钱袋瘪了一大半。得亏上官家家大业大，各地都开有钱庄，用钱方便。

不过吃饱了肚子好干活这话不假，上官清边打着饱嗝，边摆弄着话本，略一思索，竟灵感突至，拉着随风就去了城中最大的书市！

"这本话本是手抄本，存量必定不如雕版印刷的多，目标范围小。所以只要找到售卖之所，或许就能顺藤摸瓜找到那个小贼！"上官清说到"小贼"二字时，不禁恨得牙痒痒，要让她抓着了那个人，一定要先抽他个十几鞭子再说！

对她这个提议，随风表示赞同，也仔细把那册话本观看了一遍，记下内容和特征后，便与上官清分头行动，沿书市两侧一一搜寻起来……

然而，从日头正好到暮色四合，上官清翻得是头晕眼花，问得是口干舌燥，却没有一家书商卖过或者见过这册话本！

上官清摇着书册给自己扇风，却扇不去心中的燥热。眼见随风也问完了最后一家铺子，她忙快步过去问："你那边怎么样？"

"没有。"随风一贯地言简意赅。

"唉……"上官清扶额一叹，却发现街巷尽头，犄角旮旯里居然还藏着一家书铺！她仿佛又看到了一丝希望，拽过随风的胳膊就赶过去，"那边还有一家！我们去看看。"

铺子内一眼望去全是书，好似没有人，但再仔细一瞧，在一堆书籍堆成的小山后，坐着一位臭着脸的年轻小哥，一看就是今日没开过张。

"小哥，打扰一下！"上官清凑上前去，踮起脚，把话本举到他身前，"请问你这儿有这本书卖吗？或者你知道哪里能买到？"

"不知道,不知道!不买书别堵在这儿。"

见他如此不耐烦,上官清的笑僵在了脸上,一时不知该如何应对。

"头都不曾抬,便说不知道?"随风不给自家小姐面子那是惯常的事,可并不代表旁人也能效仿。于是他当下脸色一沉,"锵"的一声,一截佩剑出鞘,寒光直闪。

"哎呀,侠士莫激动,莫激动!我今儿这不心情不好嘛!"那小哥脖子一缩,才发现惹错了人,赶忙起身赔笑,对上官清手中的书打量了几眼,"两位能问到我这儿,想必整个书市都跑遍了吧?那就应该到黑市去瞅瞅。这种手抄本没准儿是孤本,黑市上消息灵通的人不少,没准儿就是从那儿流出来的!"

"有道理啊!多谢!"得了线索,上官清一扫方才的失落,欢快地把一块碎银子丢给他,然后风风火火地冲出铺子去了。

可才冲到门口,她突然刹车,面露尴尬地看着跟在身后的随风。

"怎么了?"随风挑眉。

"呵呵,黑市在哪儿啊?"

由于黑市只在夜间"开市",所以两个人先去找了个客栈落脚,预订了两间相邻的上房,又用过晚膳之后才出发。

"你不懂黑市规矩,就多看多听少说话。"临出发前,随风再三叮嘱上官清,"黑市鱼龙混杂,自成一股势力,你别惹出什么乱子来。"

上官清叉腰表示不服:"那你就懂黑市的规矩了?"

"嗯。偶尔执行任务需要和他们打交道。"随风十分高冷地解释了一句。

"执行任务?我就知道我哥不是什么正经人,有时候黑白两道通吃。"上官清故作沉思地低下头。而当她再抬起头想问个究竟时,发觉随风原来站的地方已经没人了,她慌忙边追过去边喊:"喂,你等等我啊!哪有你这么当护卫的?"

就这么追了一路,前头的随风突然驻足,上官清直接撞上他的背,鼻子都差点儿撞塌了。

只是她还没来得及抱怨,就听随风吐出两个字:"到了。"

长乐坊,赌场?上官清瞪大了眼,黑市在赌场里?

"跟上。"

"哦……"上官清心中虽有些纳闷,但还是跟着随风抬头挺胸地走了进去。

赌场里头和外边完全是两个世界,赌桌摆得密密麻麻,只留下一个人通过的地方。

赌桌边全是赌红了眼的家伙，时而欢呼，时而叫骂，喧嚣嘈杂，听得上官清头疼，频频皱眉。

反观随风，则完全不为所动，轻车熟路地在赌桌间穿梭。有小二上来询问，他便亮出一块黑色圆形令牌。

"来黑市寻样东西。"

"原来是龙四爷的朋友。"小二只看了那令牌上刻着的"龙"字一眼，便改换了之前那副招揽赌鬼的神色与语气，侧身让出道来，"小的有眼无珠，爷里面请！"

上官清见状，忙低头埋在胸前，一副唯唯诺诺的谨慎模样，跟在随风身后装成贴身婢女。她看得出，随风也是借了那"龙四爷"的名号才能进入黑市的。一块令牌正常只能通行一个人，若再带一个"主子"只怕不便，但丫鬟就不同了，没人会在意。

小二领着两个人左拐右绕，绕过了所有赌桌，撩开后堂的帘子。里头有一个人正在拨弄算盘做账，大约是赌场的账房。

"先生，这位是龙四爷引荐来的，要到黑市里寻一样东西。"小二开口介绍。

那账房先生打量了随风与上官清一眼，便颔首道："嗯，里边请吧。"说完，他把案上的算盘整个往右侧一平推——身后的书架竟缓缓翻转，打开了一条通路！

原来那算盘是机关所在！上官清暗暗赞叹这黑市不简单。

接下来的路，小二似乎不打算再领了。

随风扫了上官清一眼，示意她紧紧跟上，两个人一道步入了书架后藏着的暗道。

暗道的石级铺得平整，两旁有微弱的光源，尤其是身后书架所在的墙壁再度翻转合上后，那幽光更是盈满周身。

上官清定睛一看，倒吸一口冷气，壁上嵌入的居然是一颗颗小小的夜明珠！

她压低声音道："这黑市背后的势力也太有钱了吧？这么奢侈！"这种地道用夜明珠照明，真叫那什么？对，明珠暗投，大材小用！

"所以我才说黑市不简单，你放机灵点儿。刚才扮丫鬟做得不错。"随风说完，又想起来，勾勾嘴角补充道，"不过你也不必太紧张。只当来见见世面，历练一下。盟主也是希望他不在，你能有机会锻炼锻炼。但无论遇到何事，他让你永远不要忘记你姓上官，你有一个武林盟主的哥哥当靠山。"

"简单说就是不要怂嘛！我像认怂的人吗？"上官清笑眯眯地拍着胸脯，一看就是对自家老哥的这段话很受用。

两个人谈话之间，暗道坡度渐渐消失，出现了一个拐角，转过去之后不由得生出

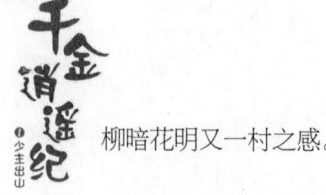

柳暗花明又一村之感。

眼前的地下街市灯烛辉煌,上下相照,没有拥挤的人群,也没有吆喝叫卖声,只有三三两两的人围在一处,或打探消息,或买卖物品,皆是低声交谈。

上官清跟着随风往前走,时不时把好奇的目光投进路过的人堆,并竖起耳朵来听。但因为停留时间太短,听不出所以然来。

"这位公子看着面生,来黑市上买什么?"又走出两步,便有一个商人模样的中年男人走过来搭话。

"买一本书。"

配合着随风,上官清迅速把话本递到他手边,再由他递给来人。为探寻方便,上官清早把写有"大悲神功"的假书封撕去了。

那个人接过书扫了几眼,略一思忖后就喊了几个人的名字。

那几个人很快从四面围拢过来:"刘爷有何吩咐?"

"你们都是这市里懂书卖书的,瞧瞧这本书哪里还有?"刘爷把话本递给几个人传阅。

那几个人瞧来瞧去,议论纷纷,看得上官清心里直着急。再看随风一脸淡定,她不由得偷偷地在他腰间拧了一把。

"如何?"随风皱眉,自然会意,不情愿地出声追问。

几个人相互看看,把话本交还给随风,说道:"恕我等见识短浅,从未见过这本话本。"

"是啊,这书的品貌也不像孤本珍籍啊,公子怕是来错地方了。"

"既然如此,多谢。我再去别处找找。"随风冲几个人略一颔首,收回话本,交给上官清,转身就往回走。

"喂,就凭这几个人一句话,我们就白来了啊?"上官清不死心,在他身边低语,"这里这么多人,我们再问问别人?"

随风还来不及答话,就见一个人从旁朝着他们走了过来。

"上官姑娘手中的书册可否借归鸿一观?"

"你……"耳边突然传来如泉水流淌般动听的男音,上官清诧异地扭头,隐约感到对方面善,"你是琴宗弟子?跟在你们宗主身后的那个大弟子?"

来人微笑着点头致意:"正是,在下索归鸿。上官姑娘好记性。武林大会面孔众多,不过一面之缘就能记得住在下。"

"不是我记性好，是你长得好啦……啊不！我的意思是公子仪表堂堂，气度不凡，让人一见难忘！呃……好像也不对……"上官清有些羞恼地挠挠头，觉得自己好像不管怎么说都像是在轻浮地调戏人家。但她说的也是真话，那么多人里，她多瞧了索归鸿两眼，无非就是因为他在人堆里显得玉树临风。

索归鸿先是一讶，接着宽和一笑："呵呵，上官姑娘心直口快，承蒙夸奖了。"

这一笑，笑得上官清那颗少女心怦怦直跳。

其实，他们上官家人的容貌历来也不赖，上官澈就很是英姿勃发，站在哪里都招摇耀眼。如果说上官澈像灼热的太阳，那么眼前的索归鸿就是一轮沉静的月亮。一身青衫外罩白袍，下袍处有泼墨渲染，狂草写意，高雅脱俗，就像他身后背着的那把七弦古琴，古朴诗意。

上官清差点儿又看呆了去，急忙扯出话题来聊："嗯，哦，对了，你怎么也来这儿？你不是和你们掌门一道回宗门了吗？"

"我喜爱收集各类琴谱，一些珍贵几近失传的曲谱，往往只在各地黑市流通，所以我每到一处，都会想办法去那里的黑市瞧瞧。这些年我四处游历，今年也是碰巧来到雍城，才陪师父一道参加武林大会，暂时没有回宗门的打算。"索归鸿解释道。

上官清闻言，点点头，一时无言。

倒是索归鸿又提了一遍："上官姑娘，可否将调包秘籍的话本借我一观？"

"啊，可以啊！"她这才想起，把话本递给他，随口道，"我来黑市，就是想找出这本话本的来源，但没有收获……"

索归鸿拿过书册，随意翻看了几页后，捧到鼻子前轻嗅了一下，接着把书页翻回到最初的扉页上，指给上官清看："此处的几个小字，应是话本作者的署名，但不好翻译成我们的语言，便保留了原文字。"

"这原来是字啊！"上官清脱口而出，"我还以为是什么鬼画符呢。"

"嗯，我曾见过火翰国的火罗语和这几个文字相仿，再加上话本隐约散发出葡萄酒的香气，应该是出自西域火翰国。"索归鸿直接道出了他的推论。

始终不曾插话的随风冷不丁蹦出一句："索公子还真是好见识，好眼力。"

"这倒谈不上，只是走过的地方多些罢了。"索归鸿谦逊一笑，忽略了随风的阴阳怪气。

"喊，随风他也跟着我哥跑了不少地方，就没见长什么见识！"上官清本就对索归鸿有好感，此时更是胳膊肘往外拐，大为崇拜他。

随风扫了她一眼，依旧面无表情："既然找到线索了，我们就走吧。"说完拉着她的胳膊就要离开。

"等等。"上官清使劲拿脚蹬地，身子后仰，拒绝离开，眼巴巴瞧着索归鸿，"索公子，既然你在四处游历，那介意和我们同行去火翰国吗？"

"胡闹什么？"随风回身低喝。

索归鸿见状，面露为难之色："能与上官姑娘同行自然是在下的荣幸，只是这位公子似乎并不……"

"不用管他！他就是个护卫，我说了算！"上官清终于挣脱了随风的魔爪，站到索归鸿身边冲随风做鬼脸、吐舌头，"路上多个人帮衬有什么不好？我看你就是嫉妒人家长得比你帅。"

"上官姑娘……"索归鸿哭笑不得地摇摇头。

"哼，随你。"随风则是冷哼着悻然而去。

索归鸿有些歉意地看向上官清："因为我的关系，让你们不和，真是抱歉。其实随风公子武艺高强，保护你去火翰国也……"

"哎呀，你别往心里去。他经常不给我好脸色看的，我根本不在意。"上官清抬手打断他，"而且随风就是刀子嘴豆腐心，一会儿哄哄就好了。我们也快走吧！"

听她这么说，索归鸿便不再多言，走在前方半步，默默替她开路。

他喜静，上官清的嘴却从不闲着："对了，你找好落脚的客栈了吗？"

"尚未。"

"我们已经找好了！不然你和随风住一间房，好沟通沟通感情？用你的人格魅力征服他……"

"这……"

当然，最终结果还是索归鸿和随风二人一左一右，住在了上官清房间的两侧，并没能沟通感情。

上官清虽然失落，却也认为不急在这一晚。奔波了一天，还是先舒舒服服地洗上一个热水澡比较重要！

浴桶中的水热度正好，雾气氤氲。她把包袱丢在外间，解了衣搭在屏风上。至于唯一的线索——话本，她还是放在了浴桶边的小凳上，确认目之所及后才放心地踏入桶中，缓缓坐下。

"嗯……真是太幸福了。"

周身疲惫感顿时消解，上官清不由得发出一声满足的喟叹，接着脑袋往后一靠，享受地闭上眼睛哼起不成调的歌来，浑然不觉有个"小贼"正鬼鬼祟祟地翻窗而入，悄然无声地翻找起她的包袱来。

然而，奇怪的是，那"小贼"似乎并不是冲钱财来的，发现包袱里只有些细软后，便将其扔在一边，环顾屋内，寻找着什么。

突然，他发现了屏风后露出的半截小凳子，上边正放着他此行的目标。

只是……

要接近小凳，就得接近屏风，接近屏风就等于接近了浴桶，接近了浴桶那岂不是……

"小贼"不由得面露犹豫之色，但又很快想通——非礼勿视，闭着眼偷就好了嘛！

不过对于并不熟悉的房间，哪怕是习武者也不能做到闭目依旧行走如常，更何况还要偷偷摸摸，不发出响动。

所以"小贼"一步步挪得很慢很慢，慢到上官清感到浴桶中的水有些凉了，便从桶中站起转身，准备取衣，正看到屏风后的高大黑影……

"啊！有采花贼啊。"

　　上官清手里握着长鞭，绕着地上被五花大绑的"采花贼"转着圈打量了半晌，又蹲下身，把他的脸扳过去、摆过来，心想着这家伙皮相不错啊，怎会沦落至此？莫非是眼光太高，只有自己这种美貌与智慧并存的女侠才入得了他的眼，所以才大半夜辛辛苦苦地出门"采花"？啧啧……

　　方才她一声惊呼，随风与索归鸿两个人瞬间出现，默契地踢开房门，一招就把"采花贼"劈晕绑了起来。如今两个人就站在她身后，等着上官清发落这个家伙。

　　结果等了半天，就等到她回头蹦出这么一句话来："随风啊，你不觉得这人……有些眼熟吗？"

　　"天底下帅的男人只怕对你来说都眼熟。"随风显然是之前的气还没消，毫不留情地损了一句。

　　上官清闻言只是翻翻白眼，不想与他计较，转而撒气似的猛一踢地上的人。

　　"喂，醒醒！起来了！"

　　地上的人幽幽醒转，还有些犯迷糊，发现自己睡在地上就下意识地想爬起来——这才发现自己手脚被缚，动弹不得！

　　上官清看他开始在地上折腾，便使劲把鞭子凌空抽得啪啪作响，恶声恶气地盘问起来："我说你这采花贼老实点儿！你是什么人？糟蹋过多少女子？还不从实招来！"

　　"采花贼？我郝英俊这等样貌，多的是花往我身上倒贴，我还需要采？"魅力遭到如此大辱，刚才还怎么折腾都没坐起来的郝英俊，居然直接一个鲤鱼打挺站了起来，大声反驳。

　　"嗯……有道理。"上官清乍听之下险些被糊弄过去，但眼角余光扫到随风满脸的耻笑，不由得一凛，"不对！好你个采花贼，如此花言巧语！长得帅了不起啊？我先打花你的脸！看我的夺命十八鞭。"

　　说着，上官清就狠狠地对郝英俊甩出长鞭！那叫一个气势汹汹！

　　眼看俊脸被毁的惨剧就要上演，然而并没有惨叫声发出，只有鞭子不断抽打空气的清脆响声。

　　"啪啪啪……"连续十八声过后，郝英俊完好无损地站在原地，神色微妙。而上官清却累得双手撑膝，气喘吁吁。

　　整个屋子都静下来了，只剩下大喘粗气的声音。

　　"哈哈哈！"片刻之后，郝英俊突然疯了般大笑起来，"天哪，这鞭法还真能要人命——烂得要命！哈哈哈！"

第二章 怪癖神偷送上门

对此，随风早已见惯不怪，甚至还对身旁处于震惊之中缓不过神来的索归鸿主动解释道："我家小姐的鞭子向来指哪儿不打哪儿，习惯就好。"

"随风！"上官清气得直跺脚，可他说的又是事实。

"嗯……上官姑娘莫急，你还年轻，进步的空间还很大。"

尽管是在安慰她，可上官清看得出索归鸿的肩头隐隐抖动着，嘴角也有些不受控制地上扬。

"笑吧，笑吧，都笑吧。"上官清赌气地把鞭子往旁边的床上一砸，"我不审了，你们两个上吧！"

"咳，我真不是采花贼，我是来偷东西的！"郝英俊这下笑不出来了。他自诩轻功与身法数一数二，可这近身功夫肯定敌不过这两个人联手。之前还想着陪这个有趣的小姑娘拌拌嘴，现在看还是尽快脱身的好！

"偷东西？"上官清急忙查看了下包袱，一样没少啊！

"谁说是偷钱了？"郝英俊嗤之以鼻，"我怪癖神偷才没那么俗气！"

怪癖神偷？听到这四个字，上官清一拍脑门，顿时想起来了："难怪我觉得眼熟！前年你就上了官府的赏金名单吧？好像抓到你能拿一千两！"

一千两，她哥讨媳妇的经费就有了！

上官清两眼发出瘆人的光，扭头催促随风和索归鸿："赶紧的，还等什么？快把他送官府……"

"别啊，小姑奶奶！"郝英俊忍不住叫苦，"你们上官家还缺这一千两吗？大家都是走江湖的同道，要友爱一点儿嘛！"

"你怎么知道我是谁？你要偷的到底是什么？"上官清纳闷了。

"就是那本用来调包《大悲神功》的话本嘛！里头的故事我看到最精彩的地方，这不是想'借'回来看完嘛……"

这时索归鸿插话进来："所以你的意思是，这本话本之前在你手里？"

郝英俊点点头，毫不避讳："对啊。"

"那你肯定也知道是谁拿这本话本调包秘籍的喽？"上官清大喜过望，心想着真是踏破铁鞋无觅处，得来全不费工夫！

"当然！远在天边近在眼前，"郝英俊帅气地一甩头，"就是我啊！"

"什么？"上官清大怒，踮起脚，狠狠揪住他的耳朵往死里拧，"那还不快把秘籍交出来！"

郝英俊龇牙咧嘴，表情痛苦地嚷嚷起来："哟……疼疼疼啊！我也不知道秘籍在哪儿啊！是有人雇我偷的。"

见此情形，索归鸿走到上官清面前，温声劝阻："上官姑娘不如先放开他，让他详细说说来龙去脉。"

待她松手后，索归鸿又对着郝英俊正色道："但若所言不实，就休怪我们把你扭送官府！"

"放心，放心，我也没什么好瞒你们的……"郝英俊说着，自个儿两脚齐蹦地寻了个座儿，坐舒服后，才开始交代，"你们也知道，我平时偷的东西都不值钱，要维持生活还得靠接些雇主的活儿。一个月前，有个人委托我盗出《大悲神功》并替换上那本话本。我就潜伏进上官府的书阁，在里头蹲了几天，得知了秘籍所在后，就在武林大会前一天动手。之后我为了看完话本上的故事，交货之后又返回上官府，听说你们带着话本出府了。我料想你们应该还未出城，寻了一圈就发现了你们的踪迹。接下来发生的事，你们都知道啦。"

"交货？去哪里交货？谁验货？雇主又是谁？他长什么样？"上官清一听完就连珠炮似的问。

"郊外的一处民宅，不过那里应该只是雇主暂住的。我交完货，他就离开了。至于雇主是谁，"想到那被迫看日出的不太美好的回忆，郝英俊撇撇嘴，"我不知道。长相也不知道，他戴了人皮面具。只能告诉你，雇主是男的，功夫不错。"

上官清听后忍不住用食指戳他的脑门："你你你……给人卖命干这么危险的事情，居然连对方是谁都不知道？不怕当替罪羊啊？"

"我们这行接活不问雇主是规矩。否则要么雇主不放心给活，要么办完事被雇主给灭口。"郝英俊轻笑着耸耸肩。

这话也在理，只是线索又断了，上官清有些沮丧地看向身后的索归鸿。

后者对她报以宽慰一笑，无声地将所背负的古琴摆于矮案，跪坐下来，才转而对随风道："在下想用《心魂引》试试他说的是否为真。劳烦随风公子助上官姑娘暂闭听觉。一会儿我冲二位点头时，就可旁听了。"

随风配合地走到上官清身边，助她点穴闭感后又自闭听觉："可以了。"

索归鸿于是对坐在对面的郝英俊道："在下不才，想请神偷听一首曲子。"

"也是怪了，昨天一个请我看日出，今天一个请我听曲子。"郝英俊笑得一脸无谓，"弹吧弹吧！"

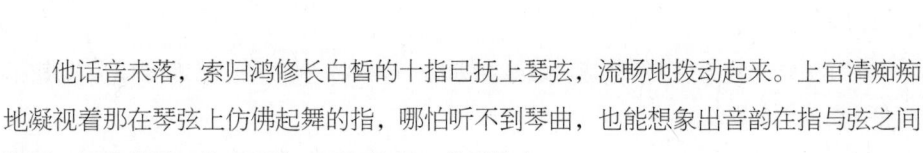

他话音未落，索归鸿修长白皙的十指已抚上琴弦，流畅地拨动起来。上官清痴痴地凝视着那在琴弦上仿佛起舞的指，哪怕听不到琴曲，也能想象出音韵在指与弦之间流泻，倏隐倏显，往来不绝，回环往复，此呼彼应。

一曲抚罢，索归鸿似有些疲惫地闭眼，吐纳几回后，方才睁眼朝上官清两个人颔首示意。

听觉被重新打开的同时，上官清就听到索归鸿问道："你是怪癖神偷郝英俊？"

"是。"郝英俊的回应不带一丝情感。

上官清这才想起往他那边瞥了一眼，发觉他竟目光呆滞，直愣愣地盯着前方，神色木然，仿佛一具行尸走肉。

"你来雍城的目的是什么？"索归鸿继续用低缓的语调问着，怕惊醒了梦中人一般。

"有雇主让我务必在武林大会前夕盗取《大悲神功》，还要让整个武林都知道秘籍被盗。"

要让整个武林都知道？上官清听到这里，蹙眉暗忖起来。她也曾疑惑过那小贼为何不等到武林大会过后再偷秘籍，那样做，至少一个月之内都不会东窗事发，他想逃之夭夭就更轻松了。却原来，对方的目的就是要把秘籍被盗之事公之于众。他这么做的动机是什么呢？

"雇主的身份，你知道吗？"

"不知道。我本来想撕下他的人皮面具，但反而被他点穴站了一整晚。"这倒是刚才郝英俊瞒下没说的细节。

索归鸿追问："雇主没有其他特征吗？"

"声音嘶哑，但我怀疑也是伪装的。"

盘问至此，再无可突破之处。

索归鸿有些遗憾地叹道："看来他刚才说的都是真的。"

"听一首曲子就能保证他说的都是真话吗？"上官清边说，边好奇地凑上前去用手在郝英俊的面前晃晃，果然还是没反应。于是她回头笑问："你刚才自己弹奏时不也听到琴声了，为什么没变得像郝英俊那样呆呆的？"

听她问得着实有趣，索归鸿笑着为她释疑："此曲名为《心魂引》，可牵引心魂，令人暂时失智，只能如实作答。清醒过来后，被引心魂者对之前被盘问过程的记忆也会很模糊，无法得知自己无意间被人探出了什么。抚琴者在琴音中灌输的是自己的内力，当然不会中招。且令人失智时间的长短，也与抚琴者的内力高低有关。"

"这么厉害！那岂不是想盘问谁就盘问谁？"上官清琢磨着，自己要是学会了这招，看谁还敢对自己撒谎。

索归鸿摇摇头："此曲极耗内力心神，能不用则不用。"

"这样啊……"上官清瘪瘪嘴，"不过，我好像没听过琴宗有这门绝技。"

"这曲子并非琴宗绝学。相反，《心魂引》失传已久，只在古书上有记载。我也是在游历中偶得一位高人指点才学会的。"

"可我还是想学——虽然我知道自己现在没什么内力，但梦想还是要有的！万一哪天我就得到了高人传授的毕生功力呢！"

自知之明与异想天开，都贴切地形容了上官清的这段话。

索归鸿强忍笑意，颔首应下："这一路上，只要上官姑娘想学，随时都可以来找我。"

两个人闲谈之间，郝英俊的眼底已渐渐恢复清明："怎么样？试出我说的都是实话了吧？"

上官清不答反问，双手叉腰道："如果那个雇主再站在你面前，你能认出来吗？"

"人的功夫路数与气质是改不了的。换张脸我也能认出来！"然后也"请"他看一次日出！这后半句郝英俊没说出来。

"很好！那你就跟我们一起去火翰国吧！"上官清愉快地做出了决定，接着手一挥，"随风，上！"

随风于是极不情愿地从怀中掏出一枚药丸，要郝英俊吞下去。后者自然不从，却不曾防备上官清狠狠地在他腰间嫩肉上一掐——只听"啊"的一声，药丸就被丢进嘴里，喉结一滚，便下肚了。

"不用想着偷解药，"上官清给郝英俊松绑时，顺便好心提醒他，"这东西没解药。只有每月让随风用独门功法助你运功一次，才能不发作。"

郝英俊闻言，面色铁青，只能被迫加入队伍。绳子落地，他起身活动活动了筋骨，倒也想得通："也罢。左右无事，我就陪你们走一趟吧。我也想见见那个人的真面目。"

"很好！那今晚你和随风一块儿休息，我们明日起……哈。"说到一半，上官清结结实实地打了个大哈欠，"折腾半宿困死了，你们快回屋吧！睡了睡了！"

下一刻，她就当着三个大男人的面扑倒在床上，把被子半抱半盖着，迷迷糊糊地睡过去了……

"我家小姐向来如此，习惯就好。"随风面无表情地替她放下床幔，和另外两个人一道退出屋去。

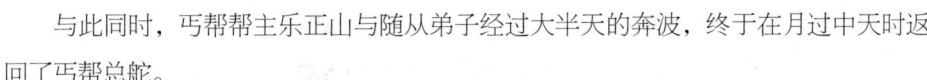

第二章 怪癖神偷送上门

与此同时，丐帮帮主乐正山与随从弟子经过大半天的奔波，终于在月过中天时返回了丐帮总舵。

丐帮总舵距离上官府算是最近的。按往年，武林大会顺利举行的话，乐正山都会和随行弟子在上官府东苑住上三五日，要到最后一天吃过午膳再走。但今年不同，秘籍失窃，各派离心，谁都不愿在上官府逗留。因此上官清前脚出府门，就有不少路途较近的帮派后脚也走了，丐帮就是其中之一。

从前天晌午出发，一行人正巧可在夜里投宿一宿，次日再在山中行半日，便能回到帮中。可这回清晨出发，时间并不凑巧，黄昏时就在山中，只得硬着头皮赶路直到寅夜。

也不知是否因为车马劳顿，乐正山大发脾气，叱责几名弟子在路上耽误了工夫，骂了好几句后才道："罢了罢了！看着你们就闹心，出去出去！"

几名弟子顿时解脱，纷纷转身退出去。

乐正山又道："等等！欧阳日成你留下。"

走在最后的一名弟子听到后便停住脚，确定其他弟子都离开后，才关上门，转过身。他一改方才的唯唯诺诺，神色倨傲，下颌微抬，睥睨着眼前的丐帮帮主，眼底泛着阴沉的光。

但态度转变的又岂止一个人？乐正山此时也变得毕恭毕敬："太子殿下，方才多有得罪……"那点头哈腰的模样，全然看不出他是个大派帮主，仿佛仅是一个小小的跟班。

"无妨。你越是拿我当普通弟子对待，旁人就越不容易起疑。"

细看之下，这"欧阳日成"的长相与中岚国人略有不同，肤色较黝黑，面部轮廓颇深，尤其是那鹰钩鼻更添几分戾气。

"是，是。"乐正山连应两声后，便入正题，"此番《大悲神功》先一步被人盗取，实在是万万没有料到。白白浪费了那么多死士却无功而返……"

"哼，看来你们中岚国武林，也并非表面看上去那么风平浪静。"

面对他不屑的冷哼，乐正山也毫无脾气，继续为难地说道："只是从前秘籍在上官府，无论如何也有个指望，可现在我们连秘籍在谁手里，在哪儿都不知道，这……"

"秘籍丢了又怎样？我欧阳晟、我北翔国要的是整个中岚国武林和整个中岚国。到时你就是最大的功臣，要什么没有？何至于只盯着那本破书，如此鼠目寸光？"他

贵为太子，却和一帮臭乞丐混在一起，若非大业需要，他当真是一刻也不想多待。因此，欧阳晟自然是耐心尽失，语气不善，没半点儿客气可言。

乐正山身为帮主，上下千八百人唯自己马首是瞻，何曾受过这样的气？但这样不是第一回了，他脸上短暂一僵，还是强行赔笑："是小的愚钝。那能否请太子明示，我们接下来要怎么做？"

"计划还可以照旧进行。"欧阳晟并未说破，只是挑眉点拨道，"你刚才不也说了吗？现在谁都不知道真秘籍在哪里了。"

"照旧？这……"乐正山略一琢磨，立刻恍然大悟，"太子英明！太子英明啊！小的这就去安排！"

看着乐正山离去时那汲汲营营的背影，欧阳晟冷冷地笑了……

阴谋已经在暗夜中酝酿滋长，但这一切上官清都不知晓。她只知道，她要感谢武林大会上那些做主把她赶出府的门派——因为出来找秘籍真是因祸得福了！

离开雍城这一个月，白天有郝英俊和随风这两个苦力鞍前马后，饭来张口；夜晚有索归鸿那样安静的美男子在月下抚琴，怡情修心，真是比待在上官府里被老哥欺压、小媛嘲笑要幸福得多了，简直是乐不思蜀啊！

这不，一轮明月当空，在客栈的小院落中洒下满满的银辉，有如积水空明。水中是竹子和柏树在夏夜微风中不时晃动的倒影，好似交横的藻荇随波摇曳。而在月影斑驳之间，跪坐着一名青衫男子，双目微合，十指拨转，凭心抚琴。这一人一琴一曲，仿佛与这宁静的月色融为一体，美得像一幅泼墨画卷。

可就在这么美的画卷中，有道煞风景的小紫影，正在院落中一处屋顶上缓缓移动——正是上官清在使着自己的三脚猫轻功，小心翼翼地翻上檐顶，打算晒晒月光，听听小曲，享受生活。这几日，她都是这么过的。才不像另外两个大男人，一个每天夜里闲不住，出去偷些奇奇怪怪的东西回来；一个每天时辰一到就倒头睡觉，活得毫无情趣……

上官清在屋顶上找了处瓦片不硌肉的地方盘坐下来，从怀中掏出一个小口袋，松开袋口放到一旁，然后从中取出颗蜜饯丢进嘴里，美滋滋地咂巴几声，咂巴完了再取一颗，循环往复。

直到带上屋顶的一口袋蜜饯大半下肚后，上官清才双手托腮，眯着眼，专注又有些随意地瞧着沐浴在月色中的索归鸿。他每天弹的曲子都不一样，可曲调中都透着股哀伤，哪怕音盲如她，听了这么多天，也听出些门道来了。

索归鸿不开心，但为什么呢？难道他心里其实不乐意和她一道去火翰国？既然不乐意，又为什么要答应呢？

如此猜测着，上官清不禁微微蹙眉，露出苦恼的神色。就在这时，一只通体雪白、缀有褐斑的猎鹰朝她迎面飞来，劲头很猛，却在靠近上官清的那一瞬间，转而稳稳地落在了她的肩头。猎鹰比一般鸟儿都要大，让它显得十分威武，但此刻上官清抬手抚摸它的羽毛时，它又是那么乖顺。

"是大白鹰啊，好久不见了呀。是玉姐姐来信了吗？"上官清抚摸了它几下，表示亲昵后，就从它腿上的信环中取出字条，展开。

见信如晤。清儿妹妹，听闻《大悲神功》被盗，上官激又不在府中主持，害得你流落出府寻找秘籍，可有此事？姐姐随师父四处为家，消息远不如以往在家中镖局灵通，不知你近况如何，十分担心。特寄来转还丹三枚，非救命不可滥用，切记。盼复。

蝇头小楷娟秀中不失笔锋力道，长长的字条寄托的全是关切之意，落款处是熟悉的"玉怜心"三字。

江湖上提到镖局，没有一个人不是先想到玉家的顺风镖局的。玉家是镖业世家，十代单传，经营镖局，以速度快、失镖少闻名，深受江湖人士的青睐。可到了这一代，玉家家主与发妻多年未出，老来怀孕，却是个女童，直叫夫妻俩心酸无奈，便取名为怜心。

作为盟主世家，要运往各派联络感情的物品尤其多，所以上官家始终都是顺风镖局的大主顾，和玉家也是多年的交情。上官清小时候就经常随父母和哥哥一道去玉家做客。

她还记得自己第一次去玉家时，对玉怜心的印象——不知停歇地在后院练剑，直到手抽筋才肯罢休。她的嗓音低缓好听，却不愿多开口，眉目间总带着几分忧愁，面上从未有过舒心的笑颜。那一年的上官清八岁，玉怜心也才十一岁。

那时的上官清是不解的：她的老哥尽管如今是个武林英才，但在十一岁的年纪，是和隔壁老王家那个终日嬉皮笑脸、偷懒耍滑的顽童没什么区别的。可这个小姐姐，却为何愁容满面，像个小大人，是被父母罚练剑而不开心吗？

说来也好笑，才八岁的上官清不懂得遮掩自己的心思，怎么想便怎么问了玉怜心。后者则是愣神好一阵，随后发出一串银铃般悦耳的笑声。就是那一串笑声，从此把两

个女孩的心穿在了一起。

众人都道玉怜心性子冷淡，不喜理人。可上官清却知道，玉姐姐是个多么善良热忱的人。只是因为玉家夫妇重男轻女，总想替女儿招亲择婿，继承家业，才会逼得骨子里自尊自强的玉怜心出走。她的心里藏了一把火，从小苦练剑法是因为这把火。离家游历，也是因为这把火。

上官清一直都很羡慕玉怜心在机缘巧合之下，拜了神秘的"医鬼"为师。她也始终相信，终有一日，玉怜心心中的那把火，会燃烧出最耀眼的火焰，让所有人刮目相看！

上官清就这样呆呆地对着字条，在心中感慨了一阵子，思绪才被在肩膀上不安分的猎鹰唤回，想起那三枚转还丹。

"在这里吗？"她端详猎鹰片刻，发现它脖颈间系了一个很不起眼的白色圆环，便将其小心拆下。圆环仅有小指粗细，上官清晃了晃，听到里面有动静，便对着月光稍琢磨了会儿，找到关窍，双手用力往反方向一掰。圆环被分成两半，三枚小小的金色药丸随即从空心环中滚落在掌心。

"哇，果然是救命的药，金灿灿的。"上官清"咯咯"一笑，从怀中取出个瓷瓶，把里头原本装的寻常伤药随手一倒，给这三枚药丸腾出个位置来。

信看过了，药也收好了，上官清眼珠一转，就想到了该怎么回信。只见她当即从口袋里取了颗蜜饯，让猎鹰叼着："乖，告诉玉姐姐，我很好，让她不用担心。这颗蜜饯是我请她吃的哦，你不许吃掉！"

吃的就在嘴里，却不能入腹。猎鹰不满地扑扇了几次翅膀。上官清好笑地摸摸它的脑袋，轻轻一拍后，它才不情不愿地振翅飞走了。

上官清目送着猎鹰飞远，消失在夜幕中，满意地笑了。她记得小时候，自己就经常请玉怜心吃蜜饯，说蜜饯甜甜的，吃了心里头便也跟着甜。玉怜心总说她孩子气，却每每都会微笑着吃下蜜饯，夸上一句"真甜"。

小时候的时光，真是令人怀念！也不知道再见玉姐姐是什么时候……上官清这么想着，脑袋枕着手，仰面躺下，望着星空，又沉浸在了索归鸿那如潺潺流水的琴音中。

上官清本以为，一个美好的夜晚，会在自己的无限怀念与憧憬中，在睡眼蒙眬之间，随着天边一颗流星，在时间之流中悄悄过去。然而，事实证明，在睡相不佳、轻功又不好的情况下，还是不要轻易学高手们耍帅在屋顶上睡觉了——毕竟有时候只是一个翻身的距离，就很可能掉下去，比如现在的上官清……

第二章 怪癖神偷送上门

"啊。"上官清尖锐的惨叫声刺破了夜的寂静。

眼见就要"脸着地"式着陆，三道矫健的身影同时跃向了上官清。其中一个人身形最快，腾跃之间不费吹灰之力，先于剩下的两个人，一把接住了直坠下来的小人儿，跟着帅气地在空中转了一圈，才翩然落地。

就凭这救人还不忘耍帅的作风，上官清闭着眼也能猜到，接住自己的一定是刚刚准备出门偷东西的郝英俊。

"你……你这么好心救我？"果不其然，一睁眼，她对上的便是郝英俊那张恣意的笑脸。

郝英俊挑眉，姿势不变，紧了紧搂住她腰的大掌："是啊，表现好些，也许你就把解药给我了也说不定？"

"想得美！"上官清小脸一红，一把祭出腰间长鞭抽去。这么近的距离，怎么着也能把他这张欠揍的脸打开花吧！

郝英俊见势不妙，急忙松手，顺势轻飘飘一掌，用内力将上官清推出一丈之外，这才险险地保住了自己的俊脸。

"喂，你这是恩将仇报啊！"想到那鞭子就擦着自己的鼻尖打下去的，郝英俊不禁心有余悸。暗道：师父说的果然没错，武功差的女人脾气都不会太好！只是几次观她使鞭，不知为何总有些熟悉感……

而这边，上官清被内力这么一推，正巧跌入赶过来的索归鸿怀里，顿时心就漏跳了一拍，哪里还顾得上听郝英俊的怒吼。

索归鸿扶稳她后关切地问道："你没事吧？"

"没事没事！"上官清应着，慌忙把长鞭插回腰间，双手齐用，把乱掉的鬓发理了理。她可不想给索归鸿留下不美的印象。

一并赶来的随风开口就是教训："小姐，轻功不济就不要学别人在屋顶装深沉。郝英俊以轻功闻名，若他方才不在，我和索归鸿恐怕都要差上一步。下次你的脸就真砸成大饼了！"

"随风！你就不能盼我点儿好啊？"上官清听了，颇不服气，"再说了，他不赶来，我……我大不了自己努力翻个身，用屁股着地就是了！"

此言一出，换来的是随风鄙夷的冷哼和索归鸿的忍俊不禁。

至于郝英俊，则是一脸不羁地挑眉问道："哦？当真？"

"当然当……当真！"说出去的话泼出去的水，上官清咬牙应下。

"那我们就试试吧!"

郝英俊话音未落,已如鬼魅般从索归鸿身边将上官清拦腰一揽,足尖一点,整个人像一支离弦的箭,带着她射出了院落,融入深深夜色。

"啊,啊,啊,郝英俊你放开我……"

"上官姑娘……"上官清的惊呼声让一时被这诡异身法慑住的索归鸿打了个激灵,折身便要追上,却被随风抬手拦下,"你?"

随风神色淡淡,道:"不必追。他对小姐没有恶意,更何况他还中毒了,命还握在我手里。"

"你就不怕他用上官姑娘威胁你解毒?"索归鸿长眉一敛。

"他要动手早动手了,何必挑我们都在的时候。"随风摇摇头,竟是转身回房了,留索归鸿独立院中。

索归鸿面上的忧色变得更加复杂且意味不明,重新走回琴边坐下,拨动琴弦,喃喃自语:"从这个护卫的态度看来……也好,她什么都不知道,最好。"

同是一片夜空下,随风已然入睡,索归鸿还在抚琴,只有上官清蹲在某大户人家的屋顶上,一动也不敢动,大气也不敢出。

就在半刻钟前,她被郝英俊"掳走",刺激地飞檐走壁了好一会儿,才得知他有意让自己参与今晚的盗窃行动,顺便让她有机会实践自己的壮志豪言——从屋顶掉下时用屁股着地。

"我不要和你一起偷鸡摸狗!"她看着正在一旁倒腾行窃工具的郝英俊,压低声音抗议道。

郝英俊看都不看她一眼,边摆弄手里的细竹管边道:"我们今天不偷鸡,偷酒壶。"

"你……"上官清气结,"你信不信我现在就把屋顶蹦塌,看你还能不能偷得成!"

这回郝英俊上下打量了她片刻,略一思索后,一本正经地点头:"凭你的重量,我信。"

"可恶!"这不是摆明了说她胖吗?是可忍孰不可忍!

怒从心头起的上官清倏地站起来,膝一屈,准备开蹦。

"喂,喂!你还来真的啊?"郝英俊急忙握住她的手腕,赔笑道,"我不过是开玩笑。方才接住你时,只觉轻飘飘若无物,否则我也不能带你在空中转一圈啊!"

"真的?"上官清竟感到有些受用,想笑又抿唇不愿让他瞧见。

"真的!"说着,郝英俊也站起身,揽过她的肩膀,让她重新和自己一起蹲下。

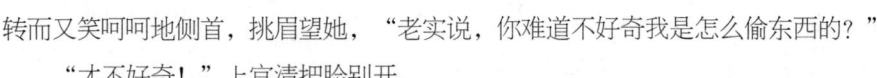

转而又笑呵呵地侧首，挑眉望她，"老实说，你难道不好奇我是怎么偷东西的？"

"才不好奇！"上官清把脸别开。

自己曾经对"怪癖神偷"究竟怎么行窃的，确实是颇感兴趣，还想着哪日得见本尊，就要学上几招以备不时之需。但如今见了神偷真面目，又像现在这样被强行带来，总觉得有些没面子……

郝英俊瞥她一眼，手上已将猪脬紧扎在细竹管上："行行行，不好奇。我每次偷回东西来，你都问东问西，还以为你有兴趣。原还想教你一招，看来是我自作多情了。"

"那是因为你偷东西的路数太奇怪了！"听到这儿，上官清又转回脸，杏眼滴溜溜地转，里头满是调侃，掰手指细数起来，"偷个梳妆匣吧，把里面值钱的首饰特意倒出来留给人家，只拿个匣子！偷个荷包吧，把里头的银子特意留下，只要个空荷包……"

上官清越盘点越觉得可笑："这些也就算了，就当你不汲汲于富贵，视金钱如粪土吧！可关键是，你连夜壶都偷啊，哈哈……嗯！"

眼见她就要控制不住大笑出声，郝英俊连忙腾出一只手，死死地捂住她的嘴，猛瞪了她几眼。确定上官清消停下来了，他才放手道："安静点儿，我准备动手了，认真看，下次可不一定带你来了！"

说罢，他也不等上官清反应，便自顾自地扒上屋脊，揭开屋瓦，往屋内扫视一圈，确定了酒壶的位置后，便小心地将早准备好的、绑着猪脬的细竹管从瓦洞中放下，直到插入酒壶口中。

这偷酒壶的法子倒是稀奇。上官清不由得屏息凝视，猜测着郝英俊的下一步动作。

只见他把嘴对上细竹管的口儿，竟是缓缓地吹起气来！就这么吹了几口之后，郝英俊面上露出得逞的笑意，进而紧紧掐住竹管的上眼，徐徐地向上提起——一只小巧可藏怀中的精致酒壶就随之被提了上来！

"这是……"那细竹管分明像是悬空在酒壶正中的，也不似下方有钩子在内里钩住酒壶，怎么就能把酒壶给提溜出来呢？猪脬也不见了，上官清一时参不透其中奥妙。

郝英俊手脚麻利地把瓦片还原，冲她使了个眼色，示意离开这里再说，便长臂一伸，左手提着竹管酒壶，右手搂住女子细腰，潇洒地跃出了高门大户的重重围墙。

找了处无人的巷口落下，郝英俊这才为上官清揭晓"秘密"所在："酒壶多是肚宽颈窄的型儿，靠竹管当然不可能钓出来，所以我刚才在竹管上还绑了个猪脬。然后把竹管中节打通，往里头吹气，让已经在壶肚子里的猪脬涨开。这般，猪脬便堵住了

窄窄的壶颈，一提竹管就上来了！"

"你这还真是……费尽心机啊。"上官清忍不住对他竖起大拇指。

"好说好说。"郝英俊朗声笑道，"这种偷法是从老祖宗那儿改良的，谈不上费尽心机。"

见他四两拨千斤，便把自己损他的话应对过去了。上官清一时吃瘪，只得转而问："你偷这些东西，到底为什么啊？"不等郝英俊接话，她偏头一想，又道："是了。在我的印象中，你在每座城里偷的东西，最后也都没带出城门啊——你的行李一样没多，那些东西都去哪儿了？"

"你倒是观察得挺仔细。"郝英俊收敛了笑意，沉声道。

上官清的回答非常实在："因为我闲着没事干嘛。"

"但有些时候，"郝英俊突然逼近她一步，背着月光，身影变得格外高大，"知道的事情太多，可不是好事……"

被他严肃的面孔吓住，上官清倒退的同时，左右一望，只觉此处寂静无人，树影重重，正是杀人灭口的风水宝地！

"你要做什么？"她颤抖的手握住腰间的鞭柄，可也自知亮不亮鞭都没什么区别，"别……别过来啊！"

"你说我要做什么？"郝英俊一扯嘴角，冷冷地又逼近一步，"当然是……"他把音量故意放得很低，说得很慢，每个字都折磨着上官清快要崩溃的神经。

高大的黑影压了过来，上官清的心已经吊到了嗓子眼儿，思绪飞速运转，想要找到溜之大吉的正确姿势。

"当然是，带你去看看我把那些东西都弄哪儿去了！"

"啊……郝英俊你耍我！"

随着少女既惊又怒的吼声穿耳，郝英俊再次搂着上官清在檐与檐之间如履平地般飞走起来，往郊外方向去了。

这个时辰，城内多多少少还有些人家尚未入眠，灯火不灭，至于酒馆之流所在的街道更是热闹非凡。但荒郊野外不同于城内，山脚下黑漆漆一片，不远处黑影重重，不知是何物。四周很静，蝉声都消失了，只剩下风吹动树叶的沙沙声，听起来有些瘆人。

双脚落地之后，上官清不由得拢了拢衣领，仿佛在抵御这夏夜中本并不存在的寒意。

"郝英俊，你带我来这里……做什么啊……"她的声音打战，脑海中浮想联翩，全是乱葬岗的景象,继而想到了四个字——抛尸荒野。

"想什么呢?这里只是贫民区而已。"像是看穿了她脑袋瓜里的胡思乱想,郝英俊抬手一拍她的后脑勺,然后牵过她的手往里走。

贫民区?上官清纳闷地眨眨眼,心中的困惑令她一时没留心到郝英俊牵手的动作,只老老实实地被他领着向前走。

郝英俊轻车熟路地走着,目不斜视,路过一间间低矮破败的茅屋。上官清两边打量,发现大部分屋子连像样的门窗都没有,心道,这夏天倒还好说,冬日的寒风呼呼往里头灌可会冷得要命!

朱门酒肉臭,路有冻死骨,她素知这世道便是如此。上官府每年的开销中也有一大笔是用来赈济贫民的,但真来到传说中的贫民区,她心中难免感到一阵凄然。

这些茅屋的模样大同小异,上官清很快就不再看了。郝英俊也恰巧停下脚步,转了个方向,走到比其他茅屋还要小上一半的屋子前,轻叩那只剩下半扇的歪木门。

"小南,我来看你喽。"郝英俊尾音带笑。

"英俊哥。"屋内随即传来小男孩精神的声音,接着木门从里被拉开,一个灰色的小身影扑进了郝英俊的怀里,"英俊哥,你这次好久没来了!我很想你,大家也都惦记着你。"

上官清先是吓了一跳,之后借着月光一瞧,才发现扑出来的原来是名身着灰布衣的小男孩。

可能是察觉到有人在注视自己,小南也扭头看向她:"这位姐姐是?"

"我叫上官清。我是……呃,他的朋友。"上官清回答起来莫名心虚。

"乖,我们进屋说。"郝英俊戏谑地瞥她一眼,然后单臂轻巧地把小南托起来,一弯腰,抱进了屋内。上官清也忙跟了进去。

一进屋,入目的是一张小破桌,桌上摆着盏旧到发黄发黑的小油灯,灯火明明灭灭。油灯旁是一个小竹篮,不知是做什么用的。充当床榻的是一块大木板和上面铺得整整齐齐的几层稻草,看得出来,小南铺得很仔细也很用心。房屋尽管破败,却还是被打理得井井有条,静静诉说着屋主人对生活的热忱与憧憬。

小南请两个人坐在床榻上,然后就和郝英俊兴奋地聊了起来。上官清在一旁专注地听着,大约也明白了。郝英俊这些年每去一个城池,就会去贫民区尽可能地接济贫民,一来二去,也就熟稔了起来。尤其是对于小南这个年龄的小男孩来说,郝英俊就像是他们心目中的"大英雄",希望自己有一天也能长得又高又壮,凭借一技之长,潇洒行走天下。

"看这次给你带来了什么？"郝英俊聊着，变戏法似的从怀中掏出了刚偷出来的酒壶，递到小南眼前。

"哇！好精美啊！"小南一把抱过来，双眼发亮地端详着，"这就是大户人家用的酒壶吗？和我平时在小酒馆里看到的一点儿都不一样。"

经他这么一说，上官清才发觉自己之前都没正眼瞧过这酒壶，竟是白铜提梁雕花酒壶，雕的是岁寒三友，倒也栩栩如生。只是这酒壶工艺虽不赖，可在世家人眼中，也不过尔尔，故而上官清也从未刻意留心。

"唉，我什么时候也能用这酒壶喝上一口酒就好了。嘻嘻……"小南希冀的目光始终不离酒壶，向往着有朝一日，那十分遥远的未来。

"很快了。等小南长大了能挣钱了，就可以了。"郝英俊轻笑着抚上他的额头。

上官清在旁看着，第一次在他眼底望见了真真切切的温情，像是揉碎了的星河，美好夺目，心中莫名一动。

小南听了，用力点点头："嗯！我会好好努力的。"说着，他像想起什么似的，把酒壶放下，起身走到桌边，拿过小竹篮，一脸自豪，"英俊哥你看，我从王婶那儿学了草编，现在已经会编蚂蚱、蝴蝶和兔子了！前几天我拿去城里卖，赚了十五个铜板呢！"

"呀，真可爱！"上官清看着竹篮中的草编小兔子，不禁开口夸赞。

"上官姐姐喜欢，就送给姐姐！"小南慷慨地取出一只，塞进上官清手里。

上官清有些无措地看向郝英俊，见他颔首，这才决定收下。她珍惜地把草编兔子收好，笑道："姐姐这次来得匆忙……下次来，一定也给小南带礼物，好不好？"

小南的脸上写满了欢喜，脆脆地道谢："谢谢姐姐！"

应完上官清后，小南走回床边，把酒壶抱在怀中又摩挲了片刻，然后交还给郝英俊："英俊哥，谢谢你把它借出来。我看完了，你赶快给你朋友还回去吧。"

"好。"郝英俊颔首接过，"一会儿就还。"

这一幕出乎上官清的意料，她本以为郝英俊是把这些东西送给这些贫民小孩，却原来只是"借看"？小南看起来也并不知情，浑然未察觉郝英俊哪里是借，明显是偷来的……而且，既然如此，那郝英俊是在用什么接济贫民？

上官清还在疑惑，只听得郝英俊在耳边说"走吧"，就把她拽起来，走出屋了。

"英俊哥下次什么时候再来呀？"小南追到门口。

郝英俊没有回头，只背对着他，挥手道："等你赚够八百个铜板的时候！"

"好！我一定早点儿赚够。"

上官清忍不住回眸看向小屋前那个瘦小的身影，直到渐渐模糊成一个灰点，才收回视线，低低一叹。

"叹什么气？"郝英俊侧首问她。

其实她也说不清心里的滋味，随口说："也不知道他能不能赚够八百个铜板啊……"

"当然能。"郝英俊语气笃定，仿佛理所应当，把上官清彻底弄糊涂后，欠揍地挑眉，"是不是有一肚子疑问啊？求我我就告诉你。"

在来到贫民区之前，在踏入小南那间小屋之前，按照上官清的性格本是断不可能顺他心意的。可现如今，她对郝英俊有了些许改观，便也发现没那么难张口了。因此，她当下就心一横，双手抱住他的胳膊撒娇地晃了晃，捏着嗓子："求你啦——这样？"

"咳咳。"尽管上官清的娇态只维持了一眨眼的工夫，还是让郝英俊始料未及，呛得不轻。

"你怎么啦？"上官清不明就里，转而想殷勤到底，抬手给他拍背，却被他侧身一让避开了。

止了咳嗽的郝英俊苦笑着摸摸鼻子："好了，好了。我服你了。告诉你吧，我在江湖上还算有些朋友。像小南他们这样的，但凡愿意自食其力，不管是做小东西去城里卖，还是去找活儿做，我都会嘱咐朋友帮忙照应。他们的工钱或者卖东西赚的钱，都是我一早就寄存在朋友那里的。"

"原来如此！"上官清恍然大悟，"这样好，既接济了他们，又维护了他们的尊严，还能培养孩子们从小懂得自食其力地生活！虽然不能过得很富裕，但至少人人都有挣钱的能力，总比每年等着富贵人家发善心来得好！"

"孺子可教。"郝英俊笑容一荡，索性继续给她解释，"至于我为什么偷大户人家那些并没有实际价值的东西出来，只给孩子们瞧一眼就拿走，一则那些毕竟是失窃之物，孩子们拿着，万一惹祸上身岂非害了他们？二则我只是希望他们能见见世面，知道在这片荒郊之外，还有更好的世界等着他们……"

尽管那个世界，他们也许终其一生都无法到达。从他逐渐退去笑意的眼里，上官清仿佛看到了，他藏在心里没有说完的后半句话。

一时间，两个人相顾无言，各怀心事。

最后还是上官清忍不住先出声，找了个问题："嗯……那偷来的东西，你最后都放哪儿了？真的还回去了吗？"

"还回去太麻烦了。他们都不一定能察觉有东西丢了。"郝英俊耸耸肩，"我都随手扔了。"话音才落，他就像要示范一般，旋身一脚，把铜酒壶朝半空踢了出去！

就像是为了踹开方才沉重的气氛，上官清目测，郝英俊这一脚灌注的内力，足够把酒壶踢到半山腰的林子里去了。

"咳！咳咳！咳……"

然而事与愿违，酒壶才远离视线，不远处一座矮房中传来一阵撕心裂肺的咳嗽声，刺痛了两个人的耳膜。

上官清观察着郝英俊的神色，低语："好像病得很严重呢。"

"是小虎家。去看看吧。"郝英俊抿唇，朝那屋踏去。

霉味、血腥味和药味混合在一起，充斥着上官清的鼻息。不同于小南的屋子虽破败但整洁，小虎家显得一团糟，茅草屋顶还漏了一个大洞，透过洞中射下来的银色月光，反而成了昏暗屋中的唯一光源。

堆得高高的"稻草床"上，一名妇人面色苍白，半闭着眼，形容枯槁，每咳一次都会咳出血来。小虎半跪在一旁照顾着，止不住地抽抽搭搭，除了给母亲拍背、喂水，他不知道还能做点儿什么。

"英俊哥，我娘她……"小虎抹着泪，背对着两个人，"她是不是真的没救了？我把家里的钱都给了大夫。他来看过说是得了痨病，开了几服药，就匆匆忙忙地走了。"

郝英俊走上前两步，抬手按在他的脑袋上，久久无言。

"小虎，咳咳，是……郝公子来了吗？"倒是床上的妇人，艰难地睁开眼，用那双早被病痛折磨得浑浊不堪的双目，在昏暗中寻找郝英俊的所在。

"吴婶，我在这儿。"郝英俊沉声应了句。上官清知道，他几乎是在等待吴婶的遗言了。

吴婶循着声音望去，目光渐渐有了些聚焦："郝公子，我知道你是个有本事的，咳，也见过世面的人……我就快死了，临死前我只想能再见见……孩子他爹，他……咳咳……他十年前为了妾室将我们母子赶出府去！我也一直着一口气，不肯回头……如今只想再见他一面，问问他，可还记得我？可曾有愧……咳咳。"短短两三句话，她间歇着又咳出了好几次血。

"娘你别说话了！"小虎赶忙递上手巾给她擦嘴，"爹不是早就……"

吴婶竟不知哪里来的力气，突然拔高音调，打断了小虎："大人说话，小孩子别插嘴！咳咳咳……"

"我不说了，不说了！"小虎眼中含着委屈的泪，却懂事地认错，"是我错了，娘您别生气！"

见此情形，上官清不由得蹙眉，有一丝微妙的感觉浮上心头。

"郝公子……我就这一个愿望了……他就在城东，咳咳，城东的应府。"吴婶死死盯着郝英俊，"如果我还有力气，我一定自己去，不会麻烦你。咳，可我现在……我只想再看他最后一眼……"

已经来到郝英俊身侧的上官清发现，吴婶此话一出，他的瞳孔竟是猛地一缩，随即便有沉沉的情绪在眼底翻动，汹涌着，叫嚣着，又分外压抑。

上官清担忧地轻唤出声："郝英俊？"

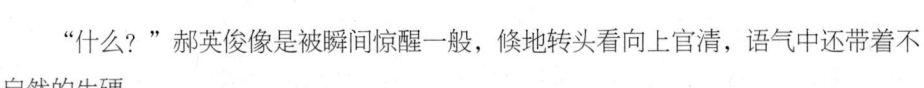

第三章 江湖遍地是陷阱

"什么？"郝英俊像是被瞬间惊醒一般，倏地转头看向上官清，语气中还带着不自然的生硬。

"我只是看你的情绪，有些不对劲……"上官清小声道。

对上她那双怯怯的却满是关切的眸子，郝英俊竟觉心头的阴郁散去了一半，自感不妥地闭上眼，深吸了一口气后，才睁眼道："我没事，谢谢……"

接着他转向榻上奄奄一息的妇人，面无表情地应承下来："吴婶，我去帮你把人带来便是。"

听他真的应了，吴婶却不曾流露出欣喜，甚至避开与郝英俊的对视，只喃喃了两声："好，好……"

上官清看在眼里，更觉古怪，忍不住开口问："吴婶，应府我和郝英俊都没去过，里头的布局如何？有几个院落，几处厢房？你要找的那个人住在哪处？"

"这……"吴婶闻言浑身一抖，接着便是连咳了十几声才止住，变得气若游丝，"时间太久了，我也……也忘记了……应府应该不算大，只要找一找……"

不记得？无论是她言语中的模棱两可，还是她那突然止不住的咳嗽，都让上官清心中更生疑。于是她略一顿，又试探道："那你丈夫长什么样？你得说详细点儿，否则我们找错了人岂不是瞎忙。"

"他……他……"吴婶的呼吸变得更加急促，面上也露出焦急的神色，"十年过去他也老了，不知道他现在长什么样子了。咳咳！或许，或许他额头上那颗痣应该还在的，对，对……"

"那……"

上官清还想再问，却被郝英俊带着无名的怒气喝断："好了！别问了！"

看着他低喝之后，转身就走，上官清也无法再探问，只得追出屋去："喂，你什么态度啊？我是在帮你啊。"

"是我去把人偷出来，就不用你操心了。"郝英俊看都不看她一眼，加快步子。

郝英俊人高马大的，一旦迈开大步来，上官清就只能一路小跑着跟上。

"既然一起出来的，当然是一起去了！可你不觉得这个吴婶很奇怪吗？既然对应府、对丈夫念念不忘，又怎么会不记得？更不合常理的是，家徒四壁的情况下，临终竟不是求你多照顾小虎，而是要见一个十年前就和她恩断义绝的丈……哎！"

谁料她话未说完，越走越快的郝英俊索性提气一跃，施展轻功飞远了！

"男子汉大丈夫，一言不合就用轻功算什么本事啊！"眼睁睁看他消失在夜幕中，

043

上官清气得直跺脚，可还是边气边使劲往城里跑。

上官清直觉这里头一定有问题！好在今天在城里闲逛时见过应府，隐约还记得所在。希望自己的蹩脚轻功能赶在出事之前到那儿吧！

子夜时分，圆月藏到了厚厚的云层之后，星光仿佛也随之黯淡。下半夜的城内城外都是一片寂然，人们都沉浸在睡梦之中，唯有三个人比任何时刻都要清醒。

上官清正在回城路上玩命狂奔，郝英俊已潜回城中，往东去了。而矮破茅屋中的病妇人，看着小虎趴在自己的枕边安然酣睡着，眼中又恢复了一丝神采。她自己勉力起身，将小虎移到自己原来躺的位置，一下又一下地爱抚着他的脑袋。

她细细地凝视着自己孩子的眉眼，然后转身走出两步，蹲下，费劲地双手刨土，往下挖了三拳深之后，便见一个大口袋。她打开口袋，那是她这辈子都见不到，也赚不到的银子，满满一袋。口袋很沉，她把它提上来，走回小虎身边，小心翼翼地把口袋塞进他的怀里，让他抱着，再替他掩好又冷又硬的被褥。

"娘去赎罪了……好孩子，这些钱一定要省着花，过好日子，知道吗？"妇人说着又想咳嗽，却强行忍着，急急反身出了屋子。

她在门口站了片刻，便向山脚下的那片林子一步步挪去。也许是回光返照，让她拖着病躯，坚持着走到了林中。她喘着气停下，从袖中缓缓掏出一张被折叠成信纸大小的牛皮纸，耐心地展开来。

林子里太黑了，可她太熟悉这张纸了，这上面画的是郝英俊的肖像，这是一张"悬赏通缉令"。她本不识字，只是在看到这张画像时怔住了，却被一名捕头发觉异样……于是她知道了，郝英俊是被官府悬赏缉拿的"神偷"。她本就命不久矣，左右都是死，威逼对她已然无用，可敌不过利诱之下的一念之差。她想替儿子小虎留下傍身的钱财，哪怕官府允给她的银子，根本不到悬赏令上所承诺的百分之一。

她知道，官府虽然先给了她钱，可若在死之前，等不来郝英俊，下不了这个套，钱还是会被那些差爷收缴回去的！她盼望着郝英俊来，又希望他还是不来为妙，就这么矛盾着，终于在今早等来了之前那名捕头……

"郝英俊进城了，按照你说的，他一定会来你们这儿。你要抓紧机会，我们只在应府埋伏三日。"

浑浊的泪水从她深凹进去的眼眶中流了下来，滴在画像上，渐渐晕开。

"郝公子，你是我们的恩人……是我恩将仇报！你若要索命，别去找我的孩儿。"

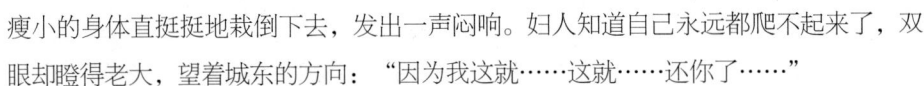

第三章 江湖遍地是陷阱

瘦小的身体直挺挺地栽倒下去，发出一声闷响。妇人知道自己永远都爬不起来了，双眼却瞪得老大，望着城东的方向："因为我这就……这就……还你了……"

直到咽下最后一口气，她都不曾瞑目。

蝼蚁般的生命在暗夜森林中悄然逝去，而在城东应府中却正上演着轰轰烈烈的生死厮杀。

"嗖嗖嗖。"

几乎是在郝英俊双脚踏上应府内院青砖的刹那，数十支利箭同时撕破气流，从四面八方飞射而来！

郝英俊眉一扬，似不屑，整个身子霍然拔起飞上半空，堪与飞箭比快，毫不费劲地避过一劫。但他不等落地，只听得一阵密集的刀剑出鞘声，四面厢房与阁楼顿时门户大开，冲出百来名捕快，朝郝英俊袭来！

这些捕快并非江湖中人，郝英俊自是不将他们放在眼里。他将双脚缓缓错开，像是一头蓄势待发的猎豹，锐利的目光又如鹰似的打量四下，观察究竟还有多少弓箭手引而不发，埋伏在东西南北四个方向的厢房或是阁楼中，将箭头对准自己。又或者，这么煞费苦心的一次请君入瓮，官府应该还留有后手。

就在上面！郝英俊目光一凛，向左侧身一让，一把映着寒光的刀贴着他的衣袍，直直插进了他原本所立位置的青砖之中。砖从中央裂开，足见这一刀的力度。

他抬头看去，只见一名血衣男子从阁楼顶上跃下，运起一掌，逼退他半步。来人看准这半步的空隙，反手拔刀，朝尚未站稳的郝英俊挥去！郝英俊不再后退，仰面避过，迅速出手，朝捕头握刀的手腕处劈去！

这一劈郝英俊不敢怠慢，用了八成功力，震得来人手腕酸麻不已，刀随之脱手落下。郝英俊眸光一闪，正准备顺势接过，却不料那个人竟是左右手皆可使刀，再次离地跃起，借着在半空中一旋身的力度，右手击开郝英俊，迫得他无法直起身的同时，左手接住刀柄，却是当剑来用，冲其刺去！

这一剑刺的角度刁钻诡异，间不容发，远比他右手挥刀的动作干净利落！江湖上这样用刀者，只有一个人。

"鬼刀剑客？"刀刃近在咫尺，郝英俊当机立断，翻身向下，单手在地面一拍，整个身子贴着地面，与鬼刀剑客错身而过，飞出一丈，转到其身后站稳。

"怪癖神偷的轻功与身法果然名不虚传。"血衣男子没有否认自己的身份，握刀

反身，与郝英俊对峙。

"你何以为官府做事？"郝英俊皱眉。鬼刀剑客在江湖中也算是排得上名号的怪人，从未听闻和朝廷有什么往来。

鬼刀剑客怪笑了两声："你莫不是忘了，自己还在赏金榜上？最近赌钱输得手头紧了，特向兄弟借命一用。"说罢，他竟是再无意寒暄，飞身袭来！

论轻功，郝英俊在江湖中称第二，自无人敢当第一；论内力，轻功卓绝如郝英俊者，内力也必然不低，且需有取之不尽用之不竭之势，绵绵不断，方可保持身形始终不滞；可论武功招数，向来主张用头脑而非暴力的郝英俊，却是万万不敌鬼刀剑客之流的。

初时过招，凭借巧妙的身法避避尚可，但若久战，难免落了下风。一对一时，脱身对郝英俊来说简单得很，可那批潮水般前赴后继的捕快却成了他的绊脚石。

这些捕快也欲分点儿赏金，招招夺命。郝英俊却不想杀人，打起来难免束手束脚，夺了刀来也只作防御！

人多势众，再加上一个拿刀当剑、剑招诡异的鬼刀剑客，郝英俊渐感左右掣肘，额角冒出豆大的汗来。更可恶的是，每当他想要使出轻功，从上逃开，密密麻麻的箭就会挡住去路。再加上鬼刀剑客由下追击，腹背受敌，迫得他只能始终在地面迎战。

郝英俊突然意识到，这次遇到的官府埋伏，与往常任何一次都不同——这些捕快、弓箭手与鬼刀剑客的配合太过默契，绝非一朝一夕可成！

自己轻敌大意，这次是要吃点儿苦头了！但好在上官清那个女人武功不济，没有跟来……

"嗞。"稍一分神间，刀口舔过郝英俊的左臂，留下一道伤口。

鬼刀剑客眼见得手，面露得色，自负地暂且收刀停手："刀上喂了毒，我看你还是放弃吧。"

郝英俊闻言冷笑，飞快点了几处穴道缓解毒素蔓延："我郝英俊早就忘记'放弃'二字如何写了！"

话音落下的同时，他将手中弯刀反手一甩，转着圈儿，扫向北面阁楼二层，转眼便传来三声弓箭手的惨叫！

众人一惊，皆未反应过来之际，郝英俊足下发力，朝南面应府大门方向狂奔而逃。

逃出十步之后，南面阁楼中的弓箭手才回神纷纷放箭。郝英俊仿佛早已知晓每支箭的飞行轨迹，轻轻松松地晃动身子，一一避过，甚至还徒手接过一箭，反掷回去，正正刺穿其中一名弓箭手的喉咙！

两旁的其余弓箭手一时皆为之胆寒，竟是不敢再射！

情势突然反转，刚刚还被箭阵逼得走投无路的郝英俊，现在却潇洒自如地破了阵。一则是他终于开了杀戒，二则在方才缠斗过程中，他就在留心观察箭矢从何而来，每处有几个人，箭法如何。直到了然，他才采取行动，故而一击必中！

"好你个怪癖神偷！"鬼刀剑客怒极，暴喝，"继续放箭啊！你们还不追？"

骂声惊醒了呆滞的众捕快，众人拔足追击郝英俊。而鬼刀剑客索性直接以刀为箭，不断抢过身边捕快的佩刀，朝郝英俊掷去——每刀都几乎是贴着郝英俊的足跟插进地砖！

看着近在咫尺却上了闩的院门，郝英俊脚下不停，心中思绪百转：要快过鬼刀剑客的飞刀，就不能花时间在开院门上。若是此时施展轻功腾跃，他的飞刀也必会阻了去路……

"郝英俊！快跑。"此时前方上空突兀地响起女子又快又急的喊声。

郝英俊一惊，循声望去，是上官清正扒在墙头，将手中一枚弹丸狠狠地朝他身后掷下！

弹丸"啪"的一声着地炸开，升起滚滚浓烟，暂时阻隔了视线。

"中了！"上官清忍不住欢呼，却没有想到此时发出声音是犯了大忌：以鬼刀剑客的身手，何必用眼瞄准，耳一动，照着声音传来的方向，便可飞去一刀结果了她！

郝英俊暗骂一声，弃了已开的院门，冲向上官清："快躲开！"

"什……啊！"

是利刃穿过烟雾，破空而来，寒光直刺入上官清的双瞳，吓得她双手一松，整个人直直往后栽下墙头！

到底要不要实践诺言，在空中翻个身用屁股着地呢？这是她跌下时，脑海里闪过的唯一可笑想法。

然而瞬息之间，却是郝英俊的脸映入了眼帘。上官清瞪着眼，看着他跃过墙头欺身向下，长臂一伸捞住自己，跟着双腿一蹬墙面，带着自己猛冲向前！

"哕。"

本以为已经逃出生天了，谁都追不上郝英俊，却不料才冲出数步，他生生地吐出一口黑血来！亏得上官清扶住他，才没有跪倒下去。

"你怎么了？"上官清问道。

"中毒了而已。"郝英俊抬袖一擦嘴角，还在笑，"你太重了，调动不了内力，我可带不动你。你自己跑吧……"

傻子都听得出来，他这是怕拖累了她。

上官清心里明镜似的，也没二话，直接取出一枚转还丹塞进他的嘴里，然后将他的胳膊扯过，背起他一头扎进小巷中跑起来。

小巷曲曲折折，分岔众多，既能够分散追踪而来的捕快们，又便于甩掉"尾巴"脱身。

"你刚才给我吃了什么？"郝英俊万万没想到，上官清真办起事来毫不含糊。

上官清喘着粗气："转还丹……听说能起死回生，先拿你试试药效。"

"鬼医独门之药，真的转还丹倒确实是难求的好药，呵呵。"郝英俊显然不认为她手里有真货，"放我下来吧。进了这小巷，你轻功再差，一个人脱身也没问题了。咳咳……"

"我不想和你废话浪费体力！"上官清没好气地继续跑，转过一个巷口，凭着印象，边摆脱追兵边往城西的客栈走去。

郝英俊眉头紧锁："不过同行一个月，为我做到这一步才放弃，已经足够了。"

"'放弃'两个字我写得最丑了！我才不要放弃！"上官清感到他快从自己身上掉下去了，又咬牙把他拽了拽，"你也一定写得很丑，所以你也没资格提'放弃'两个字！"

话音甫落，她便感到背上的人浑身猛地一震，吓了一跳："郝英俊你怎么了？"

"不，我没什么。你刚才说的话，你……"

"怪癖神偷，今晚折腾了这么久，也该结束了。"郝英俊犹疑的话还没说出口，就被一道冷声打断了。

下一个拐角，鬼刀剑客正挡住去路。

上官清抿唇，听到身后凌乱的脚步声由远及近，不用想也知道，是捕快们也追上来了。

"放我下来。"郝英俊见状，只是淡淡地对上官清吐出四个字。

事到如今，没了主意的上官清也只得先将他放下。她琢磨着，至少休息休息，一会儿打起来还能把鞭子甩直喽！

"你说得对，"郝英俊左边胳膊还搭在她肩头，站得东倒西歪，对上鬼刀剑客，笑得慵懒，"折腾这么久，是该回去睡觉了。"

"很好，那就——结束吧！"

五步之外，长刀脱手，避无可避，那便"迎刃而解"！

"鞭子借我！"

腰间一空，待反应过来时，上官清发现自己的长鞭已被郝英俊运用得有如灵蛇，吐着芯子对上袭来的弯刀，以柔克刚，顺势缠住刀柄！只见他手腕一沉，卸了弯刀力道后，再注力反向一甩鞭，刀便在半空中调转了方向，直刺鬼刀剑客而去！

鬼刀剑客无法掩饰面上惊色，慌忙侧身避开，竟有一半刀身牢牢插进了砖墙之中——这一击，带着郝英俊今晚憋了一肚子的火气！

"走了。"此刻心情大为舒畅的郝英俊左臂下滑，搂住上官清的腰身，提气前冲，特地踩在那柄刀上，借力一弹，轻松跃入远处的夜空。顺便还用手里的鞭子往下一抽，正抽在鬼刀剑客的鼻梁上。

打人打脸，天经地义！

长鞭重回腰间的一刻，云破月出，两个人好似奔月而去，徒留地面上的鬼刀剑客嘶吼不已，却又无能为力。

看来拖延的时间足够，转还丹已将他体内的毒给解了！被郝英俊紧紧拥在怀中，上官清能清晰地听到他有力的心跳。晚风已凉，他的胸膛却暖得发烫。

携手闯荡，江湖快意，不过如此。没来由地，她冒出这样一个荒唐的念头，慌得连连摇头。

"怎么了？"郝英俊察觉到她的动作，低头看她。

"没……没什么。"上官清面上一红，埋下头去，转移话题，"我就是不明白，那个吴婶的遗愿明明破绽百出，你为什么……"

郝英俊唇边是嘲讽的笑意："我知道是假的，是一个圈套。这个圈套做得也是颇费苦心，想必那鬼刀剑客是从江湖中那些情报贩子手里买到了关于我身世的情报，才会特地为我做这么一个局。"

"用你的身世做局？"上官清忍不住抬眼看他。

"吴婶今夜，是刻意效仿我母亲来编造身世的……"郝英俊的身形慢了下来，仿佛是为了在抵达客栈之前，能够对她将一切娓娓道来。

原来，郝英俊的母亲金麒麟年轻时，本也是身手了得的一代义盗，劫富济贫，来去无影，直到为情而金盆洗手，嫁入高门大院之中。她满以为，自己从此能过着相夫教子、共享天伦的生活，平凡却又美满。却不料，她入家门才两年，丈夫便纳了妾室。那妾室出身世家，惯常会钩心斗角，还时常揪着金麒麟的过往身份不放，在长辈面前冷嘲热讽，让她在家中遭尽白眼。

金麒麟不欲与人争辩，索性深入简出，然而"祸事"却主动找上门来。传家宝被盗，首先被怀疑的便是金麒麟。家中长辈做主将其赶出家门，她的丈夫连站出来替她说一句话都不敢。心灰意冷的金麒麟也不愿再回去，离开后才发现自己已怀有身孕——那个孩子，便是郝英俊。

"原本母亲一身武艺，离了那个大宅子，也能恣意江湖。可她有了我，便不敢再去涉足江湖中的打打杀杀，找了最普通的活计做着来糊口。小时候的日子，过得确实困苦，只比小南他们要好些罢了。每次我想去偷点儿东西来贴补家用，母亲就会狠狠揍我，不肯让我走她的老路。"郝英俊的星目蒙上了一层凉凉的薄雾，"直到我十一岁那年，母亲病得只能躺在冰冷的榻上了，就开始念叨起和父亲的过往，幻想如果她也是个小家碧玉，不是什么义盗，她和父亲的结局会不会不一样……"

上官清听得鼻头发酸："郝英俊……"

"我知道她想再见父亲一面，于是我去了那个宅子，想去找我那个素未谋面的父亲，却一次次被人赶出来。我最大的遗憾，便是那时没有现在这样的能力，把那个家伙从府里'偷'出来。"郝英俊说到这里，自嘲般轻笑一声，"所以哪怕是假的，哪怕知道有陷阱，我也想试着做到一次，弥补遗憾。"

原来他根本不像表面上那么没心没肺。上官清沉默着，不知如何接话。

倒是郝英俊故作轻松地挑起了话头："怎么没声儿了？不想知道我后来是怎么练成'神偷'技能的？"

这么一提，上官清还真有些好奇他师从何处："怎么练成的？"

"我母亲的师兄后来找到了我，他们这一派的轻功都好着呢！我天资聪颖，自然是一点就通，一练就会。"

"呵呵，真厉害。"听着他厚脸皮的自吹自擂，上官清决定收起自己泛滥的同情心，转而催促道，"怎么还没到客栈啊？你再在城里乱转，天都要亮了。"

郝英俊语调中满是讶异："咦，我以为你不知道我在带你乱转呢！"

"……郝英俊，你刚才怎么不去死？"她咬牙切齿。

"这就要问你了。"

这一夜，虽有惊无险，上官清却是不敢对随风坦白的。郝英俊也深感失手被伤十分丢脸，于是两个人便有了心照不宣的秘密。

第四章
沙漠商队为马贼

好在，之后的路程都相当顺遂，郝英俊还是老样子，偷这偷那。偶尔他会带着上官清一块儿半夜摸出去，到贫民区走走看看，再在天亮之前悄悄摸回来，全然不惊动另外两个人。白天赶路，晚上"做贼"，上官清感到生活充满了新鲜与刺激！

就这样又走了一个月，三个人便进入了西域地带。脚踩黄沙，放眼望去，是漫无边际的荒漠，茫茫一片，辨不清方向。但郝英俊自称常年往来于西域与中原各地之间，火翰国也曾去过两趟，就做了向导领路。

沙漠炎热，昼夜温差大，气候条件恶劣，但好在上官清并非四体不勤的娇滴滴大小姐，起初几日还有些不适应，每天只能无精打采地趴在骆驼背上喘粗气，嘴里念念叨叨就是那一句"好像身体被蒸干了"。

但过了两三天，上官清开始渐渐适应沙漠的环境，就又变得生龙活虎起来。尤其是在夜里，她躺在辽阔的黄沙之中，望着满天星辰浩荡，兴奋得整宿都睡不着觉！

一行人中唯一的女子能有这般耐力与适应力，剩下的三个大男人自然是松了一口气，把原本放慢的赶路速度重新加快。毕竟按照郝英俊的说法，火翰国已经近在咫尺了。

"今晚我们早点儿歇歇，养足体力，争取明天多赶两里路，直接进火翰国，就不用再这么风餐露宿了。"郝英俊边牵着骆驼让其停下，边道。

"哎，你们快看那边。"

坐得高，看得远，就是上官清此刻的真实写照。

驼铃阵阵，笑语欢声，一支四五十人的大型商队正从东面朝他们缓缓行来。他们身着左衽，小袖圆领，这样的打扮不易进风沙，厚实的长靴避免了足底被白日里炽热的黄沙烫伤，一看就是惯常在沙漠中行走的。

要知道，在这大漠中行走，想遇到人是真不容易，上官清早就耐不住了。如今一下子看到这么一大队人马，激动得直冲他们挥手。

那阔面宽额的中年领队注意到了她，报以一笑，不紧不慢地回头让队伍停下。

"走，我们过去看看！问问方向，没准儿晚上还能搭个伴。"上官清跳下骆驼，率先朝商队那边跑去。

身后的三个男人颇有些无奈地对视一眼，举步跟上。

"这位大叔，你们这是要去哪儿呀？"上官清拱手见了个礼，爽快道，"另外，此处距离火翰国还有多少路程？"

"是来自中土的朋友啊。"领队右手搭上左肩，微微欠身，笑道，"真是好巧，我们也是要去火翰国走买卖的。这里距离火翰国不远了，休息休息，明天一口气就能

第四章 沙漠商队为马贼

走到！"

上官清欢喜地一合掌："那太好了！今晚我们可以和你们一起吗？"

"当然没问题。快到目的地了，我们今晚正好要举行篝火晚会庆祝一下！一起加入就好了！"

这领队的官话腔调古怪，却让上官清感到别有一番西域风情，心下更是期待今晚的热闹了！她脆脆地应下并道谢，然后回身跑到三个人跟前："他们也去火翰国，今晚还有篝火晚会，邀请我们加入，我答应了！之前一路你们也都辛苦了，今天好好放松一下吧！领队大叔说，守夜也由他们商队负责。"

"上官姑娘，这恐怕不太好吧……"索归鸿表现得格外谨慎。

"有什么不好的？"上官清一噘嘴，拿出蛮横的架势，"我不管，我说了算！都在沙漠里闷了十几天了，还不能乐一乐呀？"

索归鸿还想继续说什么，却被郝英俊抬手拦下。

"她想玩，就让她玩吧。"郝英俊笑得轻松，还趁机调侃了两个人，"依我看，有随风和你这两大高手在，出不了什么事！"

说得好！上官清忍不住对他竖起大拇指。

"中土来的小姑娘，要不要喝葡萄酒哟？"

身后传来领队的喊声，一听还有葡萄酒喝，上官清哪里还顾得上其他两个人同不同意，转身撒腿就跑了过去。

"当然喝！这些东西好沉啊，我来帮忙吧！"

"不用不用，这些货可不好随便搬动，放在驼背上就成……"

"那我去搭帐篷那边帮把手！"

橘红色的落日渐渐沉到了高大沙丘的另一头，第一缕炊烟在低垂的夜色中升起，昭示着篝火已在熊熊燃烧，发出"哔哔剥剥"的响声。

跟着众人忙活了半个时辰，上官清才满足地坐在篝火旁。烤肉香气钻入鼻子，葡萄酒入喉幽致绵长，好不惬意，她满足地哼起小曲来。

"来。"郝英俊坐到她身边，将一只烤得香脆流油的兔腿递到她眼前，"先吃点儿东西再喝酒。葡萄酒虽甜，后劲也不小，别喝太多。"

上官清接过，一闻这香气，就再也忍不住，大快朵颐起来："嗯……你手艺不错啊！"

"那是。我什么不会？"郝英俊笑望着她，眸色粲然，凝结着大漠最明澈的月光。

053

从他盈满笑意的眼底看到了自己，上官清心中猛地一跳，竟不知所措地避开视线。她埋头大口地啃完兔腿，便找了个消食的借口，站起来，小跑着加入了正围着篝火，手拉着手起舞的商队众人。

她全心投入跳了一阵子，方才摆脱莫名的窘迫感，转而注意到随风和索归鸿那边的动静。两个人各一处，静坐着小酌葡萄酒，偶尔啖食几块烤肉，彼此隔着几步远，并不做任何交流，也都谢绝了商队中人一起跳篝火舞的邀请。

在上官清眼里，随风向来爱装深沉，因此她并不以为意。可看到这样无言独立于众人之外的索归鸿，她的耳边就会回响起他寂寞哀愁的琴声……

行动先于思考，她快步走向索归鸿，在他面前停住。

"上官姑娘？怎么了？"索归鸿微微抬头，看向她，一贯地和风细雨般关切。

她点漆的眸子中藏了一抹笑，小脸却皱成一团，苦恼道："我想跳独舞，可是没有人为我弹奏。"

索归鸿先是一愣，随即取出琴来，笑得一派温和："乐意效劳。"

接下来，便是让所有人都瞠目结舌的一幕。

琴声悠扬婉转，若能配上一支翩若惊鸿、婉若游龙的舞，自是最佳。若不及，舞姿轻盈，体态曼妙也是极好的。然而，上官清的独舞，却是虎虎生风，大开大合，以至于拳脚并用，当真是……难以言喻。

"咳咳咳。"郝英俊被呛得喷出一口酒，悄悄挪到随风身边，"你家小姐这舞很特别啊……师承何处？"

"大约是自学成才吧。"随风感到头痛，不忍直视地垂下眼。

索归鸿弹琴的双手也有些微抖，却还是以其绝佳的修养，完整奏罢一曲。

"呼呼……累死我了！"上官清擦擦额角的汗，发现在场所有人都为自己的这一舞"变色"了，唯独索归鸿面上还是神色淡淡，不由得十分沮丧，"索大哥，我跳得这么难看，你就不想笑一下吗？不好玩吗？我就是看你总不开心，琴声也很哀伤，想逗你笑笑……"同行两月有余，她已经非常厚脸皮地把称呼换成亲昵的了。

索归鸿收琴的手一顿，眼底为她这一句话而风起云涌，一种名为"动容"的心绪在肆意蔓延。

"难道是我用力过猛，跳得太难看把他吓到了？"上官清见他没有反应，蹙眉，喃喃了句。

"不。上官姑娘这一舞，归鸿一辈子铭记于心。"索归鸿说着，放下琴，起身来

第四章 沙漠商队为马贼

到她面前，为她递上手巾。

这是上官清第一次在他清寒的双目中，感受到了毫无距离、毫无隔膜的融融笑意。这双仿佛积了千年雪的眸，骤然融化了，泛出的光亮亮的，看得她脑袋有些发晕……

"嗯？你怎么……在晃？"

"上官姑娘？呃……"

上官清发誓，她绝不是故意要砸进索归鸿怀里占便宜的，更没想到自己的重量居然把他砸得生生吐出了一口老血。

因此，在失去意识，和索归鸿一起倒进黄沙中前，她在心中做了一个决定——以后要适当节食，少吃蜜饯……

"上官姑娘！上官姑娘。"

睡得迷迷糊糊间，上官清听到有熟悉的声音在急切地唤着自己的名字，便赏脸睁眼瞧去。也就是这么一眼，惊得她一个激灵彻底醒了！

索归鸿和随风居然都被五花大绑着扔在地上，自腰以下还被套了大麻袋。再反观自己也好不到哪儿去，双手被缚在身后，和帐篷的支柱牢牢绑在一起。

"这是……怎么回事？我们怎么会……商队的人呢？"上官清想要挣脱，却发觉手脚无力，软得很，根本撼动不了帐篷，"我使不出力气。"这帐篷够结实啊，毕竟是她亲手帮忙搭的……

随风冷淡地解释着："那商队就是个马贼帮。食物和酒水里没有毒，大概是在器皿上做了手脚，我和索归鸿现在手脚无力，一运功就会气血翻腾。"

气血翻腾啊，原来不是自己太重把索归鸿砸吐血的，那就不用节食了。上官清不知道自己为什么还有闲情想这些无关紧要的事情，于是重新调整了面部表情，尽量显得焦急而沉重："那我们现在怎么办？郝英俊呢？"

"我醒来得最早，并不见他的踪影。"索归鸿沉吟，"莫非他和这些马贼是一伙的？"

"不可能！"上官清想都没想，就脱口而出，见索归鸿一脸讶色，忙又补了句，"他……他要害我们何必等到今天？应该只是老奸巨猾，趁乱逃了吧。"更何况，她绝不相信在应府那夜，已被逼入绝境都不愿轻易染血的人，会和这些马贼合伙害他们。

只是，临阵脱逃未免也太不够仗义了吧！但想想也对，当日那颗转还丹，想必是连着随风喂给他吃的毒药一并解了。他没有理由非得与她同行，离开也是人之常情。可居然在危难关头就这么被郝英俊抛下了……上官清心里仍旧不是滋味，说不上来地

郁闷,也没心情再开口说话了。至于随风和索归鸿,更是没有多谈一句的闲心,此刻正正色闭目,应是在抓紧时间运功逼毒。

与帐篷中三个人的沉默不同,帐篷外,终于露出本来面目的马贼们正围着篝火,骂骂咧咧地喝酒吃肉;或是谈论着今日这一票收获颇丰,那几包袱的金银细软,足够他们在中原最好的酒楼胡吃海喝好几天了;或是把玩着从三个人那儿缴获来的武器,边估算着鞭上的镶金敲下来能值多少钱,边抱怨另外那两样重剑和破琴又沉又没什么价值;又或是商量着要怎么处理绑到的人,男的不好对付不如就地杀了,女的还按老规矩卖了;云云。

这帮马贼打算怎么对付他们三个人,这是上官清最关心的,便努力竖起耳朵听了起来。

"要我说,今儿这女娃跳起舞来一身蛮力,哪家酒楼会想要这样的舞姬?卖个粗使丫鬟还差不多。"

"粗使丫鬟能卖多少钱啊?还不够兄弟们喝一壶的!还不如留着给头儿端茶送水倒夜壶用……"

什么?粗使丫鬟?端茶送水倒夜壶?她可是堂堂武林盟主世家的千金小姐,这帮人是瞎了哪只狗眼,居然说她卖不了几个钱?上官清听得怒火中烧,恨不能冲出去和他们干上一架!

然而,她还没主动找上门去,帐篷的门帘倒先被人从外头掀开了。

进来三个马贼,为首的一个右眼戴着眼罩,是个独眼龙。

独眼龙环顾帐篷内一圈,又抬脚踢了踢随风与索归鸿,见两个人皆无反应,便以为是药劲未过。

"嘁,还以为中土武林中有多少高人呢。一点儿西域特制的香料都能晕这么久。"他嗤笑着,绕过他们,来到上官清跟前,"嗯,给你下的料和他们的不一样。还算醒来得早。"

上官清蹙眉,却无法后退,被他浑身的酒气熏得不太舒服。她暗忖着,这西域特制的香料,大概也是一种药吧?

"把她带到头儿的帐篷里去!"

"是!"

他身后的两个跟班小马贼应声上前,一个利落地解了她手上的麻绳,另一个不知从哪儿拖过一口麻袋,照头把她一套。

第四章 沙漠商队为马贼

独眼龙就站在一旁看着手下的动作，全然没有发觉地上躺着的两个人中有一个人的右手已挣出绳子的绑缚，上官家特制的穿云箭已从袖间滑落掌中，就等着他们离开后，伺机出帐，发出求救信号。

"放我下来！让我当粗使丫鬟你们会后悔的。"而这边，上官清被闷在麻袋里，感到对方毫不怜香惜玉地把自己甩到肩上往外扛，只能大声叫嚣威胁，"你们是不是吃熊心豹子胆了，知道我是谁吗……"

她的嚷嚷声渐远，听出最后一个马贼也出了帐篷，随风与索归鸿才同时睁眼。索归鸿也不知何时挣脱出一只手，急切道："随风公子，我知你素来看在下不惯。但如今上官姑娘那边情况紧急，你我须合力才能尽快解了这束缚！"

"不必。"随风说着，背在身后的手，竟是把穿云箭又神不知鬼不觉地塞回了袖中，分析道，"我们现在调动不了内力，手脚发软，就算挣脱出去，也是徒劳送命。"

索归鸿咬牙："没想到上官家的护卫竟是这般'护主'的！"

"小姐任性又大意，出来走江湖，吃一点儿亏长长记性也好。"随风还是那一脸云淡风轻。

"一个姑娘家被单独带去那马贼帐中，又岂是吃一点儿亏那么简单？"索归鸿气急。

微微眯起眼，随风继续试探："她吃什么亏，又与公子你何干？"

"不可理喻！"不欲再与他争辩，索归鸿用腾出的一只手努力解开身上其余绳结，"你不去，我去。"

随风又默默地盯了他片刻，见他眉目间的情急不似作假，才倏地轻笑道："不承想，索公子竟如此关心我家小姐，我代小姐先谢过了。不过你不必担心，她不会有事的。"

"你什么意思？"索归鸿停下动作。

"那个扛走她的人，身轻如燕，几乎没在地上留下任何脚印，显然有一身卓绝轻功。这些马贼里，哪一个有如此本事？况且，他的身形你我也很熟悉，不是吗？"

经他这么一说，索归鸿连忙扫视一眼地面，果然只有两个人的脚印。他再仔细回想，方才从头到尾，似乎也只听到过其中两个马贼的脚步声，可从气息与声音来判断，进来的分明有三个人！

"原来如此。"索归鸿松了一口气，恍然大悟，"原来随风公子早已成竹在胸。是在下让公子看笑话了。"

"关心则乱。"随风意有所指，眼中一片清明，"初时你为何会碰巧也出现在黑市，又怎会轻易答应小姐同行……只要你的存在不会危及小姐，许多事情我都可以不问不

管,还望索公子能够清楚这一点。"

索归鸿淡淡地勾了勾唇,毫不避让地迎视他:"那就多谢随风公子了。"

"索公子客气!"

这厢里,两个人"心平气和"地达成了共识,而上官清这边的情况却不容乐观。

那个独眼龙与另外一个马贼跟班似乎并没有进头目的帐篷,所以此刻,只有负责扛她的那个男人与她共处一顶帐篷。

而且更糟糕的是,这个男人自打把她从麻袋里提出来后,那大掌就没离开过她的腰身,还迫使她坐在了他的腿上,然后一脸笑意地用他那浓黑的络腮胡扎着她的额头。

"喂,你放开我。"手脚都使不出劲儿,上官清便不安分地想顺势用脑袋顶他鼻梁,却被他用另外一手给镇压了下去。

他粗声粗气地说着,嗓音低沉得不像话:"我说,你这娘们落在咱们手里了,就该老实点儿才能少受罪。"

上官清白了他一眼,摆出一副痛心疾首的神情:"你们一个个都有胳膊有腿,这身板也结实得很,做点儿什么不好,非要当马贼?劫持贩卖我这样的弱女子,你们的良心难道不会不安吗?"

"第一,你看起来一点儿都不弱,那舞跳得是要多有劲就多有劲。"络腮胡上下打量她片刻,居然还对她逐条反驳,"第二,我们现在不打算卖你了,要把你留给老大做丫鬟。我们老大口味清奇,那些娇滴滴的女人一概不乐意多看,倒是你这样的野蛮丫头,啧啧……保不准还能入他的眼。"

这是在损她啊!上官清横眉怒瞪:"呸!等我的武功恢复,我一定把你们都打趴下!"

络腮胡似笑非笑地说:"那你也得会武功啊。"

"你怎么知道我不——呸呸呸,我当然会武功了!而且武艺高强!我那鞭子你们也看到了,一挥出去一个准!"上官清吹牛不打草稿,末了还要祭出自己的老哥一用,"我可是武林盟主的妹妹,怕了吧?"

"咱们这儿可是西域,不吃你们中原武林那一套。天高皇帝远的,等你哥发现你的时候,恐怕你早给我们老大倒了好几十年夜壶了吧!"络腮胡这嘴上功夫真不是盖的,把上官清噎得够呛。

而且他在嘴上占了上风还不够,居然还要用手占她的便宜——食指在她的下颚处

第四章 沙漠商队为马贼

轻轻一勾。

"这出来混，可不能总靠别人的名号，这样是吓不着人的。自己得有一两样本事傍身，才不至于像现在这样任我处置，你说是不是？"络腮胡神色轻佻，动作也轻浮至极，可这言语中却颇有几分语重心长的意味。

"用不着你来教训我！"上官清别开脸，摆脱他的手。

"嗯，不教训也行。那咱们就来做点儿别的。"络腮胡扶着她腰身的手猛地一用力，吓得上官清低呼出声，"比如……"

一瞬间的慌乱后，上官清红着脸，强作镇定："我……我可是你们老大要的丫鬟，你敢乱来吗？"

"笑话，粗使丫鬟而已，你以为你是咱们这帮人的嫂子啊，还碰不得了？"虽没有更进一步的动作，但络腮胡眼底满是戏谑，言下之意更是令上官清胆战心惊。

难道她今天真要栽了？上官清愣愣地瞧着他，心底一阵绝望。

"哎呀，好了好了，别这么看着我，我这人太容易心软的。"络腮胡却反而先掉转开视线，望了眼帐顶才道，"这样吧！你给我说一件你做过的好事，要是能打动我，我就放过你，怎么样？"

方才还不安到极点的上官清顿时换了一副表情，额头上明明白白写着"你别是个傻子吧"。

"不想说？"络腮胡不满地皱眉，又凑到她的耳边使坏地吹气，"不说的话，我可就……"

他喷洒在耳畔的热气令上官清打了个激灵，忙求饶："别！我说，我说！你总得让我想想……"

"想吧，仔细想。"络腮胡果然爽快地重新直起身子，除了扶在她腰间，以防她浑身无力向后跌倒的手外，没再与她产生任何肢体接触。

真是个怪人。上官清撇撇嘴，开始冥思苦想，将自己做过的所有能与好人好事沾边的事情，再用各色形容词添油加醋地说上一遍给他听。

"那是一个北风凛冽、冰冻三尺的冬夜，我走在街上，看到一条断了两条腿的小狗趴在地上奄奄一息，然后我……"

"换一个。要对人做的好事。"

"那是一个春暖花开的日子，我走在街上，发现每个人面上都洋溢着笑容，却只有一个青年站在拱桥之上，意欲轻生！好在我机智勇敢，用自己的美貌与智慧劝得他

回心转意,还让他差点儿爱上……"

"停!下一个吧。"

"那是一个凄凄惨惨戚戚的秋日傍晚,满目萧瑟,我走在街上,见到一个乞丐因为给不起饭钱而被店家放了恶狗追杀。于是,我路见不平一声吼,奋起一鞭,从恶狗那尖利的犬牙下救下了那个乞丐!"

"……"

"也不行?我还有,那是一个……"

……

最后那络腮胡连眼皮都懒得抬一下了,只是打着哈欠听她说完了第二十个感动的好人好事,跟着蹦出一句话:"都没说到我心坎里。"

"那你到底想要什么样的?我这瞎编一通,没个方向,不是浪费时……"上官清气结,一时不慎说漏了嘴,只能以干笑掩饰尴尬,"呃,呵呵呵……"

络腮胡勉强给她指点迷津:"若是长大后尽干缺德事了,那就往小时候回忆。"

"小时候?"上官清一怔,而后蹙眉,"那么久谁还记得啊?"

"就没有任何一件事,让你印象深刻的?"络腮胡紧紧盯着她,眼底一抹急切的期待若隐若现,瞧得上官清好生奇怪。

不过这倒是一个可以借机支走他脱身的好机会。于是她假装沉思片刻,突然道:"哎,还真有一件事!"

等了等,络腮胡发现她并没有继续往下说的意思,便追问了句:"是什么?"

"我……我肚子有点儿饿了……"上官清委屈地瘪瘪嘴,"这脑子就不好使了,刚才是想起来了,结果话到嘴边又给忘了。你去给我拿点儿吃的进来吧?"

闻言,络腮胡定定地凝视她半晌,接着仰头大笑起来:"哈哈哈。上官清,你这点儿小伎俩,对我郝英俊可没用!"

"你……你说什么?"上官清不可置信地张大嘴。

"我们两个已经独处这么久了,你不会真一点儿破绽也没看出来吧?"郝英俊说着,也不再刻意压低嗓音,抬手一揭,便把整张人皮面具摘了下来,连带着那大把的络腮胡自然也没了。

上官清先是看看他勾在指头上的那张"假脸",再瞅瞅他的真脸,暗叹自己方才距离他这么近,竟都没察觉出他的脸有什么不妥之处,连神情都十分自然,可见这张人皮面具工艺水平之高!

至于其他破绽嘛……

"你这么一说，我还真想到了！"她眼珠子转了转，"那些马贼都是西域人，讲起中原官话来都是一板一眼、腔调古怪，可你却说得极其流畅自然，一听就是假冒的！"

"一听就是假冒的？那你怎么听了这么久都没听出来？"郝英俊挑眉，从怀中掏出个绿玛瑙鼻烟壶，放到她的鼻下，"闻闻，这里面装的香料，可以解去你手脚无力的症状。"

上官清猛吸一口，然后恶狠狠地剜他一眼："你有这个不早给我？还扮成马贼吓我、戏弄我！你是何居心？"

"当然是为了让你长点儿记性。"郝英俊把鼻烟壶收好，"下次再这么冒失地信人，可不一定会有人搭救了。"

上官清又羞又恼地红了脸："你……你一早就发现不对劲了？那你怎么不阻止我？"

"这些常年在西域沙漠中往来行商的商人们最是谨小慎微，他们比我们更怕马贼。这支所谓的商队，一路招摇，又看似毫无戒心地与我们搭伙，才是最可疑的地方。所以，那些骆驼背上驮着的根本不是什么货品，而是刀剑。"郝英俊点点头，先是耐心解释完，才好笑地反问，"至于阻止，我怎么记得你那个护卫与索大哥都觉得不妥，阻止过你了啊！"

"哎呀！光顾着和你在这儿闹了！他们两个还被绑在帐篷里呢。"上官清懊恼地一拍脑门，这才发现自己的手脚有力气了，忙起身就要往外冲，"我们快去救他们！"

"回来！"郝英俊一把拽住她的胳膊，往回一带，把人圈在自己身前，"真是好了伤疤忘了痛，又这么冒冒失失。你这样冲出去，是想告诉马贼们赶紧去把他们二人乱刀砍死吗？"

后背贴着他的胸膛，上官清没来由地一阵窘迫："那……那我们要怎么办？"

"再等等。"郝英俊神秘一笑，卖了个关子，"我早有布置。"

早有布置？难道他在这西域还有同行可以赶来帮忙？上官清纳闷，冲他眨眨眼，见他不为所动，就更加用力地快速眨眼送"秋波"。

"唉……回头好好观察一下人家是怎么抛媚眼的，你这叫作'眼抽筋'。"郝英俊不忍直视地放开她，抬手挡在自己的双眼前，"这马贼头目要是留下你来……总觉得从你手中把马贼头目'救下'，我是做了一件大善事。"

"郝英俊！"上官清气鼓鼓地叉腰，"你到底说不说？万一你的计划有什么疏漏呢？我说不定也能帮得上你啊！"

郝英俊却成竹在胸:"不会有疏漏,放心吧。"

"你……"她还想再说,却突然听到帐篷外传来了"噗噗噗"的古怪声音,而且是接二连三地响个不停。

"开始起作用了。"郝英俊笑得很贼。

起作用?这次上官清学乖了,也不问他,打算眼见为实,便自己溜到帐门边,悄悄掀开一条缝。"哇!"可下一瞬间,她就被呛得倒退好几步,脸色发绿,手掌在鼻前猛扇,"臭死了,你干的?"

郝英俊也抬手扇扇,哭笑不得:"一点儿提纯过的巴豆粉而已。没想到他们人太多,居然能臭成这样……"

他的话音才落,上官清便听到外头那些屁声连天、解手不及的马贼已经乱成了一锅粥。

"怎么回事啊?是不是肉没烤熟啊?"

"不可能!我看是酒坏了吧……哎哟,不行了,我还得再去一趟!你们看好这两个人啊!"

"别走啊!我们也快憋不住了!怎么看啊……"

看来负责看守关押随风二人帐篷的马贼也坚守不住了。

上官清与郝英俊对视一眼,然后不约而同地深吸一口气,捏住鼻子,视死如归地冲出帐篷,朝随风他们二人被关押的方向去了。

"呼呼呼……这帐篷里还好些!"总算跑进帐篷了,上官清边给索归鸿松绑,边抱怨,"索大哥,你是不知道郝英俊那家伙多损!现在那群马贼都在'一泻千里',外边臭死了。"她的气息远不如郝英俊绵长,方才中途憋不住换了一口臭气,那感觉叫一个酸爽……

"这叫四两拨千斤,难道要我一个个和他们打吗?有失我怪癖神偷的身份。"说话间,郝英俊也把随风身上的绳儿解开了,"你们能运功了吗?"

随风摇摇头:"这西域的香料颇有几分不好对付。"

"这香料并非凡品,来自西域的香影密宗,是一个聚集炼香高手的神秘门派。"郝英俊言简意赅,便又取出那玛瑙小壶,给二人闻过,"早年我曾与他们的宗主有些交情,她就赠了我这一瓶香料。对大部分药香的功效奇好,闻之则解。"

"那个宗主这么慷慨?"上官清在旁听着,不由得惊讶,"这相当于整个江湖你都不用怕了啊。"

　　郝英俊潇洒地一撩额发，给她答疑解惑："因为宗主是个女人，你懂我的意思吧？"

　　三个人齐齐给了他一个鄙夷的眼神，让他自己体会。

　　于是某人尴尬地清清嗓子，指向帐篷外："咳咳，不如我们还是来聊一聊，怎么处置外边那些人吧？"

　　"很简单！以牙还牙。"提到这个，上官清立刻摩拳擦掌，跃跃欲试，"我负责没收他们的财物，外面那些人你们负责都绑了！"

　　半刻钟后，马贼头目的主帐中。

　　"最值钱的东西肯定都在他的帐篷里，我来找找……"取回长鞭的上官清一个人在里头"噼里啪啦"地一阵翻箱倒柜后，果然从床底下拖出三大口木箱。她打开一看，亮瞎了眼，全是闪闪发光的金银珠宝、翡翠玉器。

　　这些多半都是马贼们靠着劫财与贩卖舞姬赚来的不义之财，若是能将这些箱子里的东西分发给贫民区的百姓，定能让他们过上好日子！好在这群马贼还有骆驼队，弄上几头，不怕不能把这沉甸甸的三个大箱子给搬回中原去！上官清乐不可支，放松地往床上仰面一倒，随手翻弄着枕头与被单，琢磨着狡兔三窟，这马贼头子会不会还在床上藏了不少银票。

　　"咦？"手在枕头下摸索，果然碰到一物，上官清把其取出一瞧，竟是一册书卷，"这马贼还看书？"马贼不可怕，就怕马贼有文化啊！这本书必须没收！她倒要瞧瞧，这马贼头子塞在枕头下的睡前读物是什么书……

　　可这仔细一看，上官清不禁倒吸了一口冷气，又惊又喜："这不是……"尽管封皮上是空白的，可翻开第一页，扉页上赫然写着《倩女离魂梦情人》，旁边有着和她手中那本话本上一模一样的一串鬼画符般的火罗语！

　　真是因祸得福啊！她激动地从床上弹起来，跑到帐篷外："随风、索大哥、郝英俊，我们这次真是找对马贼了。"

　　三个人刚把马贼们一个一个地捆好、摆齐，就见她兴冲冲地奔来，都略感诧异。

　　"上官姑娘可是有什么发现？"索归鸿最为捧场地询问。

　　"看！"上官清把藏在身后的话本高举过头，"这是我在马贼头目的枕头下发现的话本，和替换《大悲神功》的那本是一样的！"

　　随风从她手中抽出话本翻看，却未露出寻到线索的欣喜："这东西居然真的还有，

还真能被你找到……"

"所以说,不要小瞧你家小姐!"上官清得意地扬眉,转而又对郝英俊道,"对了,我在马贼头子的帐篷里,还发现了三大箱看起来价值不菲的珠宝。我们都给运回去,分给小南他们。"

郝英俊讶异,显然没想到她还惦记着贫民区的那帮孩子,眼底多了几分柔色:"好啊。看不出你还挺有心的。"

"既然这本话本是马贼头目的,想来他应该知道其来源。"索归鸿已从随风手中接过话本,边端详边道。

"那个领队的啊,刚刚应该是我抓的。我想想在哪儿……"郝英俊摸着下巴,回忆片刻,朗笑道,"哦,想到了!被我绑完丢在最臭的地方了,等我把他弄过来啊。"

说话间,他就身形一闪不见了,轻功当真了得。再回来也不过几次眨眼的工夫,被绑成粽子的马贼头目便摔在了上官清的脚边,惹得她捏住鼻子,退开好几步还是不敢呼吸。

"郝英俊,你……你来问……"带着浓重的鼻音,上官清嫌弃地躲到索归鸿的身后。他身上淡淡的古琴木香真是这片臭气中的唯一救赎。

"我问你,这本话本你是从哪里得来的?"郝英俊从索归鸿手中接过话本,弯腰在马贼头目眼前晃了晃。

已解手不下五趟的马贼头目早已眼前发花,直到盯着那话本盯出斗鸡眼,才勉强看清。

"这是别人送的……"他有气无力地答道。

"送的?谁送的?"郝英俊追问。

马贼头目回想了片刻:"就一个胡姬,叫什么梅拉达……从她那儿随手拿的。"

"胡姬?"上官清抿唇,忍不住探出脑袋接着问,"哪里的胡姬?这是什么时候的事情?"

"几年前吧。中岚国边境有座戎城,那里有家酒楼叫作'南国春',就是那里的胡姬……"那马贼头目答着,又艰难地吐出几口气,两眼有些翻白。

几年前,这时间相隔有些久了,只怕查起来会困难重重……

上官清皱眉,一甩鞭子,抽到他的脑袋边:"你再仔细想想,还有没有什么与这本话本相关的线索?比如那个胡姬的来历?"

"哎哟!女侠饶命啊!真没有了!那些舞姬的来历,我们这些人哪里知道?就是

第四章 沙漠商队为马贼

花钱图个乐子而已啊！"马贼头目吓得翻了个身，改为面朝上，连声讨饶，"我见过的人太多了，也就那娘们真是俊得很，才会有点儿印象。"

"依我看，他也没有必要刻意隐瞒，想来是没有更多可用的信息了。"索归鸿微微侧首回身，询问身后上官清的想法，"上官姑娘，比起火翰国这条线索，以这胡姬作为目标，似乎更为明确。你看我们是否要折返回边境，去那个戎城看看？"

随风立即出言反对："如今关于胡姬的线索稀少，又是几年前的事情了，酒楼在不在都难说。贸然折返，这些日子在沙漠中的跋涉岂非白费？万一在戎城再扑了个空，还得重新走一次沙漠。"

"这……"两个人说的都有道理，上官清为难地望向郝英俊，想听听他的意见。

后者随手把还在地上的马贼头目打晕后，才道："火翰国大小邑共有七十余个，人口几十万，若真要探察起来，只怕没有两三个月是不行的。之前没有更小范围的线索，只好来火翰国碰碰运气，如今那个酒楼和胡姬就摆在眼前，又何必大海捞针、舍近求远？至于那南国春酒楼，是戎城的老字号了，咱们这回走的路线正巧没有经过那儿，但我几个月前途经戎城时还见过。"

"酒楼还在啊！那寻到胡姬的把握又大了几分！"上官清心中定下主意了，"虽然各派掌门没有限定时间，让我们在多久时间内找回《大悲神功》。可这秘籍一直流落在外，我始终不能安心，还是要尽快找回为好。与其在火翰国大海捞针，不如还是先去一趟戎城吧！"

"可是……"随风还想再劝。

"好了随风，大不了我们就再走一次沙漠啊！"上官清抬手打断他，"一回生，二回熟，我们这次也不过走了十来日就到了，下次一定更快，耽误不了事的。"

郝英俊又冷不丁地插话进来："或者你们想要分头行动吗？"

仿佛是被郝英俊的"拆伙"提议将了一军，随风沉默片刻，最终抿唇道："那就一道回戎城吧。"

"放心吧！本小姐直觉咱们这趟去那个南国春酒楼，必然会有收获的！"上官清拍拍自家护卫的肩膀，然后打了个哈欠，"哈——这折腾了大半宿，我是困了。今晚咱们就在这马贼搭的帐篷里休息一晚吧，明日再启程。我要那个最大的主帐，你们三个自己随便挑顶帐篷吧。"

"你倒是放心在他们的包围下睡觉？"郝英俊调侃。

"你看他们一个个的样子，哪里还能奋起反抗？"上官清放眼望去，大部分被五

花大绑的马贼都是一副有气出没气进的模样，躺在地上装死尸。

但索归鸿仍有些不放心，便建议道："不如我们在主帐中间挂上一块幕布，上官姑娘只管安心睡在那边榻上，我们三个人就隔布守着。这样既不至于唐突了上官姑娘，又能在同一帐中，以防万一。"

"不是吧，这么麻烦？和正人君子相处果然事多，说好的江湖儿女不拘小节呢？"郝英俊听后夸张地做出瞠目结舌的神情来。

上官清当然是毫不犹豫地帮着索归鸿抨击他："总比你这个梁上君子强！"

"你在梁上挂幕布，不还得靠我这个梁上君子？"郝英俊耸耸肩，兀自越过她身侧，往主帐走去。

"索大哥，你别理他。"上官清自然地挽过索归鸿的胳膊，瞪了瞪某人的背影，"他就是不损人浑身不舒坦！"

被她主动挽住，索归鸿一时怔住，半晌才回神挤出一句："郝公子心直口快，令人羡慕……"

"什么呀！你羡慕他？他才要羡慕你呢！"上官清听来好笑。

"我说，你们在外边聊完了没有？这会儿不困了？"郝英俊的脑袋突然从帐门的缝中探出来，不满地催促，"布都挂好了。"

一听"困"字，上官清那与郝英俊斗嘴提起的些许精气神儿也没了，又结结实实地打了个哈欠。

"劳烦郝公子了。"索归鸿见了，遥遥向其道谢一声，然后垂眸对上官清浅笑："我们快进去吧。"

"好，好，好！"上官清哪里抵抗得了这犹如白月光般的一笑，忙不迭应是，与他一道快步走向帐篷："随风跟上呀！"

随风扶额，默默地与她保持五步远的距离走着："没见过睡个觉这么兴奋的……"

他家小姐确实很兴奋，因为阴差阳错，竟得了个与索归鸿在夜里共处一帐的机会，虽然还附赠了另外两个煞风景的人……

然而，郝英俊搭帘幕的功夫倒是极好，一块原本支帐篷用的大白布严严实实地横在主帐中间，把其隔成了前后两个部分，断了上官清想半夜偷偷爬下床，欣赏一下索归鸿睡颜的念想。

于是什么都做不了的上官清，往榻上一倒，很快便呼呼睡去了。

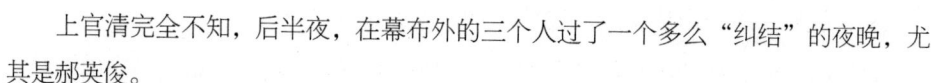

第四章 沙漠商队为马贼

上官清完全不知,后半夜,在幕布外的三个人过了一个多么"纠结"的夜晚,尤其是郝英俊。

他心知,"香影密宗"的香料功效虽解去了大部分,但少不得对索归鸿与随风二人的五感灵敏度仍会有些影响。因此郝英俊靠坐在木箱边,就没打算熟睡。这一不熟睡,就发现"大事情"了。

最先睁眼起身的是随风。郝英俊略一迟疑,瞥了眼还在抱着琴入梦的索归鸿,便悄然跟出了帐篷外。

沙漠中除去沙丘外,往往是一览无余,不易掩藏身形。郝英俊不敢跟得太紧,只远远见随风从怀中掏出一枚雕花白玉鱼形口哨,吹响后不久,便有一只猎鹰从夜空中盘旋而落,立在其肩上。随风顺了顺猎鹰翅膀上的羽毛,借着月光,把字条写好后,塞进鹰腿上的信筒,将猎鹰放飞。

郝英俊见状,忙抢先一步急速回帐,靠回原处,闭目假寐。以他的轻功这并不难办到,他能感到,随后回来的随风把目光在自己与索归鸿身上扫视了好几遍才移开。然后是极其轻微的响动,大概是随风也重新靠着自己那口木箱坐下了。

耐着性子等了良久,感到随风的气息平稳,应是入睡了,郝英俊才睁眼一瞄,无事发生,复又合眼想眯瞪片刻。谁知睡意渐浓时,耳边居然又传来不同寻常的响动,接着便是一阵出帐的脚步声。但这脚步声竟比随风更加轻盈,他努力撑开眼皮看去,原来这回出去的换成了索归鸿。

他又反观随风似已睡熟,并没有察觉,只得认命地起身,再次尾随出去。

索归鸿做的事倒与随风大同小异,只不过哨声召来的是信鸽,也是绑了张字条上去,给人传信。而与随风不同的是,他没有马上离去,而是在原地伫立了许久,仰头望着那一轮皎月,发出一声几不可闻的叹息,出卖了他的重重心事。

郝英俊若有所思地皱眉,心知其不会再有更多动作了,便率先折返,重回帐中,并不曾惊动随风。对郝英俊来说,潜室入屋,实是家常便饭,只是今夜这两次的暗中尾随却当真让他伤脑筋。这两个人中,索归鸿是琴宗大弟子,若是与其门派通信,完全不必深夜避人耳目而行动,那么其与上官清同行的目的就有待商榷了。而随风竟也瞒着白家主子与人传信,更是匪夷所思。

这上官清身边的人,除了他,竟都有自己的算计,只怕早晚要出事……

他暗暗琢磨着,耳郭一动,便知索归鸿也回来了。索归鸿的警觉不如随风,只随

意地扫了眼,便抱琴盘坐,再次入睡了。

　　一切仿佛回到了最初的状态,三个人一个人一口木箱,靠着熟睡,如同从未有人离开过。就这么又过了小半个时辰,随风与索归鸿倒是没有动作了,反倒是郝英俊竟又"醒来",悄然起身,轻巧地从梁上跃过阻隔的白色幕布,悄无声息地落在了上官清的榻前。他瞅着她那四仰八叉的凶猛睡相,微微勾唇,然后翻身在榻前地上睡下……

戎城是一座位于中原与西域交界处的小城镇，民风淳朴，城内西域人与中原人杂居，建筑也多在经年累月之中，有所胡化，以土与泥混合建成。白日里，多是常住的居民在街上往来活动，也有来自西域的货郎在路边贩卖各色小工艺品。而到了夜晚，则是形形色色的商队出没之时，他们往来补给，常要途经此处，便会歇几日脚，找家酒楼喝酒找乐。毕竟，他们常年游走于大半个月都见不到一个人的荒漠，也很可能在某一次深入其间时遇到风暴，埋骨于沙丘之下。所以对这些明日难测的人来说，难得来到城镇，不醉生梦死一番，实在是无法排解情绪。

上官清一行人来到戎城时，也正巧是夜晚。华灯初上，东坊西巷才刚刚热闹起来。为方便行事，上官清在郝英俊的帮助下，换了一套男装。至于是怎么帮助的，那当然是随便进了一家人的屋子，"借"了一套出来……

南国春在戎城的名号不小，据郝英俊说，其就坐落在西巷的尽头处。

几个人一道往里头走，越往里，酒香与脂粉气就越浓重，透着一股纸醉金迷的味道。各家酒楼门前都站着些打扮得花枝招展的妙龄女子，有的身着中原水袖，有的则是胡姬打扮，笑吟吟地招揽着客人。

"客官，里面请！"

"哟，白爷，您真是好久没来了，这趟去西域还顺利吗？"

上官清一身男装，清秀得很，倒也成了香饽饽，时不时便有舞姬贴上来，冲她频送秋波。可这毕竟是女扮男装，上官清生怕靠近了就被识破，只得左躲右闪，显得困窘不已。好在郝英俊是个上道的，总能三言两语就把对方说得眉开眼笑，放弃上官清这个"愣头青"，把注意力转移到他身上去。

再看丰神俊朗的索归鸿也是多人围绕，然而他总是淡笑相拒，那温和又不容分说的做派，使得舞姬们都不忍纠缠，便只远远望着。至于随风，臭着一张脸，自是生人勿近，无人搭理。

"前面便是南国春了。"郝英俊游刃有余地一路应付过来，微抬头一望，总算瞧见了"南国春"的金字招牌。这南国春酒楼高高耸立，混在一群低矮的单层建筑中，犹如鹤立鸡群，很是引人注目。

索归鸿笑道："我们三个人都不谙此道，一会儿进去后，就全看郝公子了。"

"好说，好说。"某人拍着胸脯，得意之色难掩，"这些地方我常去，没有我拿不下的。"

"喊，怎么不见人家舞姬也送你个话本定情？"上官清莫名不悦，快步越过他，用胳膊肘狠狠地撞了他一下，"瞧你那德行！"

郝英俊好笑地揉揉心口，抬步追上去："我还用人送吗？直接拿不就得了！我和你说啊，这些地方的人可都阔气着呢，身上带的银票多到无故少了几张都发现不了，所以我才经常来劫富济贫。"

"真的只是来劫富济贫？"上官清听他这么一解释，当下心中舒坦不少，放慢脚步，等他并肩，"就没忍不住干点儿千金博一笑的事儿？"

郝英俊冲她挤挤眼睛："我把钱都拿去做什么了，你难道还不知道吗？"

提及两个人的共同秘密，上官清的气彻底消了，甚至还有些窃喜，面上却只是严肃地点点头："嗯，我知道了。"

"知道就好……"

说话间，两个人已到了南国春的门前。相比起其他酒坊，南国春前面反而没有舞姬相迎，可进进出出的客人却是络绎不绝，数量更加可观，想来慕名而来者不少。

"我们进去吧。"索归鸿与随风很快赶了上来。

于是上官清很没有骨气地退后一步，把郝英俊先推进了门槛："你上。"

才一进门，上官清就被眼前的景象震撼了。无数的琉璃盏灿烂夺目，尤其是从穹顶上直垂下来的琉璃珠花吊灯，仿佛银河落九天，更是装点得整个酒楼都流光溢彩，异于人间。

整座酒楼共有三层，左右侧各有盘旋而升的雕栏梯，可通往上一层。不同于一楼的座无虚席，喧闹不止，二三楼都是封闭式的雅间，只能从窗影中判断里头是否有客。不过一眼望去，三层的雅间门面较大，明显更气派些。

"哎哟，几位爷气质不俗，可都面生得很哪！不是本地人吧？"

这边上官清正观察得起劲，那边正在大堂上下打点的酒楼老板娘就眼尖地发现了几个人，婀娜多姿地摇着团扇，迎了上来。

"老板娘真是好眼光！我们几个久居中原，对西域风土人情很是向往，便相约一道来西域看看。这不，才到戎城落脚，发现胡人不少都往这里来，就跟过来凑凑热闹了。"郝英俊上前一步，半真半假地说了一通，还不忘真诚地拍个马屁，"想不到这南国春当真是春色满楼，光是与老板娘您搭上几句话，就觉得不虚此行了。"

老板娘掩嘴一笑："这位爷真是说笑了，晚娘我这都一把年纪了，哪里比得上楼里的那些舞姬们？"

"那今晚我们可要好好见识一番了。"郝英俊也不再多说，从袖中直接掏出一锭金元宝，放在老板娘的扇面儿上，"最好的房间，最好的酒菜，最好的舞姬。"

"成！成！"老板娘可是许久没见过出手这么大方的贵客了，不由得两眼放光，立马扭身回头，冲楼上喊道，"小吴，开天字一号间迎贵客。"

上官清盯着她手里那个金灿灿的元宝，不禁凑到郝英俊身边，压低声音问道："你哪来的这么多钱？不会又是刚才从谁身上顺的吧？"

"从那三口木箱里顺的。"郝英俊吹了个口哨。

怪不得一点儿都不心疼，上官清恍然大悟。

"几位爷，楼上请吧！"老板娘亲自把几个人迎上三楼，进了厢房。这三楼的雅间果然是寻常酒楼包间的两三倍大，里头摆设一应齐全，一张四方桌上的碗箸酒杯，皆为白玉所制，一看便价值不菲，当真是奢华得很。

"来，奔波一路了，坐下歇歇吧。"索归鸿最是体贴地为上官清搬出椅子。

上官清欣喜地坐下，然后拉他坐到自己的边上："索大哥也坐。"剩下两个人见状，便自觉地坐到了他们的对面。

"菜肴随后就到，几位爷先尝尝咱们酒楼的镇店佳酿——南国春，如何？"老板娘倚在郝英俊的椅背边，面上堆满笑，拊掌三声。

拊掌声未落，便有四名酒妓托着玉壶，鱼贯而入，款款走到四个人身旁，为他们斟了一杯酒，笑语道："爷请用。"

"我……我自己来。"以上官清为首的三个人都自己接过白玉盏，唯独郝英俊一侧首，就着酒妓的手呷了一口酒，还不忘赞一声"好酒"。

老板娘的团扇扇着香风，又笑问："那不知几位爷对舞姬有什么偏好？是喜欢胡人舞姬呢，还是中原舞娘？"

"既然来了这西域，自然是要见识见识胡姬的嘛！"郝英俊豪爽道，"把你们这儿最好的胡姬都叫过来！"

"自然，自然，晚娘我这便去替客官把咱们这儿最出众的胡姬都给您挑来。"老板娘连连应下，又扭着腰肢出了雅间，"几位先品品酒，很快就好。"

这老板娘出门不久，热菜便逐一上桌了。郝英俊趁机掏出几两银子，将酒妓打发了出去，说是一会儿要专心赏舞，不需她们伺候。

"你打算什么时候打听那个梅拉达啊？"上官清随手夹了一口香喷喷的红烧肉，放进嘴里，口齿不清地问着，"吾（我）们为什么得这么迂回啊？直接塞了金子问老板娘要人不就得了？"

郝英俊又一脸享受地饮了半杯酒，才慢悠悠地解释道："这些舞姬的来历可不清白，多半也是被贩卖过来的。我们又都是生面孔，贸然问人，只怕会被当成公门中人，或是别的什么另有所图的道儿上人。老板娘未必会与我们说实话。"

"不愧是老江湖啊。"上官清一副受教了的表情。

随风懒懒地一抬眼皮："小姐只要肯多动动脑子，也能及得上这'老江湖'。"

"也不知道是谁被马贼下了迷香绑在麻袋里动弹不得了，还不是靠我……和郝英俊才脱身的？"上官清重重一哼。

她的话音才落，老板娘便人未至声先到了："让几位爷久等了，这四个胡姬可是咱们这儿最叫座的，都给您几位找来了。"

上官清是背对门口而坐，最先就闻到一股异于中原脂粉的奇香，混有花草之气，清新中又隐藏着些许梦幻。她当即好奇地转过身去，只见四名胡姬莲步轻移，缓缓而入，在桌前的空地站定。她们个个高鼻美目，金发碧眼，肤如凝脂，贴身的舞裙尽显身材的健美，披着纱巾，手腕与脚踝处都绑着一串串小金铃铛，腰间还拖着长长的佩带。

"奴家见过几位爷。"四个人站定后，一起盈盈福身见礼。"西域奇香，老板娘真是出手不凡。"索归鸿大约又是在某地的黑市上见识过这四名胡姬身上的香味。

老板娘在舞姬之后才现身门边，跺步进来，尾音带笑："竟是一闻便知，这位爷好厉害。"尾随她入内的，还有三名乐师，分别执鼓、笛、钹三种乐器，默默无声地坐到了屏风之后。

自打四名胡女进屋后，郝英俊的视线就没离开过她们，看似极为认真地打量了一番后，才兴致极高地问道："几位都是美人啊！我听说南国春有个叫梅拉达的舞姬，说她的舞姿是一等一的，令人过目难忘，想必定在这四位之中了。只是不知，是四位中的哪一位啊？"

"这……"老板娘闻言一怔，随即摇摇头，"爷恐怕是来晚一步了，梅拉达早就被一个从扬州来此处采货的富商买走了。"

"什么？买走了？"正在饮酒看美人的上官清极不淡定地呛到了，"咳咳咳。"

而且这一激动之下，她也忘了压低嗓音，这话音一听便暴露了她是女子的身份。老板娘当即蹙眉，稍显不悦："这位爷原来是个姑娘？咱们这儿可只接待男客的。"

"我家小妹年幼，只想跟出来见见世面，并无恶意。我这做兄长的不忍拒绝，又恐她在外行走不便，就让她换了男装。还请老板娘莫要见怪。"索归鸿面上笑意温雅，

言辞恳切,但凡异性,无论老少,恐怕任谁都无法忍心再说一个"不"字。

果然,老板娘也不禁舒展柳眉,解释道:"这位爷太客气了!只是我这儿生意特别,偶尔来那么一两个女客呀,多半是要惹出麻烦的,所以才……"

"是,多谢老板娘体谅了。"索归鸿微微颔首,叹道,"只是我们确实是慕名而来,想一睹梅拉达的舞姿,当真是遗憾。"

老板娘顺势恭维了句:"依照几位爷的阔绰程度,若是早来个半年,这梅拉达啊多半是要跟你们回去的。那个扬州富商可比不过几位哟,讨价还价,晚娘我看在梅拉达实在中意他的分儿上,才勉为其难应下的。"

"哦?扬州一带我也有几位熟人,不知可否告知那位富商的尊姓大名?"郝英俊状似无意地随口一问,"说不准还有机会找朋友引荐引荐,登门一看。"

"这……"老板娘迟疑。

见她如此,郝英俊面不改色地又掏出一锭金子,拍在了桌上。老板娘两眼一阵放光,眼看着已把金子拿起,却最终没收进袖中,而是重新放回了原处。

"老板娘这是何意?莫非还不够?"索归鸿敛眉。

"按理说,打听个人,本也要不了这么多钱。可一行有一行的规矩,从晚娘我这里再转手卖出去的,若是客人有要求,那便不能泄露了买主是谁。"老板娘似乎也很无奈,"尤其像梅拉达这样的,新客旧客,冲她来的不少。若是个个都打听出她的下落,那买主的门槛岂不是都要被踏破了?"

"可是……"上官清还想再问,却被郝英俊从桌下踹了一脚,"哎哟!"

索归鸿关切地看向她:"怎么了?"

"没什么!不小心咬了舌头!"上官清死死盯着对面的郝英俊,咬牙切齿,笑中带狠。

某个人却仿佛没有察觉到腾腾杀气近在咫尺,笑意不减地对老板娘道:"既然如此,那我们也就不为难老板娘了。这四位姑娘的舞姿想来也不差,便留下来跳上一曲吧。老板娘要不要一道观赏?"

"哎哟!您这说的哪里话?我看她们跳舞做什么?这几个胡姬也都是与梅拉达一道在我这南国春里待客的,经验不比她少,必定不会让几位爷失望!"老板娘见郝英俊打消了追问的念头,又变得笑容满面,识趣地退出房门,从外带上,"那么几位慢慢欣赏,若有什么吩咐,便叫一声,有人在外边守着呢。"

碍眼的老板娘出去后,便只剩下四名胡姬与乐师了。轻快的鼓点从屏风后传来,四名胡姬齐齐一抖腰，然后双足交叉，左手往胯上一叉，右手高擎过头，开始旋转蹬踏，越转越快，浑身铃铛响动，佩带与纱衣飘飞，疾如风焉。

这四个人共舞，旋转不停，有如飞天仙子的场面让上官清看得是目瞪口呆，总算明白那些马贼为何会一口咬定她不适合被卖去酒肆做舞姬了……

"原来这便是诗中所说的胡旋舞。"索归鸿也颇为四个人的舞姿所动，吟起诗来，"心应弦，手应鼓，弦鼓一声双袖举，回雪飘摇转蓬舞，左旋右转不知疲，千匝万周无已时……"

上官清咬着勺子："胡旋舞？"

"不错。据说，更厉害的舞者，能够立在一个小圆球上起舞，腾挪旋转之间，两足始终不离球上。"索归鸿感叹道，"从前只道是人夸大其词，现在看来，只是一家边城酒楼中的胡姬舞艺就如此精湛，真正的胡旋舞高手，想必是可以做到的。"

"也不知道那个扬州富商是花了多少钱买走的梅拉达。"她听着，点点头，随后低声问对面的郝英俊，"那现在我们要怎么办啊？"

郝英俊没抬眼，津津有味地吃着菜。

"喂，我问你话呢！又不是饿了好几天了，要吃也不差这一刻钟！"上官清恼怒地也举起白玉箸，打掉了他夹到半空中的鱼肉。

"啧，暴殄天物。"郝英俊可惜地瞧着落在碗边的鱼肉，"大漠中只有干粮白水，难得这一桌好酒好菜，哪里有不先吃的道理？"

"我看郝公子成竹在胸，上官姑娘不妨少安毋躁。"索归鸿出面相劝，替上官清布菜，"我看这一桌子菜，半数中原菜色，半数胡食，倒是有趣得紧。我瞧这道点心不错，你试试看。"

郝英俊扫了一眼，便道："这是'樱桃毕罗'，以樱桃果为主要馅料蒸制。其手艺精妙之处就在于，在蒸熟之后，面皮薄而粉嫩，而皮内的樱桃色泽还能鲜亮如初。"

连一道小小的西域点心，他都能了解得如此透彻，经常来往于西域与中原之间的行迹也真不是吹出来的。上官清暗自想着，咬下一口，面皮十分有嚼劲，里边的馅儿酸酸甜甜的，还带着果香，立刻征服了她的味蕾。

"嗯！好好吃！"她自个儿赶忙又从碟里夹了几块放在自己的碗里。

索归鸿见了，干脆就将一整碟樱桃毕罗推到她的面前，静静的眸子中藏着宠溺："不着急，这些都可以慢慢吃。"

"谢……谢谢，我也吃不下这么多的……"这弄得上官清反而不好意思独占一盘了。

不想原本欢腾的乐声竟与她的话音一道落下，雅间内骤然安静下来，使得上官清没来由地更是一阵尴尬。

"好！跳得好！"倒是郝英俊大力击掌，进而朗笑着冲四名胡姬招招手，"到爷这儿来，都有赏。"

"谢谢爷！爷真大方。"

四女争先恐后地挤到郝英俊身边，导致他旁边坐着的随风，不得不脸色铁青地连人带椅用轻功移远一步距离。

看着她们把赏钱都领了，郝英俊才问道："只是我这心中啊，始终还是念念不忘那个梅拉达。不知她的舞姿与你们比起来，如何啊？"

"爷这么问就不对了！这让奴家如何能答？"其中一女上身贴着郝英俊，娇嗔道，"梅拉达比奴家们都命好，在酒楼时，多的是为她一掷千金的主儿，可那些主儿她居然一个都没看上！奴家们就不同了，爷这么英俊又大方，若是喜欢奴家，奴家定要跟您走的，以后啊，夜夜为您起舞。"

"你的意思是，那个买走她的扬州富商，不是她的常客？"郝英俊不着痕迹地撤身后靠，躲开她那不安分的小手。

那胡姬探了个空，也不尴尬，转而一旋身，拿背倚着他的胳膊："是啊。那个人奴家们是从未见过，就知道有天突然来了个人，找到晚娘，与梅拉达单独见了一面后，就把人买走了。"

郝英俊又问："那个人也是单独见的老板娘吗？还有什么人可能见过他，或者知道他的身份？"

"哎哟，这奴家可就不知道了！"另外一名胡姬插话进来，"爷您这心还真是想着梅拉达呀。可是奴家几个的舞跳得不够好？"

"跳得不够好，爷会赏你们？"心知从这四个人口中再探听不出有用的消息，郝英俊便作罢，挥挥手道，"就别都围在这儿了，你看我那兄弟都被你们给挤远了，像什么话？再到前边去跳一曲吧。"他倒是不忘硌硬已经坐到桌角的随风。

随风冷冷地瞥他一眼："不劳挂心。"

"奴家遵命。"四名胡姬仿佛这才注意到随风，纷纷掩嘴而笑，退回桌前与屏风之间的空地上，示意乐师再奏一曲。

胡旋舞可独舞，亦可三个人、四个人共舞，方才的第一曲四个人是各跳各的，这第二曲却是编排过的，由其中最高挑的一个人领舞，其余三个人在她身边不断旋转。

第五章 南国春里遇青梅

眼看还是没能打听出什么来，上官清就焦躁了，连樱桃毕罗也无心下咽。可偏偏对面的郝英俊竟好似浑不在意，抿着小酒，侧首望着舞姬，双目微眯，左手食指稍屈，指尖伴随鼓点在桌上打着节拍，一派悠然自得的模样。

"索大哥，我们现在要怎么办啊？再去问老板娘吗？"见这家伙实在靠不住，上官清只得倾身靠向索归鸿低语。

索归鸿沉默地摇摇头，也是愁眉不展："这几个舞姬不像是有所隐瞒。看来那个扬州富商是真的行事低调，不愿叫人知道。实在不行，恐怕我们只能再去扬州走一趟，或许能再打听到些消息。毕竟他将舞姬买回去后，府中下人不可能不知其存在。"

"好吧……"上官清讪讪地坐正身子，又有些后悔是不是不该追寻马贼给的线索从沙漠折返。现下竟连梅拉达在哪里都不得而知，也不比到火翰国去大海捞针的情况好上多少。

而且最最可气的是，郝英俊居然如痴如醉，摇头晃脑地欣赏这几名胡姬跳舞，专注得很。看来此前之所以没来南国春千金博一笑，只是有贼心没贼钱，囊中羞涩吧！如今有那三大箱子珠宝撑腰，还不是一样流连忘返？

鼓点的速度不断加快，上官清心头的无名火也是越蹿越高，最终爆发。

"停！停下！别跳了！一直转一直转，我都看晕了！"她扭头冲舞姬一喝，又转回来对郝英俊恶声恶气道，"还有你，敲什么敲？这桌子不是用来给你敲的！敲得我都没胃口了。"

郝英俊仿佛被她吓了一跳，猛地停下手中动作。而舞姬与乐师们也是面面相觑，不知该不该继续表演。

"你们都出去，出去。"上官清对他们下了逐客令。

"这……"胡姬们都面露难色，"可是奴家们服侍不周……"

索归鸿适时出声化解："不，几位舞艺精湛，若一会儿临行前再遇上老板娘，必定要与她说说，下次还会请几位来助兴。"

"多谢爷抬举！奴家们这就告退。"胡姬们自也是怕金主们不悦，回头让老板娘知道了自己没好日子过。这下得了索归鸿的话，便如吃了定心丸，也不拖泥带水，就要领着乐师退了出去。

"等等！"谁知郝英俊忽然起身，快步走到之前那个最喜与他亲近的领舞胡姬身边，勾唇笑道，"这小姑娘家哪里懂得欣赏，就留这三个不解风情的人在此吃喝便是。我们换处地方继续？"

那胡姬大喜过望:"爷?"

"怎么?不愿意?"郝英俊挑眉。

迎来送往的恩客能有几个如郝英俊这般出手阔绰又相貌堂堂的?这胡姬喜不自胜,立刻挽住他的胳膊贴上去,尾音带笑:"爷能垂青奴家,那是奴家的荣幸。走吧,爷。"

"爷还不知,这胡女的闺房与中原女子有何不同之处,看来今日有机会得见了?"郝英俊随她往门外走去。

"原来爷对奴家的房间感兴趣啊!今晚,爷想待多久就待多久……"

眼睁睁地望着郝英俊与胡姬那如胶似漆的身影消失在拐角,上官清不敢置信地指着那个方向:"他……他居然,他怎么能……"怎么能去找胡姬?还要去她的房间!

虽有不解,但索归鸿还是先起身将雅间的房门关上后,才对上官清道:"郝公子应该不会无缘无故如此……"

"他分明就是色令智昏、鬼迷心窍了!"不等他说完,上官清就气恼地拍案而起,也不知怎的竟鼻间发酸,觉得委屈,"根本就不记得我们是来做什么的了……"

"上官姑娘,你怎么了?"索归鸿走回她身边,见其眼眶微微泛红,忙劝道,"莫要着急,总有办法找到梅拉达,找到《大悲神功》的。"

上官清却抿唇,摇摇头。自己不是为打听不到消息难受,这点她心知肚明。

"胡姬和老板娘想必都住在后院,账房多半也在。"始终闷声不响的随风蹦出一句话来。

"你打什么哑谜呢?"完全没有会意的上官清撇撇嘴,"你家小姐我现在心情不好,不想动脑。"

"你的意思是,郝公子是找个借口脱身,混入后院?后院中有账房……"索归鸿略一思索,便了然了,"这买卖胡姬的钱款交易,必然要留下账册,这账册里或许就会记录由何人所买。"

"嗯,哪怕账册中不记录,交易时用的印鉴或是银票所存票号,也是线索。"随风颔首。

"这么说……他还是去做正事了?"上官清猛眨眼睛,"我错怪他了?"

对此,随风只给了她一个"你说呢"的眼神。

"那他一个人去,不会有什么危险吧?"这回她又开始担心别的了,"我刚才一路进来,看到那些在酒楼里来来回回走动的男仆,好像都会武功。"

第五章 南国春里遇青梅

"放心吧，凭他的轻功应是无人能够察觉。"索归鸿拍拍上官清的肩头，温声道，"我看你除了之前的几块糕点，其他菜多半没动过，再吃点儿什么吗？"

上官清看了眼桌上的菜肴，提不起兴致："算了，还是等他回来再说吧。"

"……也好。"索归鸿的眸子颤了颤，将落在她肩上的手，无声地收回。

至此，雅间中的三个人再无对话。索归鸿陪着上官清，不曾再用膳。唯独随风一个人神色如常，默默就着菜，把一碗粟米蒸饭下肚了，和在上官府中吃饭时并无两样。

大约过了一炷香那么久，外头突然传来不和谐的吵闹声。

上官清当即从椅子上弹起，开门往外看去。原来是对面二楼回廊处，正有一名酒楼侍女被来此逍遥的恶少欺凌。那恶少硬是捏着她的下颚，给她灌酒！

"公子饶了奴家吧……唔，求求……咳咳！"

"在酒楼里做酒妓却不会喝酒，骗谁呢？"那恶少把酒壶拎起来，对准她的嘴，直接浇了下去。那女子反抗着，除了少数呛进口中的酒液外，大部分酒水都顺着脖颈流进了衣领。

是可忍孰不可忍，上官清低骂一声"岂有此理"，就要冲过去，却被索归鸿拉住。

"索大哥？这人太可恶了，我们不能坐视不管啊！"

"老板娘已经知道你是女儿身，不好再由你出手。我来吧。"索归鸿笑笑，右手随手取了一根白玉箸，贯注内力一掷。这玉箸便如暗器般凌空射向二楼，"叮"的一声将恶少手中的酒壶打飞出去。

"谁？"那恶少大惊。

只见一袭青衫从三楼回廊跃下，翩翩落于二楼廊中，将那侍女挡在身后："这位姑娘既然不愿喝酒，公子何必强人所难？"

"你是什么人？她是来伺候我的，我想让她做什么就做什么，你管得着吗？"那恶少说着，右手往前一抓，就要动手抢人。

索归鸿是什么本事，根本不需与他过招，只并指迅速在他周身点了几处穴位，便令其顿时倒地打滚，发笑不止。

"哈哈哈哈！哈哈哈！你……你这家伙，哈哈哈……用的什么阴招，哈哈哈……"

上官清在楼上看着，大呼过瘾："索大哥干得好！"

"你……你快给我……哈哈哈，解开啊！哈哈哈……"那恶少笑得喘不过气来。

"那这个人……"索归鸿低头看他，缓缓道。

"不要了，不要了！哈哈哈，你喜欢就让她伺候你去，哈哈哈！"

得他此言，索归鸿便俯身将其拽起，又在他身上点了几下，给他解了穴道。

"何人在此闹事？"这边笑声才止，老板娘就从索归鸿与那个侍女的身后走了出来。两个人回身看去，却见老板娘的后头还跟了一帮手持短棍的男仆，一个个凶神恶煞的，一看就是打手。

"老板娘，你家这酒妓不陪客人喝酒还有理了？"那恶少赶忙跑到老板娘身侧，不甘之意溢于言表，"居然有人替她对爷大打出手！你今天要是不给我一个说法，明日我就带人将你们酒楼的招牌给砸了！"

"龙爷，您可消消气，消消气……"老板娘赔着笑，拿团扇在他心口抚了抚，"晚娘我一定给您个说法。"谁都没想到，前一刻还在笑意融融地安抚龙爷的老板娘，话才说完，眼底就闪过一抹厉色，扬手一个耳光打向那名侍女！

那侍女倒也好运，吓得双腿一软，直直地跪倒下去，居然躲过这一巴掌。

"你这不知好歹的居然还敢躲？"老板娘一掌打空，怒气更盛，抬脚就踹。

两个人距离太近，回廊空间又太过狭窄，无法将那侍女拉起躲过。而索归鸿又不欲伤人将事闹大，一时之间，竟不能替其解围。

"哎哟！"

正情急，老板娘却突然发出一声不轻不重的叫唤，接着那来势汹汹的一脚就在半空中骤然刹住了。她整个人也就保持在了"金鸡独立"的状态，动弹不得，姿势滑稽。

"老板娘，脚下留情啊！"郝英俊从楼下大堂飞身而上，落到索归鸿旁，"这娇滴滴的美人儿爷我看上了，想领回家中，不知老板娘可否割爱啊？"瞧他那笑容可掬的模样，还真难和刚才对老板娘暗下黑手的人联系在一起。可就连上官清都看清楚了，就是他在堂下取了胡姬身上的一个小铃铛从指尖弹出，点住了老板娘的穴。

"嘿？你又是谁？今天这南国春怎么这么热闹？一个两个的都爱多管闲事？"那龙爷撸起袖子又准备上去干架，可才上前半步，便被索归鸿淡淡的一眼给震慑了回去。

"二位爷武功高强，但在戎城，我这南国春也不是软柿子，什么人想来砸场子就能砸的。"老板娘虽不能动，可那冷着脸的气势却不输人。

郝英俊依旧笑吟吟的："老板娘哪里话？我们这从头到尾，可是没伤着各位半根儿毫毛。还有这酒楼中的一应物什，也都好端端的，砸场子可不是这种效果哦。"

他这话说的也是事实，老板娘一时竟也无法发作，只得隐忍道："爷到底想要如何？"

"方才已然说了，这侍女我要带走。老板娘出个价便是。"郝英俊这话里话外都透着一股财大气粗的劲儿。

"这丫头可是被卖到我这里签了卖身契的，按理我也可以不转手……"老板娘被身后的打手扶着，虽单脚独立倒也不至于摔倒，竟也不急着求郝英俊替她解穴了，言下之意反倒是不愿轻易放人。

"看来老板娘是担心爷没钱了。"郝英俊轻笑出声，从袖中又掏出个钱袋子，丢给她的打手，"替你们主子看看，这些够不够买这个侍女，再请龙爷在这南国春玩上一个月消气的？"

接到钱袋的打手将其打开，那龙爷听他口气这么大，也忍不住探头过去，顿时倒吸一口冷气——整整一袋的金瓜子啊，沉甸甸的！

这钱别说买一个普通酒妓了，便是买走南国春最叫座的舞姬都绰绰有余了。而这富余的钱，在南国春吃喝玩乐上个小半年，都是足够的。

"哎呀，这位爷真是太客气了，给这么多。"生意人没有和钱有仇的，老板娘当即就转了态度，"龙爷啊，您看不然这件事咱们就算了？以后三个月，您在我这里可随意玩，如何？"

"好吧！好吧！就给老板娘一个面子！"龙爷表面上装得勉为其难，可那双不离钱袋子的鼠目却出卖了他。

见状，索归鸿与郝英俊对视一眼，上前给老板娘解了穴，进而回身扶起那侍女："姑娘别怕，没事了。"

上官清与随风此时也已不紧不慢地从另一头的木梯走到了二层，来到郝英俊身旁。

"你刚才……没事吧？"上官清伸出一根手指戳戳他的胳膊，低声问。

"顺利到手。"郝英俊微俯身，凑到她的耳边，"不过到手的东西……说来话长，我们离开这里再谈。"

听他的意思，还是尽早离开为妙。于是上官清点点头，便上前踱到索归鸿处，打量被他搀着的侍女："索大哥，她没事吧？"

"只是受了点儿惊吓，应该无碍。"索归鸿答了一句，将那侍女稍稍往上官清身前一带，欲要松手，想让上官清来扶着她走。

却不料上官清竟无一丝察觉，也未觉不妥，更没半点儿要接手的意思，只是笑眯眯道："那就好！索人哥你扶着她，天色也不早了，我们先回去找客栈了！"

说完，她直接转身，拉着郝英俊与随风大步往楼梯口走去："这里也没什么好玩的，我还是想早点儿到西域去。"

"我们也走吧。"索归鸿凝视她的背影片刻，神色若有所失，最终还是扶着侍女跟了上去。

一行人顺利走出南国春的大门，一路快速离开西巷后，才默契地驻足。

果然是做贼心虚啊，上官清自觉好笑地松了一口气，正要问一旁的郝英俊究竟在后院拿到了什么，却见他回身，走到那个侍女面前。

"你……"

郝英俊才开口，那侍女就拂开索归鸿的手，"扑通"一声跪下磕头："多谢几位的救命之恩！青莲无以为报，但曾在大户人家做过几年丫鬟，愿当牛做马，伺候恩公们。"

"你快起来！不用你报答的！"上官清吓了一跳，把她拽起同时，还挤对了郝英俊一句，"他花的也不是自个儿的钱！"

郝英俊却没有像平时一般与她斗嘴，反而一眨不眨地打量着青莲。

"你果真是青莲。"他平静的语调中，难掩一丝喜悦。

"你是？"青莲诧异地瞧着他，双眸从迷茫到清亮，"你是英俊哥？鹤城的那个小哥哥？"

"呵呵，是我。"郝英俊抬手，按了按她的脑袋，"没想到，这么多年不见，当年的假小子出落成亭亭玉立的大姑娘了。"

那是上官清从未在郝英俊脸上看到过的笑意，含着一份认认真真想要照顾眼前人的温情，类似于疼爱。

"她……是谁？"上官清有些艰难地出声问道。

"她是我儿时的玩伴青莲。"郝英俊并未察觉上官清的异常，朗笑着介绍道，"我六岁时与她相识，后来被迫分开……没想到竟能在这儿重逢。"

青莲忍不住哽咽，垂首："小莲也没想到，还能再见到英俊哥。当年我被舅舅带走以后，家乡很快就遭了疫病，舅舅病死了。舅妈说我是个灾星，便把我给卖了。后来我就被卖来卖去，什么都干过，不久前又被卖到了这儿……"

"你……你别哭了。"上官清还没来得及品出心中的那份滋味因何而起，但因见不得青莲落泪，也就忘了自己的小情绪。她在身上摸了半天，总算掏出一方帕子递过去，"没事了，现在你已经自由了，可以做自己想做的事情了！"

"做自己想做的事？"青莲抬眸，接过帕子，茫茫然，"我从来没有想过……而且我如今无家可归，无依无靠，不知道还能做点儿什么……"

她这么低低念着，兀地双眼一亮，看向郝英俊："英俊哥，不如就让小莲跟着你们吧！我可以伺候你们起居，洗衣做饭，什么都能做的！"

"不行。"随风当即反对。

他这直截了当的两个字与一贯毫无温度的语调，似乎把青莲吓了一跳。她瞪大眼睛，愣在当场。

"随风。"上官清瞪他一眼，拍拍青莲的手背，"他这个人就是这样，不是针对你。"

尽管沉浸在他乡遇故知的欣喜中，郝英俊却也没有被冲昏头脑。他沉吟片刻，便道："我们都是习武之人，有时赶路难免风餐露宿，带着你着实不便。而且，我们也不需要什么人来伺候。"

"英俊哥是嫌弃小莲是个累赘吗？"青莲听了，泫然欲泣，脚下也仿佛站立不稳，摇摇晃晃要倒下去。

郝英俊皱眉，扶住她："小莲，江湖凶险，你没有武功，跟着我们确实不妥。"说罢，他又扭头对上官清调侃道："你别看她是个侠女模样，力气也不小，还好几次羊入虎口，都得我来救。"

"哪有好几次？不就马贼帮一次？"上官清叉腰不服，"你怎么不提，你自己倒霉那次啊？"

"小莲……蒲柳之姿，确实比不上这位姑娘英姿飒爽。"青莲闻言，怯怯地瞧了眼上官清，然后自卑地低下头。

郝英俊无奈地低叹一声，语重心长道："不是拿你做比较，只是想让你明白，你不合适跟着我们走江湖。我在这戎城有个铁哥们儿，我让他给你找处房子先安顿下来。你就踏踏实实地住下，做点儿小买卖，总好过跟着我们四处奔走。我也会让我那个哥们儿多关照你的。"

"可是……"青莲还想再说，却见郝英俊抿唇冲她摇了摇头，只得道，"小莲明白了……"

"那兄弟的住处就在这附近。"郝英俊移开视线，问剩下几个人，"你们是要跟着一起走，还是分开，你们先去找客栈落脚？"

"一起吧。"鬼使神差的，上官清脱口而出，没给这对青梅竹马独处的机会。

对此，随风无所谓，索归鸿素来随和，自然顺着上官清，因此还是几个人同行，往一处民房聚集的地段走去。

"笃笃。"郝英俊在一处不大不小的院落前驻足,叩门。

"谁啊?这么晚了。"不多时,便有一个瘦瘦矮矮的男子,边披外裳,边走出来开门,"郝哥!你怎么来了?又有西域的活儿要跑一趟?"

郝英俊一拳砸在对方的胸膛:"怎么?怕哥来你这儿蹭吃蹭喝,不欢迎啊?"

"我丁老六这条命都是哥给的,别说吃喝了,就是要我这条命,我也绝无二话!"丁老六的神情坚定,不似场面话,看得出两个人是过命的交情。郝英俊把青莲托付于他,也算是放心了。

"别整天要死要活的,你哥我又不干杀人的买卖!"郝英俊收回拳头哂笑,"不过今天却是有事请你帮忙。"说着,他将青莲拉到身边,"这是我从小就认识的妹子,如今遭了难,无处安身。我也不方便带着她行走,想把她就地安置在这戎城,做点儿小生意。你给她找处位置清净的房子,再给她谋个小铺面,替哥多多关照着。"

丁老六一口应下:"没问题!小事一桩!不知这位姑娘怎么称呼?"

"青莲。"青莲小声答着,又躲到郝英俊的身后,像是很怕生。

"姑娘莫怕,我丁老六人是长得粗糙了些,可干不出浑事来!"丁老六也不介意,笑呵呵地说,"最近确有几处人家卖宅子,还没脱手,其中不乏适合青莲姑娘的。不过今日天色已晚,要去看宅子也得明天了。你可以安心先在我这儿住一晚,我丁老六在戎城也还是有几分薄面的,我的宅子没人敢闯。我出门去酒肆过夜得了,等明儿一早,再回来找你去看宅子与铺面。你看如何?"

他说罢,见青莲只是痴痴地望着郝英俊,便改换了询问的对象:"郝哥,你看这样成不?"

"让你费心了。"郝英俊颔首,拍拍他的胳膊,"这个人情算我欠你的。"

"哥又见外了!"丁老六仰头一笑,从腰间把钥匙拽下,交给青莲,"这是房门钥匙,姑娘好生收着。夜里别乱跑,街上乱得很,我这就出门了。"

青莲伸出手,无声地接过,还是不搭理丁老六,看着郝英俊。

"哥,那我走了。你们自便。"丁老六碰了两回钉子,尴尬地挠挠头,与郝英俊道别后就离开了。

目送兄弟走远后,郝英俊又变戏法似的从袖中取出一袋钱来,塞到青莲手中:"记住财不外露。这里头的金叶子,回头你让老六帮你兑成碎银。老六我信得过,你不用瞒着他。若是自己带着这些钱财不放心,寄一部分在他那儿也行,凭你自己做主。"

第五章 南国春里遇青梅

"英俊哥，我真的不能跟着你吗？在这里我谁都不认识……"青莲趁机反握住他的手，又含着泪央求。

郝英俊正色："哥是为你好，听哥的话。江湖上喊打喊杀的，就在这儿过普普通通的日子，有什么不好？"

"我……"青莲再次启唇。

"好了，"郝英俊抽出手，打断了她，语气不容分说，"今天你也受惊了，快进去休息吧。"

见他心意已决，青莲不禁咬唇，点点头："那英俊哥你自己多保重，青莲去了……"

"去吧。"郝英俊看她肯了，笑意便重回眼底。

出于善意，上官清也冲她笑着挥了挥手。

就这样，青莲一步三回头地，总算在上官清彻底笑僵之前，进了丁老六的家。

"呼——我们走吧。"揉了揉自己的脸，上官清转身看向随风与索归鸿。

但三个人都折返走了十来步，她才发现郝英俊居然没跟上来，回头一看，发现那家伙还站在原地，心里又郁闷上了。

"郝英俊，走了！真要这么舍不得人家，还把人家留下做什么？"大概除了上官清自己，在场的人全都听出了她那酸溜溜的口气。

于是郝英俊朗笑一声，快步走到她身边，耸耸肩："保护你一个半吊子都吃力了，我再带上她，哪里顾得过来？"

"那我和青莲同时掉进水里，你准备救哪一个"的经典问题，不打招呼地浮现在上官清的脑海里。说它是经典问题，全因为她那对爹娘还在府中时，娘时不时地就会这么问爹。而那些和娘一起"掉进水里"的人，大概十个指头都数不过来。只要是爹身边常出现的女人，都在此问的范围内……

眼前有东西在晃来晃去，原来是郝英俊的手掌："上官清，你发什么呆呢？这么看着我，像是图谋不轨哦。"

"我怎么看你了？"上官清忙一甩脑袋，赶走那个奇怪的问题，别开脸往前走，"我就是突然在想，你在后院找到了什么东西，为什么'说来话长'？"

郝英俊也不戳穿她的谎话，边与她并肩走，边从怀中掏出一张文书，递给她。

"立卖奴文书人南国春晚娘，今因客所需，将南国春胡姬梅拉达出转于江海客名下为奴。当收钞银五百两，银货两讫，立文书存照……"上官清控制着音量，将文书

的内容念给同行的其余两个人听,又不会被街上的路人听去。

"江海客?"索归鸿讶然,"这莫非是那名富商的雅号?若是众所周知的雅号,只要去了扬州当地,想必不难打听得到是谁。"

"更可能只是他不愿身份外露,随口胡诌的一个称呼。"随风提出另外一种可能的同时,接着道,"我看咱们还是就此打住,按照原计划去火翰国。"

这两种情况都有可能,戎城在西北,一路南下去扬州,又要花费不少时日。万一真如随风所言,只是在立文书时信口留下的称呼,到时便当真难办了……

为此,上官清眉头紧蹙,小脸上写满了"左右为难"四字,踌躇万分,拿不定主意。

"车到山前必有路,船到桥头自然直。今天大家都累了,不妨明日讨论之后再打算吧。"郝英俊瞥她一眼道。

"是啊,也不急在这一时。"索归鸿微微颔首,"上官姑娘莫要发愁了。"

这出门也有好长一段时间了,寻找《大悲神功》之事全无进展,饶是上官清再没心没肺,也不可能全不介怀。不过在动脑子冥思苦想之前,她觉得自己应该先祭一祭自己的五脏庙了……

咕噜咕噜。腹中鸣响声不大,可身边跟着的都是耳力出众的高手,上官清当下便尴尬地讪笑起来:"今晚在南国春就吃了几口糕点,所以……"

"前边不远就有夜市,附近也能找到客栈。"郝英俊熟门熟路,牵过她的手,"走了,先去夜市吃点儿东西。"

手突然被他握住,上官清一惊,便傻愣愣地跟着郝英俊在人潮中往前走。

他们越往前走,越是热闹,各种小吃的香气也扑鼻而来,勾起了上官清的馋虫。

这夜市中既有香喷喷的胡饼之类的西域小吃,又兼有中原风味的各色吃食,颇有秩序地分列在街道的两旁,泾渭分明。

在南国春已吃过胡食的上官清,闻到馄饨的香味便走不动道儿了,欢喜地坐下,喊道:"伙计,来四碗馄饨。"

其余三个人其实并无饥饿之感,但总不能站在一旁看上官清吃,又不好白坐人家的摊子,便也默许了她的自作主张。

"哇,好久没吃过这么热乎乎的馄饨了!"上官清捧着碗,喝了口热汤,顿觉神清气爽,"果然还是吃不惯胡食啊。"

"可不是,胡食口味重,姑娘喜欢就常来啊。"伙计笑着附和一句,便又来了一桌客人，转身就去招呼添茶，"几位客官要点儿什么？"

落座后桌的是几个年轻男子，江湖人打扮，都佩着刀剑，叫了几碗馄饨后，就边等着边饮茶闲聊。

上官清也是闲来无事，吃着馄饨的同时顺带支着耳朵听着。

"喂，你们听说了吗？戎城郊外的承天教最近不大太平。"

"承天教？这是什么帮派？"

"这武林中帮派多了去了，你还能个个听过？我也是正好有个表侄前不久刚刚拜入承天教门下，这不出了事，就吓得跑回了家，才知道的。"最先挑起话头的人为显摆自己消息灵通，还卖了个关子，"你们猜猜，这教中出了何事？"

剩下几个人便也给面子，揉了他一把："行了，就你知道的多，快给哥儿几个说说。"

"承天教这些日子以来，疯了不少弟子！而且这些得了疯病的弟子，均是武功尽失，而且还……"

"还什么？"

那个人突然压低声音："而且还都把自己给那什么了……"

上官清偷听到这儿，差点儿被咽下的馄饨噎住，"咳咳咳……"

她咳出的动静不小，后座几个人立刻转头看过来。

亏得郝英俊机智，抬手帮上官清拍背的同时还不忘说道："我不就给你讲了个笑话吗？也不是很好笑，至于呛到吗？"

简单一句话，上官清偷听几个人对话的行为便给他掩饰了过去。后座的几名男子于是一笑置之，扭回头，继续方才的话题。

"那些承天教的弟子都是怎么回事啊？你那表侄，没事吧？"

"他还是个试练弟子。疯掉的，全是那些长老与掌门的入室弟子。"那个知情的人说到这里，停顿片刻，又换了神秘兮兮的语调继续道，"不过我听说了，那些弟子都是因为偷偷修炼什么神功，才成了那般模样。我看这承天教，说不定有什么邪门心法，只传给入室弟子，但没几个能练出来的。失败的人就全都一个下场……"

其中一个人又问："那……那些疯掉的弟子承天教都怎么安置的？"

"我表侄说，都被锁在一处院子里了。啧啧，也是可怜啊！"那个人感叹，"所以说啊，还是得讲大门派。这种小门派，没准儿就是什么害人的歪门邪道。我表侄打算这次逃出来就不回去了，改日去武当山拜师学艺。"

几个人说完，正巧他们的馄饨也上桌了，三下五除二，迅速地吃完后，把铜板往

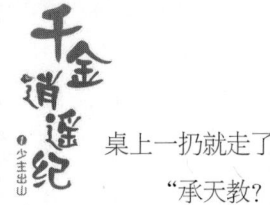

桌上一扔就走了。

"承天教?"上官清确认他们走后,才问随风,"你了解吗?"

"以修习拳法为主的小派,教主宁一拳,年轻时闯荡江湖,也有几分威名,有'一拳封天'之称。他成家后就选了这边陲之地,安定下来,创立了承天教。承天教确实名不见经传,也没有成名弟子,但这二十余年来倒也没听说出过什么幺蛾子,一向本分。"随风跟在上官澈身边多年,对江湖各派自然也是了如指掌。

"这样说来,那些弟子不应该是练了自家功法才变疯魔的吧?"上官清琢磨着,"若真是只传给入室弟子的邪门功法,也不会等到今天才发生这种事情。"

"但若只是寻常练功导致的走火入魔,不太可能出现众多弟子情形一致,且不仅武功尽失还都……"大约是认为当着上官清的面不太斯文,索归鸿没有继续再说下去。

可上官清却大大咧咧地接茬:"可不是吗?就算走火入魔也不会集体挥刀自宫吧?"

"小姐。"随风扶额,"你好歹……也注意一下。"

某女不以为意:"江湖儿女,不拘小节嘛!不过这事确实蹊跷,必须查查。"

"此行是为了寻回《大悲神功》,还是莫要节外生枝。"索归鸿微微敛眉,似乎不太赞同她去蹚这浑水。

"这承天教虽是小派,但发生这种事情,身为武林代盟主的我怎么能坐视不管呢?"上官清下巴一扬,义正词严,"再说了,左右我们还没决定好下一步应该去哪儿,不妨先去探探究竟。都是江湖事,没准儿还能得到什么新的线索呢?"

索归鸿还想再劝说:"但……"

"哎呀,好了,索大哥!只是一个小门派罢了,能有什么危险?我们速去速回,查清楚了,把问题解决了,耽误不了两三天的。"上官清伸手握住他搭在桌沿的胳膊,晃了晃,"如果只是有人添油加醋地乱传,我保证不多事,立刻撤退!"

"也罢……"索归鸿无可奈何地一笑应下。

"好!"得逞的上官清收回手,捧碗仰头,带头喝完了馄饨的汤底,"那大家都快吃吧,吃完早点儿找家客栈休息,明天一早我们就出发。"

第六章

秘籍惊现
承天教

　　说是一早出发，但计划赶不上变化。上官清赖床的毛病发作，等一行人爬上承天教后院的墙头时，已是正午时分了。

　　上官清正打算靠自己的本事翻过墙去，就感觉衣领一紧，转眼被郝英俊提下了墙，稳稳地落在院内的草坪上。

　　"走，去那边。"经验老到的郝英俊一眼就相中了不远处的一座假山，领着一行人闪身过去，躲到假山后。其后正巧有两棵枝干粗壮的老树，树冠茂密，与假山形成了一个天然的屏障，躲藏于此，十分隐蔽。

　　上官清擦了擦额角的汗，就着树干，蹲坐下来问："现在要怎么办？那些弟子都被关在哪里？这里看起来好像没人住的样子……"

　　承天教虽不是什么大派，但戎城郊外地界甚是辽阔，因此整个门派建筑规模竟也不可小觑，光是大大小小的院落就有十几处。

　　"你们就在这儿待着，我先去转一圈。"郝英俊自告奋勇。毕竟论飞檐走壁、溜门撬锁，没人比得过他。

　　说话间，他人已闪出假山，以神乎其神的速度消失在了屋檐顶上。上官清也不知自己那句"你自己多加小心"有没有落进他的耳里。

　　等待颇为漫长，尤其是不能乱动，还不能随意出声地窝在一处，更让人觉得分秒难熬。随风与索归鸿都选择了盘腿调息，只有上官清无事可做，顺手拔了株草在手指上缠来缠去地打发时间，顺便猜测着郝英俊此时此刻正在偷偷掀开哪间房的屋顶瓦……

　　瓦片被悄无声息地移开，郝英俊俯身瞧着室内的情况，不禁一骇。

　　这间几乎什么家具都没有的大通铺屋子中，关着二十多人。他们的一只脚上戴着铁镣铐，连接着一段三五尺长的铁索，被拴在房间的四根圆柱上。所有人均上穿银灰色窄袖贴身短衣，下着白色长裤，脚穿黑色革靴，衣饰有明显胡化现象，一看便知是承天教这种落脚边陲、受到西域文化影响的门派才会穿着的练功服。因此，这些被关押的人必定就是承天教的本派弟子无疑。

　　而且他们的神情都不似正常人，有的神色呆滞地躺在铺上喃喃自语；有的则是在铁索的限制下来回走动，看起来焦躁不安；还有些傻笑着聚集在一处，分明是在开口出声，却又并非在与同门对话，而是各说各的，谁都听不懂谁。

　　这些人的情形太过诡异，令郝英俊眉头紧锁。方才他一路探察下来发现，这大白天的，承天教中也没有什么弟子走动，偶尔见到几个，都是单独行动，行色匆匆，更别说能见到各院弟子一块儿在空地上练功的场面了。弟子们好端端的闭门不出，着实透着古怪，就算忌惮发疯的同门，也说不过去。为此，他还特意去掌门房中一窥，却没有人在。一时之间，他也看不出这些疯魔的弟子究竟是怎么回事，看脸色倒不像是中毒，只得重新掩盖好瓦片，飞身朝练功房的方向而去。既然传言是练功所致，那么在练功房说不定能找到些线索……

同样是静悄悄的练功房中，郝英俊双脚落地，没有扬起一点儿尘埃。这只是一间很普通的练功房，承天教以拳法为主，故而里头不曾摆设刀兵，而是以练习击打用的木桩为主。郝英俊四下查找了一遍，并未发现可疑之处。就连香案边摆放的几本拳谱心法，他也简单翻看了，都是些平平无奇的入门功法，不至于让人走火入魔。

正当他为毫无头绪而发愁时，练功房的门却被人从外轻轻推开了。他一惊，忙闪身背靠一根较大的木桩，掩藏好身形。

听脚步声，来者下盘不稳，步伐也可以算是十分不轻盈，应是刚习武不久，且每踏一步都显得迟疑。尽管对方肯定不是自己的对手，但郝英俊不敢打草惊蛇，还是谨慎地屏息，小心地探出头去，打算看看此人究竟独自来此做什么。

只见那年轻弟子蹑手蹑脚地又把练功房的门关上后，才走到窗边光线较充足的位置，弯腰从靴子中抽出一本书卷，视若珍宝地捧在手上抚摸。

那不是……在看清那书卷封皮上所写的四个字后，郝英俊瞳孔一缩，暗暗吃惊。

那弟子颤抖着手，翻开第一页，如饥似渴地一行行扫下去，却猛地浑身一震，手从原先激动地微颤，变成了无法控制地抖动，于是书卷应声落地。

"怎……怎么会？居然真的是这样……"他捂住脸，自语中泄露了心头的矛盾，"我到底要不要也……可是我还这么年轻，还没娶过媳妇……"

陡然间，他的脸从双掌中抬起，拔高了音量："不不，师兄们都失败了！我……我不能冒这个险。"说完，他居然也不顾地上的书卷，慌慌张张地转身就要跑。

郝英俊怎会让到手的"线索"从眼前溜走，当机立断，跃至那名弟子身后，一记手刀将其打晕！

"就这种功夫底子也想练什么神功？"郝英俊同情地看了眼晕倒在地上的人，摇摇头，俯身一手捡起神功书卷，一臂将那弟子一捞，扛到肩上，收获颇丰地离开了练功房。

"砰"的一声闷响，把已经打瞌睡的上官清瞬间惊醒，她下意识地就摸上腰间的长鞭："谁？"

"我。"郝英俊眼疾手快地按住她准备"行凶"的手,把脸凑近,"你倒是睡得很香啊!"

上官清揉揉睡眼,讪笑道:"能者多劳嘛。怎么样?有什么收获吗?"

"收获就在你的脚边。"郝英俊用下巴指了指地上那个昏迷不醒的年轻弟子,"我已经找到关着发疯弟子的别院。那些人确实都已神志不清,形如痴儿。至于这个人,我是在练功房碰上他的,鬼鬼祟祟地一个人跑到练功房看秘籍,就被我给抓来了。"

索归鸿与随风此时也翻掌按回膝上,结束了调息,靠近来看了一眼地上的那个人。

"此人脉象平稳,应该没有走火入魔。"索归鸿搭上他的脉搏,"他修炼的是什么秘籍?"

"这秘籍,咱们都很熟悉。"郝英俊闻言,神秘一笑,从袖中掏出书卷,丢到上官清的怀里,"你家的东西,你看看吧!"

"什么啊,神神道道的……"上官清笑骂,还只道他是故弄玄虚,却在垂眸看到手中书卷时惊呼出声,"这……这是《大悲神功》?它怎么会……"

郝英俊见状,忙伸手捂住她的嘴:"嘘!小点儿声,别引来人!"

《大悲神功》忽然于这小小的承天教中再现,索归鸿神色也是一变,看向身旁的随风。却见其只是若有所思地皱眉,并没有秘籍失而复得的喜色。于是索归鸿很快收敛了心神道:"这《大悲神功》按理不应该致人疯狂,这其中会不会另有隐情?"

"我见这弟子才刚刚翻开第一页,看了没多久,就开始自言自语。"郝英俊摇摇头,"也不知他究竟看到了什么。"

"虽然按照祖上规矩,我不应该翻阅神功秘籍,但事急从权……"上官清一把扯下郝英俊的"魔爪",转开身,背对着几个人,咬牙翻开了书卷,"我倒要看看这神功怎么能让这么多承天教弟子癫狂?"

结果三个人看到的就是她也才看不过一页,便无法自抑地双肩抖动,最后"严重"到双手捂住腹部,浑身发抖!

"上官清,你怎么了?"郝英俊最先反应过来,紧张地将她的身子扳转过来,抬手就要给她运气理脉,"就你这根骨还敢乱练心法……"

"哈哈哈……"谁知某女笑得是满脸通红,眼角带泪,"我不行了,你们自己看看吧!笑得我肚子都疼了,又不能笑得太大声,好气哦!哈哈哈……"

见此情状,三个人面面相觑,最终还是郝英俊迟疑着,把那秘籍拿了过来,与其他两个人一道参看。一开始的几行并没有什么不妥,都是写此书者的一些絮叨之语,

第六章 秘籍惊现承天教

直到第一页的最后一行，才令他们也猝不及防地因忍笑而呛咳起来。

因为那上面竟是赫然写着八个字：欲练此功，必先自宫！

"怪不得那个家伙看完之后一脸震惊，还念叨着什么自己要不要这样，还没娶妻之类的话。"把书卷丢给索归鸿，郝英俊好笑地看向地上仍然昏迷的承天教小弟子。

索归鸿这么一本正经的人，接了那书卷，也是好一阵尴尬，不忍直视第一页，便干脆往后随意翻看了三五页。"这书中所记载的心法逆行经脉，全无章法。当真修炼起来，不走火入魔都难。"他越看，眉心的"川"字就越深，"这《大悲神功》怎么会……"

"当然是假的啦！"上官清一巴掌替他把书拍合上，眉眼间尽是嬉笑之色，"我哥可是在练《大悲神功》的人，也没见他疯傻，更别说那什么了……就是这次，他对外说什么去参悟心法了，其实就是出门给我找嫂子去了！"

"这真神功被盗，假神功现世，有趣有趣。"郝英俊一脸的唯恐天下不乱。

上官清冲他飞去一个眼刀："你还好意思说！要不是你，这秘籍能丢吗？"

"我也就是拿钱办事嘛……"郝英俊自知理亏地摸摸鼻子，"不如我们把承天教这小子弄醒，问问看这假秘籍是从哪里来的？"

这一招转移话题果然奏效，上官清当即就忘了找他算账，转而半蹲到那个弟子的身边，伸手拍打着他的脸颊："喂，你醒醒！醒醒。"

"嗯？"那弟子皱眉，迷迷糊糊地睁开眼，发现入目的竟是一明眸皓齿的少女，便又安然地闭上眼，"什么啊，原来在做梦啊……"

"做梦？"上官清忍俊不禁，眼珠子一转，然后伸手在他胳膊上狠狠一拧。

"啊！"那弟子吃痛，直接弹坐了起来，这才彻底清醒，见面生的三男一女正合围自己，一个激灵就要起身逃跑，"救……呃！"

早有防备的郝英俊反应迅速，立刻点穴定住了他，还封了他的哑穴。

这小弟子脸上青涩的稚气未脱，不过是个大男孩模样，此刻被制住不得动弹，眼底布满惊恐之色。

"我们对你没有恶意，"几个人中最适合出面安抚人的索归鸿接收到上官清的眼色后，便温声笑道，"只是想询问你一下，这本假《大悲神功》的来历。还有你的那些同门，真的是因为修习这假秘籍后才发疯的吗？"

那弟子听后，神色转为惊诧，似乎有话想说。上官清便接道："如果你愿意好好和我们谈谈，就眨三下眼。"

小弟子果然眨了三下眼睛。

"多有得罪，小兄弟莫介意啊。"郝英俊替其解穴后，还拍了拍他的肩头表示友好。

"没……没事……你们也没伤害我……"那小弟子怯怯地瞥他一眼，最后还是选择与看起来最安全的索归鸿对视，"你们说，这本秘籍是假的？"

上官清正色颔首："我上官家世代保管秘籍，怎会看不出真假？"

"上官家？哪个上官家？你……你是……"

"这江湖中还有哪个上官家？我是上官清，上官澈的妹妹，现在代我哥暂代盟主之位。"上官清一挑眉，正经起来令人刮目相看，"我途经戎城，听说你们承天教近来乱得很，才来探察内情。为了承天教好，我希望你能如实对我们说出你所知道的情况。"

"原来是盟主的妹妹！"那小弟子似乎很是崇拜，比之前更是心甘情愿地用力点点头，"我会把我知道的，都告诉你们！那些师兄们，确实是修炼这本《大悲神功》后才疯掉的。"

"他们从哪里拿来的这东西？"上官清蹙眉，"你们不知道秘籍已经失窃了吗？"

"就是因为知道秘籍失窃，才会以为这是真的神功，冒险修炼。"他回忆着，"大概是从传出秘籍在武林大会上失窃后的一个多月吧，就有人疯了。起初，我们也不知道是怎么回事，还以为只是普通的走火入魔。后来疯掉的人越来越多，每次都是一起疯魔三五个。而且平日里总会带着我们勤练拳法的师兄们都开始闭门不出，神神秘秘的，早出晚归。于是我们这些后辈弟子就大着胆子跟踪了他们，才发现他们都在偷偷练功，却不是本派心法……"

郝英俊费解："疯了这么多人，那宁一拳和你们的长老们都不管吗？"

"不是不管！"那弟子猛摇头，"是他们都在闭关修炼，不知道外边的事情。"

"那你们教中就没个能主事的人？"上官清奇怪道。

那弟子重重一叹："原本有的，是宁城大师兄，可他就是第一个疯掉的人。"

"什么？"上官清倒吸一口冷气。

"大师兄应该是第一个得到秘籍的人。他疯了以后，怕他伤人，二师兄就做主把他关到废置的别院。可过了不久，二师兄也疯了……之后就是更多的人，接二连三地，一次也不止疯一个了。"他状似心有余悸地攥紧拳头，"后来修炼的师兄们，都是每次把疯者送去别院的人。我也是前几日，送了两位师兄过去，才发现他们身上有这个，还好……还好我一直犹豫不敢修炼。"

郝英俊嗤笑一声，摸着下巴道："他们倒也都对自己下得去手。不过但凡稍有根基者，一眼就能看出这本书上的内容根本就是违背武学常理的无稽之谈，为何你们一个两个

第六章 秘籍惊现承天教

都不曾发觉？"

"看……看得出来的。只是觉得，这神功必定与普通功法不同，违背常理，也许反而正是其高明之处……"那弟子讷讷地垂下头，越说声音越小。

随风冷哼："这造出假神功之人，当真是懂得利用人心。"

"不错。"郝英俊点头附和，"此人就是看准了世人觊觎神功之心，先将假秘籍交给其中一个人，等那个人修炼疯魔后，秘籍自然落入第二个人的手中。第二个人得了秘籍，欣喜若狂，自以为是前者修炼不得法才致疯癫，便也冒险修习，也就毫无意外地中招了……假秘籍自然而然地在门派弟子手中流传着，凡是得者，只要是有点儿野心的，就不会将此事宣扬出来，以免被上官家得知，前来索回。所以整个承天教，在并未彼此商量的情况下，竟是都默契地对此事三缄其口，对疯癫的弟子也只是关押，不敢请人来治疗。"

听他这么一分析，上官清只觉一股寒气顺着脊背蹿上来，大热天里居然打了个寒战。

"你没事吧？"索归鸿见她有异，担忧道。

她恨恨地咬牙："没事，就是觉得这个幕后之人用心太过险恶！他究竟有什么目的？与承天教有仇？"

"寻仇为何非得在这个节骨眼儿，用这种方法？"随风显得异常冷静，"我看是有人想借神功秘籍的失窃，搅乱整个江湖。"

"有这个可能。"郝英俊又毫不犹豫地赞同道。

"那我们一定得揪出这背后之人！说不定他与失窃一事也有关联！"上官清说着，盯住那小弟子，"你能带我们去见你的大师兄吗？"

那弟子看起来不太乐意："可以是可以……如今教中没什么人走动，小辈弟子不明就里都吓坏了，不敢出门，了解内情的也闭门不出。那处别院更是无人问津，就剩下几个与里面人关系亲厚的弟子，还愿意定时去送送饭，轻易不会被人发现。只是，他已经疯了，你们问怕也问不出什么的。"

"未必。"索归鸿突然吐出两个字，待几个人的目光都转向他后，才接着道，"这功法逆行经脉，导致真气走岔乱窜，令经脉受损，使人武功尽失，与走火入魔的确有几分相似。我琴宗有一曲名为《清心咒》，可助人平心气，理经脉，对走火入魔者来说颇有奇效。宗内曾有一位长老因修炼心法时执念太重，走火入魔，癫狂不已，便是我师父及时弹奏此曲，才令长老渐渐平静下来，恢复了神志，不至于几十年修为尽毁。"

他的琴就是武器，是从不离身的，这就去弹奏一曲并不难。

"那还等什么？我们快去试试。"上官清兴奋地拉过索归鸿的手，扭头对那弟子道，"快带路！"

听说有办法治愈同门师兄，那小弟子也很欢喜："好，好！这下他们就有救了！请随我来吧。"

那小弟子对哪些院落此时不会有人出门可谓了如指掌，虽是绕了点儿弯路，但也使得一行人在教中畅通无阻，如入无人之境。而郝英俊则是早探过那别院的，心知小弟子没有乱带路，便也只是走在队伍最后，眼观六路，以备不测。

"就是这里了。"那小弟子站在屋门口，才突然想到什么似的，不好意思地挠挠头，另一手指向墙右下角的一个洞，"不过我平时送饭，都是从那个洞递进去，这门的钥匙……我没有。"

那洞比正常的狗洞还小些，送饭正好，但人绝无法爬出。显然是害怕里头的人会跑出来乱闯，泄露了秘密。

"不用担心！有他在，去哪儿都不需要钥匙！"上官清笑眯眯地将郝英俊拉到身前。

"欸？"那小弟子不解，却见郝英俊的掌中变出根细细的铜丝，往锁里一插，转动几下，就听得"咔嚓"一声，锁开了！

"你……你是小偷？"看他这么熟练，那弟子实在没法往好处想。

郝英俊收起家伙，摇摇食指："小兄弟你这就眼拙了，普通小偷那都是贼眉鼠目的，能有我这么英俊潇洒、风流倜傥、正气凛然吗？"

这可把那弟子给说蒙了，一时哑口无言。上官清在一旁都看不下去他忽悠老实人，从后头推他一把："不就混成了个有名的偷儿吗？别炫耀了，快进去，正事要紧。"

"我这只是教他怎么看人更准……"郝英俊辩解着，被迫踏进门槛。剩下几个人也随后入屋，最后的随风谨慎地回身，将门重新关好，掩人耳目。

"这……"上官清是第一次看到这屋内的景象，一时有些无法接受，"就这么一直用铁链拴着他们吗？"

那小弟子也是面露不忍，无奈地点点头："他们时不时地就会狂躁，又不能一整天看着，只能出此下策。起先我们也是不忍心的，后来大师兄跑出来，把一个同门师兄砍成重伤，大家才狠下心这么做的。"

"哪一个是宁城？"郝英俊问。

"躺在铺上最里头的那个。"小弟子指了指，但却不敢上前，"只是弹琴的话，

第六章 秘籍惊现承天教

就不要碰他们了。他们一感觉到有人靠太近,就容易发疯。而且他们也不是个个都武功尽失,像大师兄,似乎还有内力,只是无法控制,打起人来没个轻重。"

索归鸿闻言,把琴放在一旁的矮几上,跪坐下来:"也好。一会儿我弹奏时,根据走火入魔的程度不同,他们可能会有不一样的反应。若是有人躁动不安,千万不要与他交手,点他臂上的沙海穴,助他平心静气。另外,此曲不可中断,请诸位务必替我护法。"

"明白了。"几个人均正色点头。

"拜托诸位了。"索归鸿浅笑,修长的指按上琴弦,转挑轻拨之间,便有如梵音般的乐声倾泻而出,似流水潺潺,深入空谷,杂念荡尽。

这一曲《清心咒》同样是索归鸿灌注内力所奏,一道道琴音都犹如无形的手,助屋内的承天教弟子引导真气,流经奇经八脉。便是无恙的上官清等人,闻之亦觉通体舒畅,真气运行更加顺遂。

那些笑容痴傻、嘴里念念叨叨不止的弟子们,在琴声中逐渐安静了下来,自然而然地原地盘坐,安然闭目。原先走动不停、极为焦躁的几个人也纷纷看向索归鸿,眼底的一片混沌中似乎辟出了半分清明。

倒是最初看起来安安静静躺在榻上的四个人,反而在短暂的安定后,猛地从床铺上跳下地,胡乱地冲撞嘶吼:"神功!只有我能练成!谁都不能阻止我……"

铁链虽然限制了他们的活动范围,使得他们够不到门,但却完全可以攻击屋内的上官清等人,他们不断挥舞铁拳,对着人就是一通猛砸。

"哎哟!"那个弟子功夫最差,身手又不灵活,后背结结实实地挨了一拳后扑地。

亏得郝英俊及时相救,抓着他背心往上一扔:"抱紧房梁好好待着!"

至于上官清虽武功不济,但反应灵敏,左躲右闪,在四个人之间来回周旋。偶尔抬臂格挡,竟发觉这些疯子力大无穷,震得她整条胳膊都酸麻不已。

"咝——疯子的力气是不是都这么大啊?"她不敢再多过招,看准一个时机,右手并指,迅速点在其中一个人的沙海穴上,"你冷静一点儿啊。"

被点中穴道的正是被小弟子指认出来的方脸大师兄宁城,他举起的拳头果然顿在了半空,没有落下,像是起作用了。

随风与郝英俊见势也几个转身错步,将其余三个人点住了穴。那三个人也顷刻间失去了斗志,没了杀气,又变得目光呆滞。

"把其他有所好转的弟子们都暂时挪到角落去吧。"郝英俊对随风道,"万一这几个等会儿再发疯,恐怕会伤及他们。"

"也好。"随风颔首,与他合力把还有些呆的十几个人像"赶鸭子"一样,赶到了角落去,嘱咐他们不要乱动,乖乖听琴。那十几个人在琴声的作用下,明显已能听得进一些话了,多数都能点头回应,其中一两个还应了声"好"。

两个人忙完后,却听得有声音从头顶传来:"快……快救救我……"原来是死死抱住房梁的小弟子在"求救"。

上官清双臂交抱,好整以暇地抬头瞧他:"你在上边待着不是好好的吗?救什么?"

"我……我怕不小心摔下去,会摔断腿的……你们还是把我弄下去吧!"

承天教出了这种连从房梁跳下来都无法自理的弟子,当真是师门不幸。在这种对比中,上官清居然产生了一种莫名其妙的优越感——她屋顶翻不好,可这房梁跳一跳还是没有什么问题的!

"你一个男人怕什么摔?我当年练轻功不知道摔了多……"仰着头的上官清正准备好好教育教育他,却突然感觉站在跟前的人好像动了!

下一瞬,伴随着郝英俊一声"快躲开"的暴喝,她被他从旁猛地一推,轰然倒地。她急忙扭头看去,原来是宁城又狂躁起来,一拳挥下,没打中上官清,便砸在了地上,地砖应声裂开了!

"啊啊啊……"就像浑身的力气无处发泄,宁城立刻收拳,又攻向推开上官清、此刻距离他最近的郝英俊。与此同时,其他三个人也像得了响应一般,把随风合围在中间乱拳攻击。

郝英俊与随风两个人合力周旋,见机又点了好几次他们的沙海穴,却全无作用!

"怎么回事?"上官清大惊失色,连滚带爬地跑到琴案前站定,右手按在鞭上戒备,防止他们四个人中有人摆脱出来攻击索归鸿。作为最后一道防线,谁敢过来,她就拿鞭子招呼谁的脸!

也许是感应到外界的混乱,全神贯注合眸弹奏的索归鸿骤然蹙眉,随即琴声转急,更加霸道的内功与琴声一道荡向那四个人,企图压制住他们。可越是压迫,那四个人的反应就越激烈,痛苦地狂吼不止,竟有真气四泄的危险迹象!

"情况有变,不能再弹了!"郝英俊回头喝道。

可索归鸿置若罔闻,还在坚持,在琴弦上的双手移动得更快,宫商角徵羽,一个压着一个调子飞快变换,越弹越急,最终"嘣"的一声,指尖血珠滴落,一根琴弦断了!

噗。血线从索归鸿的唇边流下。

"索大哥！你怎么了？"上官清忙跑到他的身边，扶住他，"起先都好好的，怎么突然会变成这样？"

索归鸿按着心口喘气道："这四个人应该都是最先修习心法者，仗着自身修为比较深厚，强行修习太久，入魔太深……我压制不住，遭了反噬。"

"那怎么办？"上官清抬头望去，果见琴声停了后，那四个人的疯狂程度是有过之而无不及，几乎到了不管不顾，要与随风、郝英俊同归于尽的地步。

那宁城身为大师兄，修为最高，最先靠内力震断了脚镣，把铁索拽在手上，当作武器，甩向郝英俊："我要大悲神功！我要……"

郝英俊向来不用兵器，好在随风腰间佩剑及时横出，替他挡下一击！顿时，火星飞溅，两个人都不得已往后倒退两步，可见这铁锁的来势有多凶猛！

与正常习武者不同，这四个人已丧失理智，不知疲惫，一身内力与蛮力相辅相成，用不要命的打法合攻二人。可二人此前在缠斗中处处留情，体力已消耗颇多，竟被逼得节节败退，无计可施！

"这么下去不是办法！打晕他们！"郝英俊想借着自身轻功的优势，接近他们。可四个人把手中铁链运用得极好，根本无法近身，反被其中最壮实的一个人死死抱住，脱身不得。

而随风本想配合郝英俊，给他打掩护，却一个不备，被缠住握剑的右手！见状，他又欲换剑于左手应变，却被一拳打在肩头脱了力，被宁城抢夺了剑……

"给我神功！"宁城得剑之后，竟是一拳往后打飞随风的同时，双眼死死地盯住上官清的衣襟，向她狂奔而来。

神功？上官清忙低头一看，这才发觉在刚才的打斗中，那本假秘籍居然从自己的怀中露出了一角！

"小心！"说时迟那时快，索归鸿身子一倾，挡到她身前，右手拽下一根断弦，甩手朝宁城射去……

只听得"噗"的一声，宁城一剑刺入了索归鸿的心口，堪堪没入两寸。而索归鸿那根化作暗器的琴弦也同时射进了宁城的眉心，从其后脑穿出！

宁城的神情不可置信，眼中却焦距渐失，最终握着剑柄的手落下，直挺挺地向后倒去，发出巨大的闷响。

"索大哥！"上官清愣住片刻，随即立刻用手替索归鸿按住伤口，但那殷红的血还是不断地往外直冒，"你是不是疯了？怎么不躲还往上凑？"

"别怕，不要紧的。我偏开了一些，没有刺中要害……"索归鸿先是虚弱地笑笑，然后勉力将心口上的剑拔出，冲随风与郝英俊的方向掷去，"他们已经无药可救了，快杀了他们……"

随风闻言，跃起接剑，再无犹豫，剑花猛挑间，便斩杀了三个人。郝英俊也终于摆脱困境，脱身而出。

但索归鸿把剑拔出来后，血涌得更快了。上官清焦急万分，泪水在眼眶里直打转："你们快来看看索大哥。"

郝英俊箭步上前，点穴护住心脉，皱眉道："他受了内伤，如今这伤口又距离心脏太近，必须立刻止血包扎。"

"哎哟！"那名小弟子见地上倒了几个人，有了垫背，情急之下也自个儿跳下来，"我……我去拿伤药和纱布，你们等着啊！"

"快去啊！跑快一点儿！"看他那笨手笨脚的样子，上官清就恨不得像抽陀螺一样，一鞭子把他抽得飞快些！

倒在自己怀中的人唇色渐渐褪去血色，上官清心急如焚，自责哽咽道："对不起，都怪我反应慢，才害你要替我来挡剑。"

"没事的……"索归鸿半合着眼，低声宽慰她，"你唤我一声大哥，我自然要护你周全。"

"都怪这假秘籍！"上官清把那书卷从怀中拽出，狠狠地丢在地上。可也就是这一拽，一个小瓷瓶也被带了出来，"叮叮当当"滚落在地。

看到瓷瓶，上官清立时转悲为喜，破涕而笑，用力一拍自己的脑门："我怎么把它给忘了？这下有救了！"

"转还丹？"郝英俊一眼就认出了她从瓷瓶中倒出的那枚金丹，与那晚她强行塞进他嘴里的多半是同一种。

"对！有了它，索大哥肯定能平安！"上官清把金丹递到索归鸿的唇边，"索大哥，快吞下去。"

江湖上没有人不知这转还丹可遇不可求，鬼医性子孤僻，非有缘人得不到其赠药。索归鸿犹疑着，似不舍得服用："转还丹太过贵重，你自己留着，日后或许……"

"转还丹没了我再找玉姐姐要便是，她定会给我。你死了，我向阎王要你，他可未必会给。"上官清快言快语，说得索归鸿一愣。趁着他无言以对的工夫，转还丹就被她强行塞进他口中。

药进了口中，自然没有再吐出来的道理，索归鸿只得妥协咽了下去。

这转还丹的功效当真是有起死回生之说，待到那小弟子匆匆忙忙抱着一堆瓶瓶罐罐与纱布赶回来时，索归鸿已经可以自行坐起，在随风的协助下盘膝治疗内伤了。

"他没事了？"那小弟子气喘吁吁地往地上一跪，衣摆里兜着的东西，"噼里啪啦"地都砸在了地上，"亏我还……还把药房里所有看起来不错的药都拿过来了。"

索归鸿脱险了，上官清自然又有心情逗他了，便蹲下来，在地上挑选了几瓶伤药，道："也不能让你白跑一趟，这些我就收下了。这样你再搬回去的时候，也能减轻点儿负担！"

"他……他是怎么好的？他的伤口看起来完全不流血了。"那弟子倒也不计较，只是抬袖擦着满头大汗，打量索归鸿的眼神就像见了鬼似的。

她得意地拍拍胸脯："那是因为我有灵丹妙药啊！"转还丹才服下不久，索归鸿的血就渐渐止住了，内伤似乎也有所缓解，面色恢复不少。

"也对，武林盟主家，肯定有很多好药。"他一脸恍然大悟，随即话锋一转，又道，"不过他这个样子，还是需要休息吧？不如今天就先在我们教中住下？"

郝英俊捶着肩膀凑过来，十分乐意："能住下那太好了！这一架打得我啊，浑身疼。你们练拳的，力气就是大。不过，小兄弟你能做主？"

"现在教中空余的屋子很多，"小弟子抿唇，回头看向倒在地上的几位师兄，面露悲戚，"再说了，原本能做主的人，他们都已经……"

"唉，节哀。与其一直疯疯癫癫度日，伤人伤己，这样或许对他们来说也是种解脱。"郝英俊低叹一声，安慰道，"好在你的其他师兄们，入魔不深，看这情形，不日就能恢复神志。"

那小弟子的目光随郝英俊一起转向角落，那十几个人都是老老实实的样子，有的甚至相互背靠着，呼呼睡去了，刚才的混战全然没有影响到他们。

"是啊，无论如何，能救回来一些人，总是好的……"他走过去，蹲下替师兄们把衣上沾着的灰土掸掉。

而另外一边，上官清则又开始密切关注索归鸿的情形，见随风收功回掌，便问道："索大哥，感觉怎么样？"

"随风公子助我将内力在体内运转了一周天，已然顺畅不少。"索归鸿睁眼，冲上官清一笑，示意她放心，随即向随风道谢，"多谢。"

随风淡淡颔首："你救了我家小姐一命，这是应该的。"

"方才你们的对话我都听到了。既然要在承天教住下，那么明日我再来为他们弹

第六章 秘籍惊现承天教

一次《清心咒》，助他们快些恢复。"索归鸿在上官清的搀扶下站起身，走向角落，眉眼间写满歉意，"实在抱歉，是我没有想到你的几位师兄修炼那心法的程度太深，而我功力尚浅，不及家师，这《清心咒》反而害得他们丢了性命……"

"不是的，不是的！这不怪你。"那小弟子忙起身摆手，"我心里明白，若不是起了不该起的贪念，大师兄他们也不会落得这个下场。你已经救了其他师兄们，已经帮了我们承天教很多了！"

索归鸿浅浅勾唇，眸底却无故凝起一团幽暗："能摒弃不该有的贪念与野心，确实可以避祸。可有些时候，更多的人却是明知不该，却不得不为。"

不知他的话音中为何透出冷然与郁愤，上官清一蹙眉："索大哥？"他似乎话里有话，是在为何事生气？

"能麻烦上官姑娘替我将琴抱上吗？"索归鸿侧首看她，并不解释，"我有些累了，想去休息了。"

"啊，请……请各位跟我来吧。"那小弟子机灵地替下上官清，扶着索归鸿往屋外走，方便她去取琴。

"麻烦小兄弟喽。"

郝英俊与随风也陆续踏出房门，只有上官清还留在矮几前逗留，望着琴上已干涸的暗红血迹发呆。不知为何，索归鸿那一句没来由的话，叫她心中隐隐不安。

"上官清，你不会连琴都抱不动吧？"在她发怔间，已经离开的郝英俊不知怎的又折返了回来，弯身调侃，"我来吧。"

"不用！"上官清一把打开他的手，麻利地把琴抱到怀中，噘嘴道，"一看你就不上心，万一把琴磕碰坏了怎么办？"

看她那宝贝样儿，郝英俊嗤笑一声："不过是件武器而已，坏了就修，修不好就换，有什么大不了的？"

"喊，你连一个音都拨不出来，懂什么？"上官清别开脸，大步朝外走去。

"说得好像你就会弹似的。"郝英俊跟上去，好笑道。

分明是一窍不通，但为了颜面，某女还是强行扯谎："我怎么不会了？我从五岁起就在学琴了！你不要小瞧人。"

"哦？那你弹一曲我听听？"

"这……这琴弦断了啊！改日……改日我一定给你露一手！"

那日抱琴离开刚刚见证过一场混战的别院，上官清的心情本是沉重的，可被郝英俊那么一打岔，无名的忧虑竟也在斗嘴中散去大半。承天教中空余的别院果然众多，几个人独占了一个院子住下，一个人一间房，一住就是五日。

索归鸿自行续好了琴弦，在这五天里，每日入夜前，都会去为那十几个人奏上一曲《清心咒》。在他日复一日的琴声引导下，大多数人的神志都已恢复如常，回到自己从前的住处静养。修为虽是毁了，但性命还在，根基还在，大不了从头来过。而且，随着这些人的情况逐渐好转，索归鸿的情绪似也大有改善，眼中的阴霾不再，回复了往日里的柔色。只是那柔色偶尔也会在夜色之中，染上几分不同寻常的沉重，上官清无从探究，只得作罢。

尽管掌门宁一拳与各长老依然在闭关修炼，可上官清一行人揭穿假秘籍、治愈疯癫弟子的大恩，却早已经由当事人的宣扬，传得举教上下皆知。他们四个人也从低调入住，变成了高调做客，被承天教的弟子们好酒好菜地又挽留了好几天。最后还是随风拒绝了弟子们请他们住到掌门与长老出关后再行宴请的邀请，离开承天教，暂返戎城。

他们在承天教中讨论了几日，上官清还是拍板决定前往扬州打听那名富商。不过那日匆忙，她也没能好好逛逛戎城，见识见识这座边陲小城白日里的风貌。几个人商量后，就由郝英俊和索归鸿回客栈取寄存的行李，再到城门口与上官清、随风会合，就可以启程南下了。

"随风啊，你家小姐我这次，有没有像个称职的代盟主啊？"

无论如何，此去承天教，解决了一件大事。索归鸿的伤也痊愈了，什么病根都没留下。走在出城路上的上官清双手背在身后，唇角上扬，心情颇为愉悦。

然而随风对她的评价只有五个字："差点儿丧命。"

"人在江湖飘，哪能不挨刀？找你聊天就是个错误！"上官清白了他一眼，便不再理他，左顾右盼起来。街道两旁的商铺开门迎客，货郎边走边叫卖，一派热闹的生活景象。

可这和谐的氛围中，总有那么一些不和谐的人喜欢出来搞事情。

一家看起来新开张的水果铺前，两个痞气十足的男人，一高一矮，光拿沾着泥的脏手在水果上摸来摸去，挑挑拣拣，却没有半分要买的意思，还故意轻拿重放，不少瓜果都经不起这么折腾，品相立刻变差了。

"两位爷，你们要买吗？这些都是西域来的水果，看中什么，我替你们包起来……"铺主是个女子，上官清扭头看去，正好被其中一个男人挡住了，看不到脸，只能听见

第七章 云谲波诡五人行

她小心翼翼的询问声。

矮个儿男人言语间毫不客气："哈，你这些水果都不新鲜，看这磕碰的，还有脸问我们要不要买？"

"我这些水果绝对是新鲜的，这……这磕碰明明是刚才您……啊！"

只见那铺主还没把话说完，矮个儿男人就突然发作，抓起一只香梨往地上狠狠一砸。香梨立刻裂开，梨汁飞溅！

"你说什么？我做了什么？有胆子再说一遍！"他眯起眼，目光阴沉。

"我……我……"

是可忍孰不可忍，上官清正要抽鞭子上前好好教训一下这两个家伙，却不料从左右两旁铺面冲出的五六个人比自己更快，个个都抄着棍棒与砍刀，将那两个人团团围住。

为首的一个人喝道："这水果铺子可是六爷罩着的，你们两个皮痒了是吗，敢在这儿撒野？还不跪下给姑娘道歉！"

"哟，六爷？哈哈哈，不就是那个上不了台面的丁老六吗？"双方力量悬殊，那两个痞子竟也不惧，讥笑道，"我们龙爷叱咤戎城的时候，他还不知道在哪儿要饭呢！"

"看来你们是敬酒不吃吃罚酒了？"

"这谁吃罚酒可不一定。"高个儿男人说罢，冷笑着一吹哨，便听得纷杂的脚步声从四面八方传来——竟是二十多个地痞从街头巷尾抄家伙也围了过来！

情势瞬间逆转，那五六个人中为首的一位立刻回头，给留守在铺中的一个人使了个眼色。那个人便慌忙跑离，估计是去找帮手了。

"现在，"那高个儿男人又随手拿起个梨子，啃了一大口，"是谁该跪下来求饶了？"

"六爷手下没有孬种。兄弟们，跟我上！"

"给我打！打趴一个，龙爷重重有赏！"

两边领头的人一声令下，一场短兵相接的激烈搏杀就在街头毫无预兆地展开了。

近旁的货郎与行人惊叫着四散跑开，上官清只闻得那水果铺的女店主一声尖叫，便再难透过混战的人群看到其身影了。

"小姐，你做什么？"随风拉住准备上前的上官清。

她不满地回头："当然是路见不平一声吼啊！你倒是也来搭把手啊。"

"闲事莫要多管。像戎城这种鱼龙混杂之地，市井势力之间的地盘争抢、市井与公门势力的斗狠，这样的事情几乎天天都在发生，你管得过来吗？"

随风的性子就是如此，除去自己的职责所在，从不轻易多问多管。在他的认知里，

这世上的是非太多,每个人所能凭借的都是一己之力,因此其力有能及有不能及、有应及有不应及,越界了,便容易弄巧成拙。而属于他的"一己之力",在武林,而非市井与朝堂。

然而上官清不同,她觉得,人这一生能遇上的事十分有限,一桩桩一件件,都是上天恰到好处的安排;遇见的人也不会太多,无论交情深浅,也都是冥冥之中注定的缘分。她没有理由袖手旁观。

"你没听见吗?他们在说丁老六,说不定就是郝英俊的那个哥们儿啊!好歹照过面的,帮衬一把怎么了?你不想管可以,但别拦着我。"话毕,她奋力甩开他的手,抽出长鞭,冲进人群。

鞭影上下翻飞,所到之处,抽得混战在一处的地痞们是无处可避,个个捂脸怒吼。

"啊……这疯女人是谁啊?打人不打脸没听说啊?"

上官清的鞭法是不济,可再怎么不济也是江湖中人,又是半路杀出,这些地痞措手不及,一时哪里能招架得住?更何况她那没有准心的"夺命十八鞭"不就正适合在这样密集的人堆里使用吗?反正不管打哪儿,都有人站着给她打嘛!

于是乎,丁老六这方的人很快看出帮手是个半吊子,都机灵地退到她的身后,省得被误伤。

可就在上官清以一根长鞭镇住场面的同时,对方仍有人马源源不断地赶来,这脸是怎么打都打不完,打得她手都酸了!至于丁老六这边,等了半晌才见其本人带着三四个弟兄匆匆赶到,杯水车薪。

"随风你再不来,你家小姐就要被打成肉饼啦!"上官清气喘吁吁,鞭子挥得越来越慢,十分没有骨气地选择了高声求救。

不过她这一喊还真有效,飞身跃过她头顶的居然不止一个人,而是三个人!

"郝英俊!索大哥!"上官清喜出望外,看着他们在半空中"噔噔噔"几个连踢,就把对面龙爷的几十个人都踢倒在地,怎么也爬不起来了!连带头挑事的两个地痞,也在地上哀号着。

"让你们欺负人。"上官清见状,挤到三个人前边,把鞭子抽得啪啪直响,呵斥道,"以后还敢不敢了?"这架势,整个狐假虎威。

"不……不敢了!大侠们饶命……"

她一鞭子打在其中一个人的脚边:"那还不快滚?"

"滚,滚,这就滚。"小喽啰们相互扶持着站起来,有的又腿软跌了下去,只得

第七章 云谲波诡五人行

被同伴拖着，连滚带爬地狼狈逃走了。

末了，那高个儿地痞还不忘撂下一句经典狠话："丁老六，我们走着瞧。"

"狗仗人势！"要不是他已经爬远了，上官清还真想照着他的屁股再来一鞭！

看上官清那神气十足的样子，随风与郝英俊便知她应没受伤，就让她一个人在那里扬扬得意，享受胜利的喜悦，反身去扶受伤的兄弟们。唯独索归鸿上前一步，握住她的胳膊，关切地问了句："上官，你没事吧？"自从上次他成了她的救命恩人，上官清就严词拒绝他再"姑娘长姑娘短"地叫来叫去了。

上官清张开双臂，在他面前转了一圈，笑嘻嘻地道："当然没事！就那些家伙，能把我怎么样？"

转完之后，她才想起自己最初出手的原因，忙往铺里看去："对了，水果铺的那个姑娘去哪儿了？"

也是好巧不巧，她正看到郝英俊把青莲从柜面下扶起来的一幕："小莲，你没事吧？"

"英俊哥，我……我没事，就是有些害怕……"青莲一头扎进郝英俊的怀里，双手揪着他的衣襟，抽泣不止，"已经不是一两次了。那个龙爷为什么就是不肯放过我？我只是想重新开始生活……"

"对不起，怪哥考虑不周。"郝英俊略一迟疑，还是抬手抚上她的背，有一下没一下地轻拍起来。

青莲在他怀里摇头："是小莲给英俊哥惹麻烦了……"

这郎情妾意、你侬我侬、相互依偎、彼此安慰的一幕当真是，异常刺眼！

"嗯哼！嗯哼！"上官清也控制不住自己，收了鞭子，走到铺面前就是一阵猛清嗓子。

本以为起不了什么作用，没承想郝英俊竟能在安慰怀中人的百忙之中抽出一眼，递给上官清。那一眼的感觉很奇妙，藏着些愉悦，又夹杂了促狭之意，又像是某种无声的解释，似乎在说：我与她只是儿时玩伴，只有兄妹情谊。

上官清呆愣片刻，顿觉自己这么想真是魔怔了，眼花了，便使劲地甩了甩脑袋后再看——人怎么不见了？

"上官清，你在想什么呢？"下一瞬，郝英俊的声音从身侧传来。

"啊……"她忙转身，对上他似笑非笑的俊朗星目，顺带也看到了依旧无力依着他胳膊的青莲。

原来他已经扶着青莲走出来了啊。

见她回神，郝英俊就把青莲的手交给她："你扶她一会儿。"

被动地代替他搀住青莲，上官清的视线怔怔地追随着他，看他把丁老六扶到石级上坐下，掌心贴在其后背上略一运功，缓解其背上的棍伤。

"那龙爷究竟是什么人？"郝英俊边运功边问。

"他和官家有点儿联系，平日里咱们这些道儿上混的与他也是井水不犯河水！没想到他居然授意这些地痞主动来挑衅！"丁老六咬牙，擦擦嘴角的血迹，往地上啐了一口，"哥你放心，今儿是我没有防备，没带够兄弟。明儿我就点齐人，带上家伙去和他理论理论，真以为我丁老六怕他了不成？"

郝英俊自责地一叹："他也不是针对你。是我之前在南国春与那个龙爷起了冲突，本以为那一袋金瓜子足以泯恩仇了。没想到他收了钱，还憋着劲儿找青莲的麻烦，连累了你与手下的兄弟们。"

"他针对青莲姑娘，针对大哥，就是针对我丁老六！以后我加派人手保护青莲姑娘，绝对不会再让今天的事情发生。"丁老六的仗义真是没的说。

"这世上没有防贼千日的道理。"郝英俊说这话的时候，显然完全没有考虑到自己是个什么身份，"你也不可能十二个时辰都派人保护着小莲。这戎城是不能再待了。"

青莲听到这里，猛地挣开上官清，前冲几步，跪到郝英俊面前，哭道："英俊哥，就让我跟着你走吧！我一个人举目无亲，就算没有那个龙爷，不是在戎城，我也怕被那些地痞流氓盯上啊。"

她这一哭，梨花带雨，我见犹怜，说的也是句句在理。郝英俊忙把她拉起来，同时目光越过她的肩头，看向了上官清，似乎是在征询她的意见。

但是上官清非常没有眼力见儿地直接问道："你看我干吗？你的青梅竹马，你做主啊！"

"英俊哥？"于是，青莲期待地凝望郝英俊，"我一定不会拖累你们的，我和上官姑娘在路上也能有个伴儿，不是很好吗？"

有个伴儿才不好。郝英俊头痛地揉揉眉心，吐出一口浊气："这戎城你左右是不能再待了，就先跟着我们一起上路。沿途若能遇到民风淳朴之地，你再落脚安身也可。"这言下之意，是仍然不打算长期带她同行。

青莲闻言，唇边笑容一僵，但很快又展颜靠进他的怀中，温顺地道："嗯，小莲都听英俊哥的安排。"

第七章 云谲波诡五人行

"那你和上官清做伴吧。"郝英俊却有些不自然地退开一步,领着她又走回上官清的身边,就自顾自地去与丁老六告别了。

虽然每次看到郝英俊对青莲那副温柔体贴的样子就来气,但上官清对青莲本人是没什么意见的。因此青莲一来到身边,上官清就关切地要伸手去扶她的胳膊:"青莲,你刚才没有受伤吧?我扶着你吧!"

"我没事,可以自己走。"青莲却不着痕迹地侧身躲开了她的手,语气生疏,"多谢上官姑娘关心了。"

上官清尴尬地收回手,依旧笑着:"哦,呵呵,那就好。那我们走吧,早点儿出城,才能在天黑前赶到下一个城镇。"想起青莲之前对丁老六也是极其冷淡,不愿搭理的态度,上官清以为她是之前苦日子过多了,对生人充满防备,故而也不再计较。

细心的索归鸿留意到了两个女子之间的微妙气氛,便过来替上官清解围:"上官,我们走吧。"

"嗯,好……"上官清随他转身前,还是叮嘱了青莲一句,"你也快跟上来吧。"

但是紧跟在二人身后的却是随风,之后才是过了半晌,与丁老六话别结束的郝英俊,还有和其并肩行走的青莲。

从离开戎城那日起,这个五个人的队伍就像是固定的阵法一样,保持着"二一二"的状态。随风夹在中间,无人配对,前后的两男两女虽看着像相伴而行,实际上前边的上官清是频频扭头往后瞧,后头的郝英俊目不斜视地朝前望。不过多少次的回眸与眺望都是徒劳,因为随风是时刻紧跟在上官清正后方的……

这样与郝英俊"可望不可即",无法拌嘴斗法的日子,对上官清来说真是太无趣了,她的心里空落落的。偶尔有一两次机会与郝英俊独处,也很快就被牛皮糖一样黏着他的青莲搅了浑去。青莲也没有哪里不好,递水擦汗,寸步不离,她只是关心、依赖郝英俊罢了。

可每次青莲一来,上官清就觉得自己多余,只能憋着一肚子闷气讪讪地离开。有几晚住在客栈,她也曾试着去郝英俊的房间找他。结果他的房门大开,青莲就在里头与他有说有笑,于是上官清只能当作自己纯属路过……

这样的情形维持了大半个月,直到一天夜里,在客栈大堂刚用完晚膳回房不久的上官清,突感窗外有一道鬼影闪过。她便抓过鞭子,大着胆子走过去查看……

背着月光的某个人头朝下倒挂在窗外,对她一勾唇,当真是微微一笑很惊悚!

"啊……"上官清正想失声大叫,却被对方抢先一步捂住嘴。

"嘘,是我!"这声音耳熟,上官清又硬着头皮仔细打量了那"鬼"一眼,才发觉这分明是郝英俊嘛!

郝英俊看她神情变化,就知她认出自己了,于是松手笑道:"你退后几步。"

"哦。"上官清没多想就照做了。

她从窗台前退开后,郝英俊就有了施展手脚的空间,双臂一撑窗台,一个倒翻筋斗就进屋了。

"我说,没正门吗?大晚上的翻窗吓人。"上官清没好气道。

"亏得我以为你对我日思夜想,却不料我只是上下颠倒了个个儿,你就认不出我了。说好的化成灰都认识呢?"郝英俊夸张地捧住心,一听语气就知道在恶搞,"真是心痛啊……"

"呸!化什么灰?不吉利!"上官清用鞭子柄顶了一下他的心口,"你的小莲呢?今晚不陪她了?我看她一定能认出你来。"

郝英俊无奈地耸肩:"这就是我爬窗的原因。我骗她今天累了,想早些睡下,这才脱身。但又不好从房门进出,万一被她瞧见了呢?"

上官清的嘴角忍不住上扬,但还是背过身去,明知故问:"人家对你那么好,做什么骗她?每天晚上听人家回忆儿时往事,不是很愉悦吗?"

"因为我心里偏偏惦记着那个对我不好的人。"郝英俊也不介意上官清的阴阳怪气,走近她,凑到她耳边笑语。

"我哪里对你不好了?"上官清愤愤地转身,抬手就要拿鞭子砸他脸。

郝英俊眼疾手快地一避,牢牢握住了她的手,用力将她拽近:"很不好。她让我每天都食之无味,夜不能寐。"

"你这是有病,得治。"上官清小脸一红,垂下眸,嘴上却不饶人。

"所以,"烛火映照之下,他深邃的眸子仿佛也染上火光的温度,亮得发烫,"我这不就来找药治相思病了吗?"

一寸一寸地靠近,再靠近,上官清感觉自己就像一只义无反顾的飞蛾,扑向那足以灼伤自己的光热……

"咚咚,咚咚,咚咚。"

鼻尖几乎已经碰上的两个人,都被这阵颇有节奏的敲门声弄得一脸茫然。

已经合眸的上官清此时睁眼怒瞪,竟是在与郝英俊的近距离对视下,成了斗鸡眼!

第七章 云谲波诡五人行

郝英俊见状，笑得肩头猛抖，随即拉开两个人之间的距离，往她脑门上用力拍一下，才把她的眼珠子拍回原位。

"谁啊？"上官清揉着额头，恶声恶气地吼道。

敲门人大概被她话音中的火气给吓到了，犹疑片刻才出声："……是我。"

"啊……"这回可把上官清懊恼坏了，忙小跑着去开门，挂上最灿烂诚挚的笑容，"是索大哥啊！不好意思，我刚才的语气不太好，因为……因为……"

见她半晌都说不出个所以然来，索归鸿好脾气地表示理解："无妨。人总有心情不佳的时候。离开戎城也有一段时日了，我本来想和你商量一下，关于我们此行先去扬州何处。既然你有心事，不如我们改日再聊。"

"不用改日！我没有心事，也没有心情不好！你来得正好。"上官清说着，探头出门左右张望后，便把他拉进了屋，关上门。

"原来郝公子也在。"索归鸿一进来，便见郝英俊正悠哉地坐在屋内桌子前喝茶。适才由于上官清开的是左侧房门，故而不曾看见。

郝英俊做了个请的手势，替他也斟了一杯茶："比你早来一步。"

"随风那个木头就不用拉来了，"上官清也跟着坐下，"就咱们三个议议先去哪处打听消息就行。"

"扬州的地域范围虽不及一国之大，但也下辖五六座城镇。"郝英俊少见地正色，"要想在最短的时间里打听到那个买走梅拉达的'江海客'，还得去这些城镇中消息最灵通之地。"

游历过不少地方的索归鸿立刻明白了他的意思："你是指位于扬州地区中心的遂城？"

"遂城？为什么？"上官清托腮扭头问。

"上官有所不知。遂城可以说是扬州地区的枢纽所在，漕运四通八达，算是来来往往的游人与生意人的必经之地。"索归鸿耐心地介绍着，"这样的城镇，人多且杂，流动频繁，消息能不灵通吗？"

上官清打了个响指："有道理！那我们就……"

她的话还没说完，房门就"砰"的一声，突然被人从外强行打开来！

"谁？"近乎是在门开的同时，两个男人对视一眼，郝英俊正托着的茶杯更是直接从手中飞出去。

可意想之中的茶杯碎裂声并没有传来，背对门而坐的上官清惊愕地回头看去——

原来是随风稳稳地接住了茶杯！

与随风一道进来的，还有青莲。但看起来青莲是被迫进来的，因为随风正用另一只手牢牢地掐着她的后颈。

"随风？你这是做什么？"上官清赶紧起身。

随风左手一扬，把茶杯又送回到桌上，言简意赅地解释道："她在门外偷听，被我撞见。"

"偷听？"上官清的眼珠转了转，判断她肯定是在索归鸿入屋之后，才趴在门外偷听的。可他们三个是在商量之后的行程，有什么可听的？莫非怕自己怂恿郝英俊丢下她？

郝英俊这时也已走上前来，抬手按上随风擒着青莲的右臂，沉声道："你先放开她，我想听听她怎么说。"

也许是看他足够冷静，没有丝毫要偏袒的意思，随风爽快地松了手。他的手才一松，青莲就像被抽走了浑身力气一般，向前扑跌进郝英俊的怀中。

"英俊哥，我只是……只是去你房里送消夜时，发现你不在，就想来问问上官姑娘知不知道你在哪儿……"青莲低低啜泣着，满腹委屈，"我不是故意的，只是听到你们像是有要事要谈，就不敢出声打扰。"

"不敢出声，所以就敢站得靠门那么近偷听？"随风毫不留情地反问。

青莲受惊般地又往郝英俊怀里缩，声如细蚊："我原本是要走开的，但听到梅拉达姐姐的名字，我一时好奇就……真的对不起，英俊哥，我知道这是不对的，下次一定不会这样了……"

"你认识那个胡姬梅拉达啊？"上官清觉得这次自己抓到了重点，顺带上前把青莲从某个人怀里拉了出来，与自己面对面，手拉手。

青莲手被上官清牵着，还依依不舍地扭头望了一眼郝英俊，才垂首答道："算……算不上认识吧！她在南国春的时候，是最叫座的头牌舞姬，但我那时候还只是个给她打扫房间的粗使婢女……没怎么说过话。可她房里都进过些什么人，我是知道的。"

"可在下若是没记错，从南国春赎出姑娘的当晚，姑娘说自己是不久前才被卖到那儿去的。"索归鸿来到上官清身侧站定，一贯清淡的笑容中多了几分冰冷的探究，"但梅拉达被富商买走之事，按照那个晚娘所言，则发生在半年之前。"

这"不久前"与"半年前"，似有些出入。

青莲闻言脸立刻一白，双膝直直往下一跪："对不起！是我说了谎……南国春是什么样的地方，你们也都知道。我……我那时怕英俊哥知道，如果我已经在那里待了那么久，就会嫌弃我，只好说才去不久！"

这说辞合情合理，可也正是因为太合乎情理，让人找不到一点儿破绽，反而透着古怪。在场的除了古道热肠的上官清初涉世事，深信不疑外，剩下三个人均是不动声色地两两交换了眼神。

"好了，好了，都认识这么久了，怎么动不动就跪呢？"上官清把她扶起来，将信将疑，"那这么说，你见过那个富商了？"

青莲用力点头："见过！我就是因为听到你们在说想找那个人，才忍不住继续往下听。你们不用去遂城打听消息了，可以直接去阜城。"

"那个富商在阜城？他叫什么名字？"看她如此笃定，上官清不禁两眼大亮。

"嗯，当时我正巧在屋外长廊打扫，听到那富商与梅拉达姐姐对话时，提及了家业就在阜城，至于他叫什么名字……"青莲说到这里，眼神闪烁了一下，"我……我没有听清。"

尽管得不到那富商的姓名有些遗憾，但能把搜寻范围锁定在阜城已然是意外之喜。上官清安慰地拍拍她的手背："你这下真是帮了我们大忙了！别怕别怕，随风也不会再为难你了。以后想来找我们，就直接敲门进来，不用怕打扰。"

"谢谢你肯原谅我……"青莲哽咽，递给她感激的一眼，随即怯生生地望向剩下三个人，尤其是郝英俊。

"小莲，以后有什么事别瞒着哥。"郝英俊在她的注视下开了口，可说的话却好似别有深意，"只要你还是小时候那个单纯善良的小莲，那么不管之前遭遇了什么，哥都不会嫌弃你。"

也许是刻意忽略了他的言外之意，青莲只是抿唇道："小莲知道撒谎和偷听都不好，让英俊哥生气了。但小莲保证以后不会再惹你不开心了……"

郝英俊的眼微眯，伸手按了按她的脑袋，言语间是追忆的怅然："长大了，总有这样那样的不开心，人也再回不到小时候了。"

"是……是啊……"青莲的笑容有些勉强。

连续两次强调小时候，神经大条如上官清也觉出些怪异了，纳闷地用眼神求问身旁的索归鸿。而后者只是淡笑着轻轻摇头，像是让她不要深究。

"好了，折腾了半天，明日还要赶路，大家不如各自回房歇息吧？"半响，郝英俊收回手，不再看青莲，只扬眉扫视一圈，又恢复了那股洒脱劲儿。

113

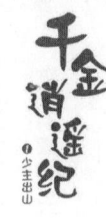

上官清不想气氛再陷入适才那样的诡异中，装模作样地打了个哈欠，顺水推舟："我还真有些困了！"

"那小姐早点儿休息。"始终旁观的随风最是爽利，转身就要出屋。

"哎，你等等我！"郝英俊追上去，强行与其勾肩搭背地走远，"刚才那一下多有得罪了，你不会记仇吧？不过你那一招接的……"

"上官，那你早点儿休息，我们也回去了。"至于一向风度翩翩的索归鸿，与上官清道了晚安后，自然是一路将青莲送回屋门口。

正当他略一颔首，准备转身离去时，青莲却忽地出声："在承天教借势除掉那宁城灭口，你做得不错。但方才，你未免太多嘴了。"说这话时，她哪里还有半分在众人面前的柔弱之态，眼底更是冷意森然。

索归鸿神色一凛："你……"

"小莲身体有些不适，公子似乎略通医术，不知可否进屋替我一诊？"青莲自是不放心在这人来人往的走廊上把话说得太开。

"呵呵，恭敬不如从命，请吧！"索归鸿自嘲地一笑，替她推开了门。

两个人入屋后，房门紧闭。青莲倚靠在门上，纤纤素指点上索归鸿的喉结，来回摩挲，娇笑道："索公子当真是好俊哪。能有公子这样的同伴，是青莲之幸。"

他面不改色地盯着她，不为所动："同伴？"

"你是北翔国细作，而我的主子也在与北翔国太子共谋大事。"青莲见他这般无趣，便收了手，交叠在身前，"你传出的全部消息，我都知道内容。南国春和戎城，都只是一出戏罢了。"

"你的主子是谁？"索归鸿眸光闪动。

青莲掩嘴一笑，紧盯着他："这可就不能告诉你了，毕竟，你看起来似乎对那上官清颇为关怀？"

"你对郝英俊，不也很是倾心？"索归鸿勾唇回敬。

"哈哈，放心，他与你之间，我还是更喜欢你的。"她盈盈笑着，把头靠在他的肩头，状似深情，"你呢？比起那个上官清，索公子会更喜欢青莲吗？会护着青莲吗？"

索归鸿退开半步："姑娘手段高明，只怕不需要在下回护。"

"哼，上官清身边那个侍卫忠心耿耿，武功不弱，今日险些栽在他的手上！"青莲咬着银牙，"只是，我方才临时圆谎，终究难免有破绽。尤其是那个郝英俊，看起来已经对我起了戒心。"

"你当真是郝英俊儿时的那个玩伴？"索归鸿皱眉。

青莲点点头，耸肩道："当然。其他都是假的了，这张脸可不能再是假的，否则以郝英俊行走江湖的阅历，怎么可能轻易信我？"

"他对你照顾有加，你却……"

这次索归鸿的话还没说完，就被青莲激动地打断："照顾？现在照顾我还有什么用？我早就不需要了！我叫天天不应、叫地地不灵的时候，他在哪儿？你运气好，从小被派到中原，当惯了琴宗大弟子，养尊处优，懂得那种稍有不慎就会被毒打，甚至遭受更大屈辱的日子吗？"

"你们在幼时分开，想必他那时也无能为力。"索归鸿从她的眼里看到了尖锐的伤痛。

青莲冷笑着在眼前握拳："是啊，他是无能为力。所以我很早就明白了一个道理，人还是要靠自己的。我不需要朋友，不需要儿时玩伴，我只需要出色地完成每一次任务，就能把日子过得更好。"

"你不是过得更好了，只是彻底成了完成任务的工具，麻木了。"一丝怜悯藏在索归鸿的叹息之中。

"你可怜我？"青莲如同听到天大的笑话，"哈哈哈，你和我还不是一样的人？你没有麻木很了不起吗？不过是自寻烦恼罢了！"她笑完，顿了顿，逼近他一步，"我劝你做恶人就做个彻底，否则只能落个死无葬身之地的下场！"

索归鸿拂袖转身："在下的结局如何，还不需你来操心。"

"还不是你先操心我的？"青莲也不恼，莲步轻移，转到他的面前，"你呢，想怎么装好人，想怎么死，我确实管不着，只要你别坏了我的事就行。这些日子以来，你的每次回报都不痛不痒，只交代上官清的行踪而已。所以太子不放心你，才让主子又派了我来盯着你、督促你，尽早探出《大悲神功》在哪儿。还有那上官澈，究竟为何会在武林大会之前消失。"

"上官秉性纯粹率直，这么长时间相处下来，不太可能对我有所隐瞒。她应该确实不知《大悲神功》的去向。至于上官澈消失的缘由，在承天教中她曾随口一提，是去……去给她寻嫂子了。"索归鸿似也清楚这理由一看就是糊弄人的，"大约是上官澈连自己的妹妹也隐瞒了真实意图。"

青莲轻笑："我看也是。就那么个懵懂的大小姐，很难交托什么大事。不过她身

边跟着的随风,却未必了。听说此人是上官澈的心腹,常年跟随,如今却被留在上官清的身边,跟着她瞎胡闹,不是很奇怪吗?我倒是觉得主子散布全然不同的假秘籍这招不错,投石问路,我们也可以试试。"

"你想怎么样?"索归鸿终于扭头,再次与她对视。

"放心,主子交代的任务是刺探情报,又不是杀人。再说了,随风武艺高强,我确实不敌。"青莲用指尖一挑他的下颌,媚声道,"只要我们两个继续跟着他们,取得他们的信任,不怕探听不出进一步的消息。随风可以不告诉我们真相,但如果他家小姐问起呢?总不能不说吧?"

索归鸿抿唇:"你的意思是……"

"最近我发现,那随风频频背着上官清在夜里召唤猎鹰传信。如果让上官清撞见,岂不有趣?"她心中早有谋划。

"为何不把猎鹰直接截下?"索归鸿不解。

青莲食指缠着垂落在耳旁的鬓发绕了绕,言语中透出些轻蔑:"难怪主子要派我来。那要是普通猎鹰倒也好办,可若是上官家的岂是那么好截住的?上官家的传信猎鹰通人性认主,非其主不可使其飞。这意味着只有一次机会,一旦截下,便会打草惊蛇。他传信多次,谁知道哪次才有我们想要的东西?"

"青莲姑娘心思深沉,在下自愧不如。"

他言中的暗讽之意,青莲又怎会听不出来?当即她美目一横,冷然道:"索归鸿,不要忘了自己的身份!"

"身份?你与我都只是一枚棋子,各下各的就是。"索归鸿眼底闪过一抹傲色,"随风与郝英俊都非愚人,你想将他们玩弄于股掌之间,可得先掂量掂量自己,莫要玩火自焚。"

话毕,他一刻也不愿再多逗留,沉着脸打开房门,快步离去了。

"喊,等我探听到情报,你就是没用的弃子了。"青莲盯着那一袭青衫,眼中有着阴狠的算计滑过……

"你们听说了吗?关于《大悲神功》和武林盟主之事,好像不是表面上那么简单!"

"什么意思?"

"现在江湖上都在传,说是上官澈根本不是隐世参悟神功去了,而是其妹上官清,早就觊觎盟主之位和神功,所以将其兄长暗害了。"

第七章 云谲波诡五人行

"哎哟……那上官清也就二八年华吧?这么心狠手辣?"

天将过午,正是茶肆生意最好之时,其中有五个人围坐一桌,三名男子丰神俊朗,各有千秋,都令人望之心悦。另外两名女子却相距颇大,其中一名盈盈如秋月,面容姣好,气质温婉,很难让人不心生爱慕。可坐于她身旁的女子大碗喝茶,举止豪放,五官平平,还长着一脸麻子,浪费了她一身华裳与腰间的烫金长鞭。

"上官,你莫要放在心上。"偏那负一把古琴的男子,对正坐对面的佳人视而不见,而只温声关切着那个麻脸女子。

"放心,这一路上我都听习惯了。再说了,平生不做亏心事,半夜不怕鬼敲门。"麻脸女子笑意豁达,竟平添一分光彩,"要不是郝英俊非说换张脸,能省去不必要的麻烦,我还真不乐意成天戴着这么个不透气的玩意儿。"

原来这麻脸女子,正是戴了人皮面具的上官清。

前往阜城的一路上,上官清一行又发现许多小门派都莫名得到了神秘人赠予的《大悲神功》,每本神功的内容各不相同,修炼条件也大相径庭,却都有害于武者根基。他们察觉到承天教并非一个偶然之后,上官清意识到了事态的严重性,便让随风发出盟主令,告诫各派不要上当,将神秘人的线索提供给她。

可这发出去的盟主令竟如同一滴水落进了大海里,悄无声息,没有得到任何一派的回应。相反,郝英俊沿途潜入各派探察之下,才发现争相修炼假秘籍的情形实则是愈演愈烈,比之承天教仅仅是弟子胡来更为可怕。许多长老甚至是掌门都直接默许了对神功的追逐,并不惜代价,以门下弟子作为试验品,秘密令普通弟子尝试修炼。那些弟子多半走火入魔,甚至经脉逆绝而死,但各派怕走漏风声,对弟子们的死都秘而不言。

修炼神功,称霸武林的欲望足以让曾经的正派失去理智。他们觊觎上官家的《大悲神功》已经太久了,久到哪怕明知自己手中得到的秘籍可能是假的,却不愿放弃尝试。毕竟真秘籍已经失窃,这些流落在外的,总会有一本是真的!于是,各派之间彼此防范,甚至暗中抢夺对方手中的秘籍,更不可能响应盟主令。而与此同时,不知怎的,江湖中竟有了上官清暗害兄长,欲篡夺盟主之位的传闻。没有上官澈出面,用事实辟谣,上官清的解释就没有任何说服力,所以导致她现在连露个面都不是很方便……

"也不知道是谁在传这种谣言,又有什么目的。"青莲弱弱地搭了一句,握住上官清的手,"但小莲相信清儿你不是那样的人……"

这些日子唯一让上官清感到顺心的,就是青莲与自己关系变得亲近了。有时候青莲与她共处的时间，比和郝英俊的还多。

"我看造谣的人，八成和弄出假秘籍害人的，是同一伙人。他们就是想搅乱武林，让上官家失去对各派的号召力！"她回握青莲，愤愤道。

"哟，你有没有发现，自从你戴上我做的人皮面具后，这小脑瓜子都比以前灵光了！"郝英俊伸手，隔着那张假脸皮，弹了一下她的脑门，打趣道。

上官清打开他的手："少来，我还没找你算账呢！你是不是拿次品忽悠我啊？当时在马贼窝里看到你的那副面具，明明是皮薄质软，连脸色都能透出来。怎么到了我这儿，就蜡黄蜡黄的？"

"这可能是你自己的脸皮已经太厚了，"郝英俊摊手，表示爱莫能助，"再多加一层那就更透不出什么血色了。"

"你……"

"清儿，你说有没有可能偷走《大悲神功》的人也是他们？他们手里有真的，就骗大家练假的。"倒是青莲，及时制止准备斗嘴的上官清，转回了正题。近来她渐渐地参与到几个人的话题之中，故而此时出言猜测，上官清也并没觉得有什么不妥。

"或许吧！"上官清说着，冲她挤挤眼睛，"这你得问你的英俊哥了！"

郝英俊苦笑着扶额："我这事能被你念叨一辈子啊。"

"英俊哥也是受人雇用……"青莲也已知道其中原委，眼巴巴地望了他一眼，"英俊哥，你真的一点儿关于那个找你窃书的人的线索都没有吗？"

还没等郝英俊开口，倒是随风先放下茶杯："青莲姑娘好像比我家小姐更关心秘籍的下落。"

"我当然也很关心，希望能早点儿找到秘籍，"青莲好似早料到随风会有此一说，应对坦然，"这样也许很多事情就能水落石出，清儿也不用无缘无故背黑锅了。"

随风找碴儿失败，于是起身："休息得差不多了，该赶路了。否则天黑之前赶不到下一个镇子。这片山林看起来不太平，还是莫要露宿。"

"就知道赶路！"上官清撇撇嘴，抱怨一句，拉着青莲一道起身，"走吧走吧。"

"好。"青莲温顺地垂眸应声，把一抹急躁藏在了眼底。

第八章 身份识破 青莲死

是夜，连续在山林中奔波几日的上官清，总算是住进了客栈，美美地泡了个热水澡，换上身干净衣裳，顿感神清气爽。

"清儿，你在吗？"门外传来青莲的声音。

上官清忙绑好腰带，扬声道："进来吧。"

青莲随即推门而入，羞怯一笑："清儿，我看今日夜色不错，白日里又在马车上睡了很久，如今也不觉得困倦，便想去客栈的后院四下走走。可又怕自己一个人……"

"正好我刚泡完澡也精神着呢！"上官清当下就顺手抄过长鞭盘在腰上，"我陪你一起去吧！"

"清儿你真好。"青莲笑弯了眉眼，主动挽上她的胳膊，"我们找个安静些的地方坐坐，就我们两个人聊聊天。我从窗子往下看，后院有座假山，还有荷塘，那里环境不错。"

上官清随她出了门："好，好，都依你！"与极富主见、心志坚韧、行事果断的玉怜心不同，青莲的年纪虽不见得比上官清小，可处处透着股小鸟依人的感觉，让上官清满足了做大姐大的心愿。

于是两个人一路说笑着来到后院，背靠假山，在荷塘旁肩并肩坐下，欣赏水中的弦月倒影，有一句没一句地闲谈。可谈着谈着，青莲突然一缩，抓紧上官清的手臂，压低声音道："好……好像有人过来了。"

见她一脸紧张，上官清好笑："有人很正常啊。这是客栈的后院，谁都能来。"

"清儿我预感很准的，这么多年我流落在外，无人帮衬，要是没些直觉恐怕早就没命了……"青莲用眼神央求她。

"好吧，那我们先躲起来看看。"

没办法，上官清拉起她，绕到假山后藏好，然后探出头四下张望。果然，远远地有个身材高大的男子正朝这边走来，可是那身形好像很熟悉啊……

她耐着性子，盯着看了一会儿，等他又走近些，才发觉来人根本就是随风啊！

这还有什么好躲的？上官清当即就要出去，衣袖却被人死死拖住。她回头一看，却是青莲苦着脸，正冲自己用力摇头。

想到随风自从上次的偷听事件后，就一直看青莲不顺眼，此时出去相见，确实也是自讨没趣。因此，上官清就顺了青莲的意，缩回假山后，换来她感激的一笑。

不过素来与老年人同作息的随风，这大晚上的独自跑到后院里来做什么？上官清还真有几分好奇。没准儿能抓住他的什么"把柄"，以后好硌硬他！

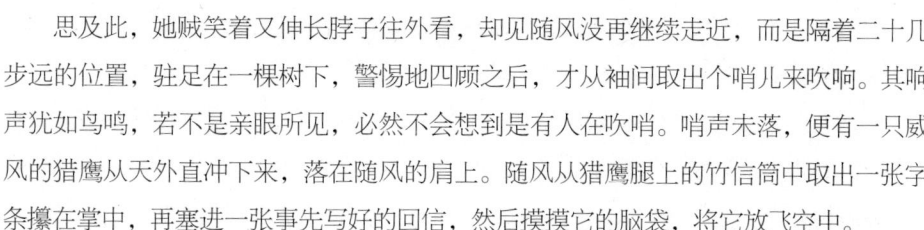

第八章 身份识破青莲死

思及此,她贼笑着又伸长脖子往外看,却见随风没再继续走近,而是隔着二十几步远的位置,驻足在一棵树下,警惕地四顾之后,才从袖间取出个哨儿来吹响。其响声犹如鸟鸣,若不是亲眼所见,必然不会想到是有人在吹哨。哨声未落,便有一只威风的猎鹰从天外直冲下来,落在随风的肩上。随风从猎鹰腿上的竹信筒中取出一张字条攥在掌中,再塞进一张事先写好的回信,然后摸摸它的脑袋,将它放飞空中。

这一系列动作结束后,随风又谨慎地环视一圈,吓得上官清忙把头一缩,在假山后屏住了呼吸。等她再探头出去时,那棵树下早没了人影。

"随风公子他是不是在传信啊?"青莲这时也敢出声了,假装好奇地问道,"是你让他给什么人传信的吗?"

上官清有些发蒙:"我……我没有啊……"她隐约记得,这些日子以来,类似的鸟鸣声时不时就会听见,且都是在夜间。难道都是随风在传信?

"那他在给什么人传信呢?看起来怎么有点儿……有点儿……"青莲欲言又止。

上官清见她吞吞吐吐的,忍不住蹙眉:"有点儿什么?"

青莲绞着衣摆,垂眸低语:"有点儿……偷偷摸摸的,不想被人发现的样子。"

"小莲。"

大概从没见上官清这么严肃地叫过自己,青莲磕巴着问:"怎……怎么了?"

"你就当刚才什么都没看到,什么都没发生。"上官清目光沉沉,不知在想什么,"这件事不要对任何人提起。"

"啊!为什么?你不问问他吗?或者我们可以再……"青莲忙不迭地要给她出主意。

"小莲,我现在心里很乱!你就别给我添乱了!"青莲的话还没说完,就被上官清拔高的音量打断了。

这大概是上官清这么久以来第一次对青莲大声说话。青莲小心翼翼地瞄着她的脸色:"好吧,我知道了,我不会说的。那你……"

"我想先回房了。"深吸一口气,上官清也知道自己心烦意乱之下,语气不好,"小莲对不起啊,我刚刚一时性急……"

"没事。我能理解你。随风公子是你的护卫,你那么信任他,他却有事瞒着你。那种被背叛的滋味肯定不好受……"青莲体谅地一笑,摆手道,"我送你回房吧?"

"不用了!你喜欢这里就多待一会儿吧,我自己回去。"上官清逃也似的离开,一路奔回房,一早把门落了锁,吹灭蜡烛,然后扑到床上开始胡思乱想。

　　随风这家伙背着她在和谁传信呢？难道是红鸾星动在寄情书？可看他刚才神情严肃，不太像害了相思病的人。和其他江湖中的友人通信？也着实不必如此谨慎。

　　青莲状似无意说出的"背叛"二字，如同一根鱼刺卡在了上官清的喉咙里，很不舒服。可她心里很清楚，随风从小就在上官家长大，更是跟随她老哥多年，绝没有可能胳膊肘往外拐。这其中一定有什么隐情！他一向与老哥如影随形，只差如胶似漆了，这回老哥却没带上他，难道……

　　还没等她抓住那脑海中闪过的灵光，却有人先抓住了她的左肩！

　　"谁？"

　　"哎哟！是我。"

　　上官清发誓，这次自己完全是超常发挥了，居然右手一个反擒拿，就把来人扭着胳膊，面朝下一把掀翻在床，然后自己骑到了他腰上！

　　不过身下人的惨叫声有点儿耳熟，于是她俯身低头一瞧，正是在龇牙咧嘴的郝英俊！

　　她忍不住翻了个白眼，松手起身："你怎么又翻窗？"

　　"冤枉，我这回可是从门口大大方方进来的。是你自己想心事想得太认真，没发觉。"郝英俊却趴着不动，"我说你是多重啊，压得我的老腰都快折了……"

　　"我分明落了锁！撬门进来的还理直气壮！"上官清恨不得再跳上去，一口气坐断他的腰。

　　也许是感受到了腾腾杀意，郝英俊很快就识趣地甩着胳膊，扶着腰站了起来，像是随口一问："你方才在想什么呢？"

　　"没什么。"上官清抿唇，没有与他对视。

　　"让我来算算啊，"郝英俊却自顾自地开始围着她转圈走，做出掐指一算的模样，故弄玄虚，"是不是'意外'撞见了什么不该看到的一幕？"

　　不信他当真能掐会算，上官清直截了当地问道："你当时也在场？"

　　"别忘了，干我们这行的，待在屋顶的时间可比待在屋里的时间多。"郝英俊咧嘴，那语气自豪着呢。

　　"所以你都看到了？"她一瘪嘴，绕开他，自个儿坐到榻上，"你好像一点儿都不意外？"

　　郝英俊正了正色，颔首道："因为早在西域沙漠里，我们遭遇马贼那一晚，我就发现随风在与人传信了。不仅是他，还有索归鸿。他们二人一前一后，分开传的信。"

第八章 身份识破青莲死

"什么？"上官清觉得这个打击太大了。

"之后夜里我都有留心观察，随风共传书七回，索归鸿八回。"郝英俊居然还记着次数，"而且每一回多半是我们遇事之后才传信，平日无事时不传。这样的传信频率与时机，很难不让人多想。"

上官清重重一叹，耷拉下脑袋，捂脸哀号："怎么会这样？"

"好了，你至少还有我嘛。"郝英俊的玩笑声从头顶传来，"你看，我就从来不背着你偷偷和别人传信。"

"可你背着我把《大悲神功》给偷了！"上官清抬头瞪他，"别说这些有的没的了。既然你那么早就发现了，却等到今天才告诉我，是因为你打算有所行动了？"

郝英俊摇摇头："不是我打算行动，而是你想要怎么做？"

"我不知道……"她蹙着眉托腮，犹豫不决，"我相信，随风就算有什么瞒着我，也肯定不会是对我不利的事情。但我也不想一直被蒙在鼓里。至于索大哥，他曾经舍身救我，也不可能会加害我啊。郝英俊，你给我出个主意，我该怎么做？"

"索归鸿容易，大不了将他甩了去，不让他再同行，总没错处。可是随风算是你们上官家的人，要如何做，我还真不好说。"郝英俊的神色也有些无奈，"这些日子我观察下来，他们虽对外传信，可真正对你不利之事确实没有做过。若非如此，我也不会拖到今日你自己撞破了，才与你说起。"

连一向颇多主意的郝英俊都没了办法，屋内就此陷入了一片沉默。

正当上官清一筹莫展时，却听得随风敲门："小姐，你睡下了吗？"

随风突然造访，上官清惊得一下从榻上弹起来，倒是郝英俊十分沉着地冲她做了个噤声的手势，接着环顾屋内，发现没有藏身之处，就朝窗外比画一下。

明白他的意思是会翻到窗台外去，上官清点点头，等他贴着外墙藏好了，才应声前去开门："什么事啊？都躺下了，又被你给叫起来了。"

"有重要的事。"随风一点儿不客气地直接越过她走进屋内，"关门，落锁。"

重要的事？她感到心跳有些加速，目光便不自觉往窗口处瞥了一眼，想着郝英俊还在那儿，便心安不少。

结果她刚依言关好门，一转身，就见随风递过来一张字条。上官清定睛一瞧，那字条可不正是他从那猎鹰腿上取下来的吗？

"给我看？"她很是诧异。

"盟主来信。"随风向来是惜字如金。

他果然是在和老哥通信！心中的石头一下落地，上官清不禁展颜，迫不及待地接过来就要看。展开后才想起屋内昏暗，没点灯，又匆匆忙忙去把蜡烛点燃，就着烛光读信。

老妹，见字如面，已从随风处听得你这一路经历，有惊无险，成长颇多，为兄甚是欣慰。信上不便多言，此间来龙去脉，就让随风与你分说吧。

连落款都懒得写，果然是老哥的作风。上官清笑眯眯地把字条又瞧了几遍，就随手放于烛火上烧掉了。

"所以，我哥这次出门不是去给我找嫂子吧？他又在算计什么吧？"她挑眉问随风。

随风居然很认真地纠正她："小姐，盟主是为武林的安宁思虑，'算计'这个词不适合用在他身上。"

"哎呀，好了好了！"上官清投降地摆摆手，"不知道的还以为你们才是亲兄弟呢！我这个妹妹当得是一点儿分量都没有，被你们蒙在鼓里这么久。"

"盟主虽然设了局，但心中始终惦记小姐安危，其实本也不曾想到要将你牵扯其中。"随风继续严肃地强调上官澈有多地关心亲妹、顾全大局，"原是要用那话本将你引去遥远的火翰国，远离旋涡中心，让你好好在西域游览一番，待事了之后再接你回来。要是半路没杀出个马贼来，将线索指向南国春，后来也没有这么多事儿。"

"怪不得你在沙漠里那么反对我们折返……"上官清先是恍悟，接着脑袋又有点儿发蒙了，"唉？等等！所以你的意思是，那话本是我哥安排的？那岂不是……"说到这儿，她突然跑到窗边，探头向下看，果见郝英俊还扒在下面，便招手让他上来："你进来！这事和你也脱不了干系！"

"早该请我一起听了。"郝英俊飒爽一笑，单足一踏墙面，配合双臂借力，跳进屋中，"刚才说到哪儿了？那个话本是上官澈的安排？"

"不错。其实《大悲神功》并没有失窃，现在就在盟主手中。"随风轻轻颔首，瞥了眼嘴里已经可以塞下两颗大鸡蛋的上官清，看向郝英俊道，"就在武林大会不久前，盟主发现有人对神功图谋不轨。与其被动防贼，倒不如主动出击，找个贼，把神功先从人人皆知的书阁中偷出来。"

郝英俊轻笑出声："哈，所以搞了半天，我这是帮上官澈监守自盗了啊？你从第一天逮住我时就知道，口风很严啊！"

第八章 身份识破青莲死

"当时有外人在场,只能多有得罪。况且小姐的一举一动很可能都被人监视了,她又藏不住心事,我若一早就透露给她真相,恐怕她哪天不小心就说漏了嘴。那倒不如假戏真做,先骗过自己人,再骗外人。"随风口中所指的"外人"无疑就是索归鸿,"不过那毒药是假的,放心。"

"你先别打岔,让随风把我哥的全部计划都说完。"上官清把郝英俊往旁边一推,自己走近一步,"他这样把神功盗走,也不是长久的办法啊。"

"盟主这么做,只是为了降低意图不轨者的警惕性,查出真正觊觎秘籍的人究竟是谁。如果没有猜错,原本那个人是想趁着武林大会下手,却万万没想到竟被人抢先一步,一时也乱了阵脚。"随风不疾不徐地说着,"但那个人又断不会就此罢手,必定要秘密寻找神功的下落,难免不会露出马脚。到时便成了敌在明、我在暗,盟主要揪出这个人,就比原来坐镇上官府中时容易得多了。"

上官清忙问:"那现在有眉目了吗?"

"有,但事情比最初想象中的要复杂,所以盟主迟迟没有收网。"随风并没有详谈这其中曲折,也没有指名道姓,只是道,"用假秘籍扰乱武林这一招,并非一般人能想得出。盟主认为,意图盗取神功之人的背后,还有高人在指点。"

"上官澈还真是沉得住气,传闻已经闹得沸沸扬扬,假秘籍祸害的门派不下十个,他还不动手。"郝英俊扯扯嘴角,似是不太认同这一招引蛇出洞。

随风也很淡然:"现在的大动静,是为了之后数十年乃至百年的武林都可以沉寂下来。况且那帮人为贪念与野心所驱使,即使这次不受人挑拨,他日也难保不会被人利用,给他们些教训也好。"

"百年啊,他这操心都操到他身后事去了。"郝英俊挑眉,转而问道,"那如今他打算怎么做?准备再钓一段时间鱼?"

"经过这一路,盟主认为没有必要再瞒着小姐,但还是希望小姐当作什么都不知道,一切还按原计划进行。盯着小姐动向的何止安插在我们身边的那一两个眼线,沿途恐怕都有暗哨,贸然更改行程,只怕会让对方起疑。"一看就知道随风早就针对这事请示过上官澈了,"不过盟主也已动身前去扬州与我们会合。"

"我们身边的眼线?"上官清重复道。

郝英俊抢过话来:"这还需要想吗?我肯定不是,那就只有索归鸿和青莲了。"

"青莲?"索归鸿就算了,怎么连青莲也是眼线?青莲不是他的旧识吗?

仿佛从她不可思议的眼神中读懂了她的疑问,郝英俊摸摸鼻子,神情颇为无辜:"我

和她都分开那么多年了,这些年她经历了什么,变成了什么样的人,我全都不得而知。如今利用和我的这一层关系来接近你,也没有什么不可能的。你难道不觉得,你今天和她一起撞见随风传信,有些太巧了吗?"

"今晚我传信时你和青莲在场?"随风皱眉。

"对。是她先来找我说睡不着,想去后院找个安静的地方坐坐。坐了一会儿,她突然说感觉有人过来了,就显出很害怕的模样,硬是拉着我一起躲到了假山后头,之后就看到你出现在了不远处。"

闻言,随风大概在嘲笑她的迟钝:"你就不觉得很奇怪吗?有人靠近,你这个武林盟主世家的小姐感受不到,她一个柔弱女子的五感却比你更加敏锐?"

经他这么一提醒,上官清还真觉出有些不对劲。莫非青莲会武功,而且还不弱?那她平时也太能装了!不过看郝英俊的模样,怎么也不像是被骗过去了。于是,上官清忍不住开口问他:"郝英俊,你从什么时候开始怀疑青莲的?"

"起初,我念着儿时情谊出手相救,确实不曾多想。一直到离开戎城之前,青莲也没有露出丝毫破绽。坏就坏在她偷听那一晚,为偷听找的借口,还有对我们提出疑问的解释,可谓是滴水不漏。"

"没有漏洞,就是最大的漏洞。"随风看上官清还是一脸懵懂之色,又补充道,"她辩解的急智,却非寻常女子所有。"

上官清歪着脑袋:"可你们怎么就能断定,她说的不是真话呢?因为是真话,所以才会脱口而出都没有漏洞啊。"

"你认为,一个素日里唯唯诺诺、没有主见,哭着喊着要跟着我们的胆小女人,有可能在被随风抓住又卡住脖子带进屋来对质时,把真话说得那么条理清晰吗?"原来郝英俊那双无论何时都盛满星辉的眼,并不是只有笑意与不羁,还藏着轻易不外露的睿智。

"原来如此……"上官清沉吟着,感叹自己恐怕一辈子都做不到这样明察秋毫,洞悉人心,"那索大哥呢?他和青莲是一伙的?"

郝英俊摇摇头:"这我就不得而知了。"

"就算索大哥跟着我是别有目的,但我觉得他不是恶人。"上官清咬唇。索归鸿的琴声犹在耳畔,那么温柔,那么哀伤,怎么也听不出半分的欲望与杂念。他还把能探问人秘密的《心魂引》教给了她,难道不是出于信任吗?

"你如果舍不得对索归鸿下手,不如我们先试试青莲。"郝英俊见她为难,便替

第八章 身份识破青莲死

她做了决定，"同是男人，我看得出索归鸿对你……对你没有恶意。倒是青莲，相比起来，更加危险，还是早点儿除掉为妙。"

上官清上下打量他一眼，不禁问："你对青莲下得去手啊？"

"我早已暗示她若还是当年的小莲，那么儿时的情谊便不会断。可她执迷不悟，我难道要坐视她来伤害你？"郝英俊与她四目相对，口吻异常认真。

双颊被他注视得有些发热，上官清羞赧地别开了脸："哦。"

没想到她脸红半天，竟就以一个"哦"字作为应答，郝英俊失笑，捉住她的手腕，又低语了句："孰轻孰重，我一直分得清。"

"我……我知道了！"她抽了抽手，没抽回来，"随风还在这儿呢！"

但是被拿出来说事的随风实则是一脸的无所谓，额上写着"你们继续"四个大字。

"罢了，我们还是先讨论正事吧。"尽管如此，郝英俊还是松了手，双臂交错在身前，摆开架势要商量对策，"我们不妨用假消息让青莲上钩。"

随风若有所思："假消息？"

"是啊，既然她喜欢偷听，就让她听个够。"郝英俊的语气一听就是要使坏了，冲二人招招手，示意他们凑近，"我们可以这样……"

就这样，一夜之间，一向身体壮如牛的上官清病了。众人不得不拖延行程，暂时在客栈住下，等她的身子稍有好转后再出发。要说她这病也是古怪，没食欲，没精神，每天只想赖在榻上，昏昏沉沉地睡觉，哪里也不想去，也不愿与人说话。大夫看过也是无能为力，这"病人"脉力强得不像话，总不能说这是典型的"懒病"吧？所以只得开了几服补药，给她补补身子，总归出不了错。

青莲还是扮演着那个关心其病情的好友角色，晨昏送药，从不间断。每回趁着上官清喝药，她还要状似无意地提上几句随风之事，劝她莫要因此伤心伤身，与其闷在心里，还不如去问个明白。但上官清只是没精打采地边听边点头，也不知有没有听进去。

直到五日后，郝英俊在傍晚时敲开了青莲的门。

"英俊哥，你找我？"

"我看这几天下来上官清的病也该痊愈了，就想着上街采买点儿补给，之后路上用。"郝英俊说话还是那么爽利，"但我一个大男人，也不知道你们姑娘家需要什么。你有没有什么需要的，我就一并买了。"

略一思索，青莲摇摇头："这……我没什么需要的。不如你问问清儿想要什么好了。"

"我刚刚从她那儿过来。原本想去问，结果还没开口，随风就到了。"郝英俊仿佛随口一说，"好像是上官清找他有什么重要的事要说，我也不方便在场，就先出来了。"

青莲闻言，眸中闪过暗色，面上像是突然想起了什么似的，轻呼一声："哎呀，清儿的药还在后厨呢。英俊哥，小莲不能和你聊了，不然就耽误了时辰。"

"好，我也要早点儿出去，趁着晚膳前回来。"见鱼上钩，郝英俊顺势应下，挥挥手，"你快去吧。"

"那晚膳时见。"青莲丢下这句话，就头也不回地一路跑远了。即将得手的兴奋让她没能听到身后那个人一声几不可察的叹息，淹没在客栈的喧嚣中……

而同一时刻，上官清正扒着门缝，一眨不眨地盯住走道，就像在等待猎物。也就在她等得有些不耐烦，暗骂郝英俊办事缺乏效率时，"猎物"出现了！

"来了来了！"她忙回身，对站在一旁神色冷淡的随风做了个口型，然后一溜烟地爬上床，拿被子把自己裹好。

但她的跃跃欲试并没有感染到随风，他还是那副平静的语调："小姐，我不知道你在说什么。"

"随风，不是我不信任你，是你的所作所为让我没有办法去相信。"相比之下，上官清的情绪可谓完全入戏了，"我都亲眼看到了，你还说你不知道？"

但随风的细节也做得很到位，还留出了思考的短暂沉默，之后才道："江湖上总有些朋友，偶尔传个信也很正常，没什么好说的。"

"偶尔？我看不只偶尔吧！你的哨声，听完以后我就想起来了，这段时间里类似的鸟鸣次数频繁。这其中有多少次是你在传信，我想你自己心里清楚！"上官清越说越大声。

这回随风彻底不作声了，像是无话可说。

上官清也默默复习了一下词儿，才转换语调，恳切道："随风，你从小就在上官府长大，这些年又一直跟在我哥身边。我不相信你会背叛我，背叛我哥，背叛上官家。我只是希望你能给我一个解释、一个真相，让我能安心。"

跟着便是随风的一声低叹："小姐，与我在传信的人，其实是盟主。他担忧你，所以命我常向他汇报你的近况。"

"我不信！"上官清立刻反驳，怒道，"如果他想知道我的近况，直说就好，我自己写信给他也可以，为什么让你偷偷摸摸地夜里传信？你要是不想说实话，也不用跟着我了。"

第八章 身份识破青莲死

"……确实不止如此。只是有些事情，盟主认为没有必要让你知道，免得烦心，所以才并未让你知晓。其实《大悲神功》会失窃，本就在他的意料之中，只是有他坐镇武林，许多人不敢轻举妄动，但若让你来代替盟主主事，便能令那些人大意轻敌。"随风这才"吐露真言"，"通过你在明面上寻找秘籍，盟主则在暗中行动，同时通过我不断与他传信，掌握小姐这边的动态，让我借着小姐的名义调查一些事情，更为方便。"

解释到这里，随风顿了顿，微扭头，瞥向门外，压低嗓音："所以，《大悲神功》如今已经找到了。"

"什么？《大悲神功》已经找到了？那它现在在哪儿？"随风是把声音压低了，可上官清却震惊地拔高了音量，力保门外的人能听个清楚。这一个小声一个嚷嚷，一个谨慎一个粗心，很符合两个人平日的作风，可谓把戏做足了，让门外之人不能不落入陷阱。

"已为盟主所得，暂时由他贴身带着。盟主前几日便是传信前来告知此事，说不日就会赶来与我们会合，再一起回上官府，把秘籍重新封存到大悲书阁。这时日算起来，这一两天也该到了。"随风答道。

上官清又问："他到了怎么知会我们？还是靠猎鹰？"

"这么短的距离，没必要用猎鹰，容易被人截获。"既然已经"坦白"了，随风就"毫无保留"地全说出来了，"盟主的来信中有言，他到时会令小童前来传话。我们等着便是。"

"原来是这么一回事啊！你早说嘛，害我胡思乱想了这么多天，愁得都没食欲了！这会儿才觉得肚子有些饿了，不行了，我等不到开饭了，上街逛逛再吃点儿小吃得了……"上官清大大咧咧的声音还在屋内，门外的青莲听她准备出门，忙快步离开。

她匆匆下楼，准备照常去后厨时，却在楼梯口拐角处撞上了一个一路小跑上来的小女童。青莲本无意相扶，却在从跌倒的女童身边走过时，心中念头一闪，低头看了眼。这一眼，让她万分庆幸自己没有直接离开！

"小妹妹，你没事吧？"青莲唇边挂上亲切的笑，蹲下身去，把那女童扶起来，顺手捡过落在一旁的信纸，"这个是不是你的？"

小女童赶忙接过，拍拍上边沾的灰尘："谢谢姐姐！这个不是我的，是有人托我送给别人的，可不能弄丢了。"

"原来你是来送信的啊！是不是要送给一个叫上官清的人？"青莲试探着问。

"咦，你怎么知道？"女童眨巴着大眼睛。

心思百转之间，青莲决定改变原来的打算，冒险一试："因为我就是上官清啊。"

我知道这几天就会有人送信给我，就始终留意着。托你送信的是不是一个大哥哥？"

"对，对！"女童用力点头，全不怀疑地把信又递回给青莲，"那这个就给你吧！我把信送到了，该回家了。"

青莲接过信，心情大好，还摸了摸女童的脑袋瓜子，叮嘱了句："好，去吧。路上慢慢走，别再撞到了。"曾几何时，她也曾有过这样天真烂漫的年华，只可惜时光不再，一步错，步步错……

从小女童的背影处收回艳羡的目光，青莲左右望了望，确定无人注意到这边后，方才返回自己屋中，展信一阅：

半个时辰后，城外竹林前见。

笔力遒劲，锋芒毕露，只有简短的一行字，看不出更多的信息。

谨慎起见，她又反复看了几遍，还拿信纸在烛火上来回灼烤了一下，并无显字，这才确认此信只是单纯约定见面的时间地点，不含密语。原本，青莲只是想在上官清收到信件后，悄悄尾随，将所见所闻传信回去即可。可在撞见小女童后，她突然冒出一个大胆的想法——截下这信，以上官清信任的好友名义前去与上官澈会面，趁其不备，或能偷袭成功，夺取《大悲神功》。

到那时，就是大功一件，也证明了自己的能力，她再不需要担心有一天会成为弃子！

信纸迅速被火舌吞噬，化为灰烬。青莲俯身，伸手探入右边靴子，抽出一柄羊角匕，对着光线端详起来，还将其当作倾诉对象："若是让他们把秘籍送回上官府，以后再想盗出必是千难万难，所以只能赌这一把了。老伙计，你定要助我。"

说罢，她目光一凛，重新将匕首藏进长靴中。寻找竹林也需要时间，她看一眼窗外日头，知道不能再耽搁了，便匆匆出门，离开客栈，朝城外而去。

好在那竹林并不难寻，在出城之前，青莲就找行人打听到了大致的方位，一路疾行，终于在半个时辰将过时，看到了不远处的大片茂密竹林。

举目四望，并无人迹。青莲谨慎地驻足，又等了一小会儿，才忍不住扬声道："上官盟主？您到了吗？"

没有回应。只是竹叶的沙沙声混合着风声传入耳中。

"上官盟主，小女子青莲，是清儿的朋友！她这几日身体不适，很少下榻，随风公子不敢离开她左右，所以就让我来这儿等您，为您引路前去客栈会合。"青莲蹙眉，

第八章 身份识破青莲死

心头微乱,不知上官澈会不会在暗中观察自己的一举一动,故而不敢有一丝丝显露功夫的举动,只是单纯扯着嗓子在喊。

这套说辞合情合理,上官澈听后至少应该先现身与她相见。可话音落下后许久,四周仍是毫无动静。

难道哪里出了错?青莲的眼皮没来由地跳了几下,却在这时忽听得背后有脚步声传来,忙激动地转过身去:"上官盟……"

笑容僵在嘴角,来人并非上官澈,而是她再熟悉不过的三个人:上官清、郝英俊与索归鸿。

几乎是在顷刻间,青莲恍然大悟,自己是跳进他们设好的局中了!

震惊、愤怒、慌乱、挣扎之色轮番闪过她的眼底,最终又被上官清这些日子以来最惯常所见的柔色所取代。

"清儿,我听说城外有竹林很美,就一路找来。你怎么也来了?"事已至此,她还在做无谓的辩解。

上官清眼底闪过一丝悲哀,低语:"小莲,我哥根本就不会来。那封信,是郝英俊让那个小女童……"

"不必说了!"青莲厉声打断她,自嘲一笑,"看来这一次的谎我是圆不过去了。本以为就要成功了,却没想到只是痴梦一场……"

"小莲,回头吧,说出是谁指使你做这些事的。现在收手,还来得及。"郝英俊出言劝说。

"收手?"青莲似乎被他说动般重复了一遍,往前走出一小步,轻问,"清儿,你觉得还来得及吗?"

见她动摇,上官清欢喜地也迈出一步,冲她伸出手:"当然!"

"但我觉得他刚才恰恰说反了。"青莲却兀地话锋一转。

上官清一愣:"什么?"

"应该是……"青莲眸中精光乍现,俯身抽出羊角匕,"现在动手,还来得及!"

现在动手,刺伤并劫持上官清,她才能全身而退!

然而她手中的羊角匕最终没能伤及上官清分毫,早已埋伏在竹林后的随风冲出,飞起一脚狠狠踢在她的腿骨上,便听得"咔嚓"一声。

"啊!"青莲吃痛地跪倒了下去,被随风双手反剪在后制伏!

"不自量力。"随风手上一用力,青莲的右臂顷刻脱臼。但这一回,她死死咬住牙,

硬是没有喊痛。

"随风。"上官清见他还要再卸其左臂,不忍地出声制止。

"不用你假慈悲!"青莲仰起头,额上冷汗直流,神色倨傲,并不领情,"既然已落到你们手中,要杀要剐,痛快点儿便是!"

上官清低头看着她:"小莲,你真的……是故意接近我们的?从南国春起,一切就都是你演的一场戏?"

"哈,都到这份儿上了,你居然还问这么愚蠢的问题。"青莲好笑道。

"所以你这些天和我亲近,都只是为了取得我的信任,想从我口中套到你想要的情报?"

"对。"青莲冷冷地与她对视,眼微眯,"可我没想到,你是当真一星半点儿有用的消息都不知道!害得我枉费功夫。"

听她亲口语带不屑地说出来,上官清心口还是发闷得紧:"撞见随风那一回,也是你安排好的?"

"嘀,这我可没办法安排。我不过是看准了他传信的时机与喜欢选择的地点,多带你去几次,总能撞见一次。你难道就没有怀疑过,我为什么老在夜里时不时地单独找你去僻静的地方走走吗?"

如今这个满目皆是冰冷、轻蔑之色的青莲,真的还是这些日子以来那个细声细语、温顺安静的"小莲"吗?上官清简直不敢相信自己的眼睛:"然后你就从中挑拨,让我怀疑他,去盘问他,从他那里得到你想要的东西?"

"不错。"青莲没有丝毫悔意,"可人算不如天算,我终究棋差一着,愿赌服输,没什么好说的。"

郝英俊摇头叹息:"人心是不可算计的,感情的博弈更是从来没有真正的赢家。所以,你从一开始就注定会输。"

"别和我说这些大道理!"青莲激动地冲他吼,"我只知道,从小到大,我要活下去,就只能算计,只能赢!"

她的歇斯底里让上官清攥紧了拳头,沉默半晌,才低声道:"小莲,我不知道你在什么样的环境下长大……但我知道你过去一定活得很苦很累,而我从小都被保护得很好,没有任何资格去指责你……"

对此,青莲只是别开脸,似乎没兴趣听她废话。可上官清接下来的话却令她浑身一震。

"所以，小莲，你愿意把过去的不愉快都忘掉，重新开始吗？你说过的，很想等《大悲神功》找到之后，就跟我回上官府看一看，陪我住上一段时间。只要你想，你可以一直住在那儿……"

她说到这里，缓缓蹲下身，唇边挂着真诚的笑容，又一次问："好吗？"

"小姐。"随风担忧两个人现在距离如此近，青莲会对其不利，加大了钳制的力道。

而郝英俊与索归鸿虽都不曾言语，却也默默移步到上官清的身边，各自神情严肃地保持戒备。

"哈哈哈哈……"看到这一幕的青莲突然抬头大笑起来，眼角甚至笑出了泪。

这笑声中混杂着癫狂、嘲讽与绝望。上官清不知道她在笑什么，只是隐隐感到不安："小莲？"

"你现在对我示好，不就是希望我能供出是谁指使我这么做的吗？哼，我告诉你，你打错算盘了，我永远不需要你这种人高高在上的施舍。"厉声嘶喊过后，青莲脑袋一点，发出一声闷哼。

"别做傻事！"郝英俊急喝，蹲身伸手，捏住青莲的下颚想迫使她张嘴。

可还是晚了一步，青莲松口了，鲜血还是从唇边淌了下来……

"小莲。"上官清掩口惊呼，向后跌坐在地。他们从来没有想过要杀她，可她却选择了自戕，到底哪里出错了？

心知人已经救不回来，随风松开了手，任由青莲顺势倒进郝英俊的怀中。

"呵……"青莲努力地睁开眼，张口，似是有话想对他说。可她咬了舌，最终只能从喉间发出一声轻笑，然后永远地合上了那对也曾温柔似水、也曾阴冷刻骨的眸子。

默然敛眉，郝英俊抬手，用衣袖仔细地将她嘴角的血迹擦拭干净，接着将她打横抱起，转身往竹林深处走去。

"上官，来，先起来。"索归鸿扶起愣怔在地的上官清。

"我……我们也过去……"深吸了好几口气，上官清才艰难地找回声音，但双腿还是有些发软，只是倚靠着索归鸿走，远远地跟上去。而随风自然是要寸步不离上官清的，便无言地走在他们二人身后。

三个人看到郝英俊背影时，他已将青莲安置在一旁，正用折断的竹枝刨土，挖出一个浅浅的坑，一看便知是要埋了她。

随风拔了剑想上前帮忙，却被上官清抬手拦下。不知道为什么，她直觉青莲大约不会喜欢他们这些人去打扰。因为她在青莲最后望着郝英俊的眼神里看到了缱绻，看

到了对旧时情谊的眷恋不舍……

三个人只是静静地站在那里，看着郝英俊把那坑挖到足够深，然后反身将青莲抱起，放入其中，再将黄土一抔抔地掩上，最后搭起一个土包。

"这竹林清幽僻静，无人打扰，是块不错的长眠之地。这是英俊哥最后能为你做的事了。"他说着，以指为刃，用内力在坟前的竹枝上刻下了"青莲之墓"四个字，"下辈子，记得给自己条退路，换一种活法吧……"

竹叶在内力的震荡下扑簌簌落下，在坟头前铺出一片青翠，漾起竹香阵阵。

"走吧，回客栈。"郝英俊转身，走到三个人跟前，"我还有事要与你们说。"

还有事？上官清有些迷茫地回望他，而后者不语，只是牵过她的手，将她从索归鸿身边带离。

在郝英俊身后亦步亦趋，她感到他宽厚的掌心那熟悉的温度源源不断地透过每一寸肌肤，渗进血脉，流入心间。曾有一瞬，她害怕青莲的死会在两个人之间横亘出一条看不见也越不过的鸿沟。可如今这阵阵暖意，令她心安，她微微用力回握住他的手。

看来将青莲埋葬于这竹林深处，确实是郝英俊为其做的最后一件事。至此之后，死者归途，生者前行，潇洒不羁如他，不会因此而留下任何牵绊。

像是回应她，郝英俊用拇指摩挲着她的手背，换来上官清痴痴一笑。这一刻满心欢喜与甜蜜的她，没能察觉到身后索归鸿的怅然若失……

"郝英俊，你就别卖关子了，有什么事不能直说吗？"

一行人回到客栈，郝英俊竟是牵着上官清过大堂而不坐。上官清眼睁睁看着那些香喷喷的饭菜一道道离自己而去，腹中空空，心中甚是悲愤。于是几个人一进屋，她就不满地催促郝英俊有话快说。

她的话音未落，郝英俊就二话不说、干净利落地回身点了索归鸿的穴。

"你这是做什么？"上官清大惊。

"我只是想问问，他打算做什么。"郝英俊冷眼盯着索归鸿，"那晚我们三个人商量如何给青莲设局时，他在门外逗留过。"

索归鸿闻言蹙眉，却只抿唇不语，既没有承认，也没有否认。

"当时外面有人？"随风沉吟着，"是我大意了，竟没有察觉……"

"很正常，我也没有察觉。他的轻功不弱，兼之常年修习琴技，可做到心神俱宁，将气息完全隐藏起来。"郝英俊解释道。

第八章 身份识破青莲死

既然两个人都没察觉门外有人，那怎么好端端的断定索归鸿偷听到了他们的计划？上官清这回彻底糊涂了："那你怎么知道……"

"追魂香。因为不放心他，所以我在他身上下了追魂香。追魂香一旦沾染上身，半年不去。若此人在某个地方停留时间超过一刻钟，就会留下较为浓重的气味。"

"香？"上官清凑过去，用力嗅了嗅，"什么味都没有啊！"

郝英俊斜她一眼："废话。若是常人都能闻到，被下香者岂不是一下就发现自己被盯上了？要想闻到这追魂香的气息，就必须身佩另外一种无法闻出的奇香，两香相遇时，佩戴者便可闻出异香。但这异香也不是在场所有人都能闻到的，只有佩戴者才能感知。"

"这又是为什么？"上官清歪歪脑袋。

"炼香工艺特殊。佩戴的奇香乃是采佩戴者心头一滴血所制。"郝英俊也并非很了解这其中的奥秘所在，毕竟是人家"香影密宗"的独门制法。

能为他大费周章、采血炼香的，除了那个赠他"包解百香"的香影密宗女宗主外，还能有谁？上官清用脚指头都能想到，当即不爽地哼了一声，别开头不再追问了。

见状，郝英俊无奈地扯扯嘴角，决定还是先解决正事，回头再花工夫把人哄好。于是他转向索归鸿，正色道："索公子，你不想解释一下吗？为什么你听到了，却假装不知，还在我们今天找你同去时，装作诧异的模样。"

"只是不愿多事罢了。"索归鸿神色淡淡。

"从今天青莲的表现来看，你确实没有给她通风报信。"他的托词在郝英俊的意料之中，可有些事却不是这样轻描淡写就能揭过的，"但这一路上，你屡次飞鸽传书，又是给谁呢？"

索归鸿闻言果然神色一变，在默默瞥一眼上官清后，缓缓合眸："既然已经证据确凿，又何必再问。动手吧。"

"索大哥，我们并不是想对你怎么样。只是想知道，你究竟在做什么。"上官清也顾不上和郝英俊闹别扭了，转回脸劝道，"我们相处了这么长的时间，你还舍身救过我一命，我相信你没有恶意，只是……"

"许多事情，做了就是做了，无论有无恶意，都是不能洗脱的。"索归鸿睁眼打断她，"我确实是被派来监视你的一举一动的，也一直靠飞鸽传书来回报消息。"

上官清急道："做过的事情确实不能改变，可未来要不要继续下去，却是你可以选择的啊。"

"呵呵，若我可以选择，又何必等到今日？"索归鸿惨然一笑。

随风可没那么好的耐心慢慢劝解盘问，上前一步，就要伸手："我看还是用些手段逼他说了了事。"

"不行！"上官清想都没想，就把他的手猛地打开，"小莲已经被逼死了，难道现在还要再逼死一个吗？"

郝英俊也对随风摇了摇头，认为用强不妥。

"那你们打算怎么做？就这么放他走，后患无穷。"随风收回手，问道。

"我……我想和索大哥单独谈谈。"上官清双手攥拳，目光坚定，"你们两个可以先到门外守着吗？"

放她与已被挑明身份的索归鸿独处，二人自然都不放心："不可。"

"索大哥若要害我，在承天教又何必救我？没有他，我早就被宁城一剑毙命，连转还丹都救不回来了！所以就算他现在真的要取了我的性命，那就当是我还给他好了。"

也是上官清的态度从未这么强硬过，郝英俊最先深深地望了她一眼，然后转身，开门出屋。随风不死心地与她对峙了好久，终也败下阵来，退了出去，把门带上。

"索大哥，我知道你一定是有苦衷的，只是说不出口。"上官清一边说着，一边把索归鸿背着的古琴取下来，抱到矮几边跪坐下来，"既然清醒着开不了口，那就在迷迷糊糊的时候告诉我吧。"

她的指尖按上琴弦，用意很明显。

"《心魂引》极耗内力与心神，我与你说过的！"索归鸿见状想要用内力冲开穴道，可郝英俊点穴的法子精妙，一时难以奏效。

"对不起啊，索大哥，我明白自己这样其实也算在逼你。"上官清恍若未闻，低着头喃喃，"可我真的不知道还有什么别的办法。我愿意把命还给你，可我却不能赌上我同伴的命，赌上《大悲神功》与武林的安宁，只能以后再向你赔罪了……"

说罢，她便凭着记忆中的曲谱拨动琴弦，尽管手法生涩，却还是一个音一个音完整地弹奏了出来，把自己那点儿少得可怜的内力灌注于琴声之中。待到一曲奏毕，上官清只觉头晕目眩，只有用双手支撑着几案，才能勉强坐直。

知道自己的内力底子薄，就算倾尽全力，也不可能让索归鸿保持失智状态太久。故而上官清强忍晕眩无力之感，立刻问道："索归鸿，你究竟是什么人？除了是琴宗大弟子之外，还有其他身份吗？"

"我是北翔国人，家人都在北翔国太子的控制之下。我从小就被安排进琴宗学艺，

第八章 身份识破青莲死

是太子布置在中岚国武林的一步暗棋，长期'沉睡'着，直到前阵子才被'唤醒'。"索归鸿面无表情地应着。

北翔国人？太子的眼线？上官清震惊不已："那你接近上官清的目的是什么？"

"太子认为上官澈的突然退居有蹊跷，而神功秘籍也恰好在这个节骨眼儿丢失，所以令我接近上官家的人，打探消息。若是秘籍确实失窃，就一路跟随借其力量找回后夺取；若是发现另有隐情，便要及时向他汇报。"他双眼空洞地答着。

上官清不解："北翔国太子也想要《大悲神功》？他要了何用？想做什么？"

"我只是太子手中的一枚棋子，只能听命办事。他的想法，我不得而知。"

她又问："那青莲又是谁派来的，你知道吗？"

"她有个主子，但我不知道是谁。只清楚她的主子与太子是一路人，谋划的应该是同一件事。她是被派来监视我是否在尽心办事的。"

这一次回答，索归鸿的反应似乎慢了半拍。上官清担忧这是《心魂引》即将失效的前兆，加快了语速："那你知道，那些假秘籍的来历吗？"

"是太子做的，他知会过我，令我阻止上官家干涉此事。《清心咒》对走火入魔不深者，确实有回天的作用；但对入魔已深，时日已久之人却是起激化作用的。所以我借此名正言顺地杀了宁城，断了上官清他们继续追查的线索。"

索归鸿给出的答案是上官清万万没想到的。原来他那次根本是要去杀人，而非救人的！

她颤声问："那你……为什么还要替上官清挡剑？"

"我不能看着她受伤。"

"不能？因为还要继续利用她吗？"上官清屏住呼吸，害怕听到肯定的回答。

但索归鸿却毫不犹豫地吐出了一个"不"字，顿了顿，然后才继续道："比起我，上官更应该活着。我甚至有些庆幸，当初太子选中了我，让我以琴宗大弟子的身份和这一副好皮囊亲近她，取得她的好感与信任。是我自己弄假成真，越陷越深。沙漠中月下的那一舞，虽远非倾国倾城，却亦能令一个人倾心。我知道背叛太子的代价，可我没有办法做出任何不利于她的事。从我爱上她的那一刻起，等待我与家人的就是死路，没有两全之策。"

这段话对上官清的冲击太大，更胜过得知索归鸿的真实身份与来意。她承认，自己在与他相见的最初，看着清瘦儒雅的他背负一架古琴，如谪仙般遗世独立，确实是让她心跳加速过。可这些日子相处下来，上官清很清楚，那份最初属于少女的懵懂心

动已然淡去,更多的,她只是将索归鸿当作兄长去敬爱。也只当他对她的照顾,亦是出于类似亲情的关切,却不料竟是一份"倾心之意"……

听到屋内久久无声,郝英俊与随风再次推门而入。没有刻意回避,他们在门外把两个人的一问一答都听得一清二楚。

一心只有盟主大人的随风一进门,就开始夸上官澈:"看来北翔国太子就是幕后的那个人,盟主果然是深谋远虑。"

上官清的脑筋还没转过弯儿来:"深谋远虑?他又做了什么?"

"北翔国人生活在草原,以游牧为主,物产远不如地处中原的中岚国丰富,因此多年以前,北翔国曾大举入侵过中岚国。中岚国军队不善战,不如他们骑兵剽悍,节节败退。亏得你爹率江湖英豪御敌于外,击退了北翔国。"随风简单地介绍了一下两国的关系,"但这么多年,北翔国应从未放弃过吞并中岚国的疆土,只是忌惮中岚国武林的势力。所以盟主留了个心眼,这几年暗中也渗透了一些势力在北翔国。"

"这么说,是北翔国太子在作祟,借《大悲神功》搅乱江湖,好让武林起内讧。等各派元气大伤、离心于盟主世家后,再出兵攻打中岚国?"郝英俊总结。

"应该就是这样。"随风轻颔首,"之前从北翔国传来的线报确实有言,太子欧阳晟抱病不见人许久,说不定是掩藏身份,潜入了我们这边。"

郝英俊一副看热闹的口吻:"有意思。上官澈是打算一不做二不休,把欧阳晟做掉?"

"不知道。"随风非常诚实地吐出三个字。北翔国太子的身份确实棘手,但若不给他点儿教训,着实又不能解恨。

旁听许久的上官清却冷不丁地开口问道:"随风,我哥在北翔国渗透的势力,有没有可能救出索大哥的家人,让他不必因家人再受北翔国太子的控制?"

"上官……"索归鸿早已恢复清醒,之所以不出声,只是觉得事已至此,再说什么都是徒劳。此刻听她心心念念的,竟还是帮他,动容不已。

随风不赞同地提醒她:"小姐,盟主在北翔国安插人手不易,若不用在刀刃上,恐怕白费了一番心血。"

"我知道,"上官清咬唇,自知理亏,"可是……"

"上官不必为难。我也早已厌倦受人威胁、身不由己的活法。在承天教,我已害死四个人,继续为太子做事,只会背负更多杀孽。"索归鸿淡笑着,"与其如此,不如就此停下,早点儿解脱。"

上官清激动地反驳:"可你死了,你的家人对那个浑蛋太子来说就没有任何价值了!

第八章 身份识破青莲死

他还是会杀了他们的。"

闻言，索归鸿一怔，随即痛苦地闭上了眼。连上官清都能一下子想到的问题，他又怎么会想不到？只是自欺欺人罢了。他真的受够了，家人的安危绑住了他的全部人生。从小到大，他就像是个任人摆布的牵线木偶，从来没有人问过他愿不愿意背井离乡来到中岚国，没有人关心他究竟想不想当琴宗的大弟子，更没有人明白对于生性淡泊的他来说，不得不阴谋算计、行凶杀人是多么痛苦的事！

有的人以杀人为乐，天生就是做恶人的料；有的人如青莲，能为自己找到一个心安理得继续作恶的理由，并以之为生存之道。可索归鸿不同，哪怕手上只沾染一点儿鲜血，他都会被负罪感压得喘不过气来。只有上官清听出了他琴声中的哀伤，不惜自损形象，跳了那一段舞，只为逗他欢喜。可欢喜于他而言，始终是奢望……

一个提线木偶，却坚持拥有自己的思想，自己的感情，自己的道德底线，无疑是自寻烦恼，更是自寻死路！

"随风，我想写一封信给哥，你帮我传给他。"上官清不忍见索归鸿如此痛苦挣扎，但也知道这事向随风央求也无用，便道，"是否动用北翔国的势力，由他决定吧。"

只是传信，随风当然没有理由直接拒绝，于是应下："好。此番得知的消息也确实需要再传书一次给盟主。"

"郝英俊，你先帮索大哥把穴道解开吧。我哥回信之前，我们还是一切照旧。我怕不只混入我们里面的青莲在监视他，可能沿途还会有探子在外围观察。不能让欧阳晟发现不对劲。"上官清先是扭头看向郝英俊，接着又与索归鸿对视："索大哥，你今晚也赶紧传信给北翔国太子，告诉他青莲急功近利，已经暴露自尽。我们都因此更加戒备，消息不好打探。这样一来，欧阳晟就不会因为打听消息进展缓慢而对你起疑。如果我哥答应动用上官家的力量帮你，之后你在明面上就还可以继续给北翔国传递些不痛不痒的消息，直到你的家人被救出。"

上官清觉得自己大概从来没有此刻这么头脑清晰、考虑周密地思考过一件大事，以至于随风与郝英俊都是一副对她刮目相看的夸张表情。

唯独索归鸿仍是满面忧色，显得十分悲观："上官，你哥没有理由为我救出家人。你的好意我心领了，我不希望你再为我白费周折……"

"你现在已经被我们'抓'起来了，没有资格说不！"上官清叉腰，故作霸道地打断他，"如果不想让我再弹一次《心魂引》，就老老实实地把你在北翔国的家世写下来，我一并寄给我哥。"

"我索归鸿,何德何能……"一声喟叹,索归鸿终是没有再拒绝。

见他妥协了,上官清起身用胳膊肘撞了撞郝英俊:"喂,你愣着做什么?快给人家解穴啊!"

"知道了。"郝英俊不情不愿地应声,上前几步,在索归鸿身上几处穴位点了点,"我虽解开你的穴道,但封住了你的内力。"

"郝英俊,你什么意……"

这边上官清还有些不满,倒是索归鸿抢过话来,冲郝英俊一抱拳:"多谢,我理解。"

"嗯。"郝英俊从鼻间发出一声,算是回应,然后转身走到房门前,打开门,任由大堂里的饭菜香味飘进屋,"刚才是谁嚷嚷着要吃饭?这会儿不想吃了?"

咕噜。

他不提还好,一提上官清才觉得自己饿得是前胸贴后背了,再加上《心魂引》的消耗,眼前陡然发花,向后一个趔趄。

按距离远近与位置关系来说,扶住她的本该是索归鸿。可某个人偏偏像是后脑勺长了眼睛,又有一身出神入化的轻功,竟是"瞬移"至她身侧,长臂一捞,稳稳地扶住了上官清,将她圈在臂弯中!

"怎么了?"郝英俊关切地低头打量她的脸色,有些苍白。

"没事没事,本来就饿,又耗神弹了《心魂引》的缘故。吃点儿东西就好了!"

上官清被他这么抱着,面上一热,忙想退开。可郝英俊却不答应,半点儿不肯松手,就这么揽着她往外走。

"郝英俊,外边那么多人呢!快放开我……"她挣扎着低语。

某个人嘴角上扬:"不放。"

"我不会再像刚才那样站不稳了,不会摔倒的。"

"摔倒了不要紧,就怕你万一被别人扶了去可怎么办?"

"呵呵。"上官清感到自己突然不晕了,甚至还倍儿有力气地想打人……

烛火如豆,上官清正伏案奋笔疾书,一张小脸上满是认真的神色,叫扒在窗口的郝英俊看了心生嫉妒。

其实她早注意到他又翻窗进来了,只是思路正清晰流畅,不舍打断,便只当未觉,任由他静静瞧着自己,直到搁笔。

"进来吧。"上官清把信纸捧起来,吹了吹,瞥一眼窗口,故意问,"难道又有什么重要的事儿找我？"

"沙漠中月下的那一舞，虽远非倾国倾城，却亦能令一个人倾心。"谁知郝英俊一进来，便阴阳怪气地把索归鸿不久前说的话重复了一遍。

上官清皱眉："你吃错药了啊？"

"我就是试试，这么文绉绉又肉麻的话，说起来是什么感觉。"郝英俊面上是随意玩笑的神色，可眼中又闪过那么一抹不自然的暗色。如果非要为之命名的话，大约可以叫作"吃醋"。

于是上官清抬眸，仔细瞧了书案对面的他许久，才掩嘴轻笑着问："那是什么感觉？"

郝英俊一字一句地答道："感觉他在装蒜。"

"啊？"她反应不过来。这个感想好像完全不沾边啊。

"他那时候已经清醒了，却装作还是在《心魂引》的作用下，说出了那一番话。"郝英俊解释道，"你难道没有发现，他之前回答时都是完整道出你的姓名。可在说那段话时，却用了平日的习惯，只唤你为'上官'。这说明，他已经找回神志了。"

原本被忽略的细节再回想起来，果然是不对劲。上官清抿唇，下意识地单手揪住自己的衣襟："你是说……他在骗我？"

"我倒希望是这样。"郝英俊背过身，嘀咕了声。

这话音虽小，却还是足以让上官清听见了。她哪里是那种能猜来猜去的性子，当即站起来，绕到他对面追问："你到底是什么意思嘛？"

"那些话，他如果不借着被《心魂引》控制的借口，只怕他这一辈子都没有勇气说出来。"郝英俊歪着头，耸耸肩，"我就是在想，我怎么没有一个这么好的机会被你盘问盘问。"有些事被索归鸿抢先做了，有些话被索归鸿抢先说了，他心里头总归是不太痛快。

扑哧。上官清听完竟是忍俊不禁，隐约感到，今夜的郝英俊，大概与此前看到他与青莲在一处说笑就憋气的自己是差不多的。

郝英俊转开视线，不看她："有什么可笑的？"

"其实我老哥很疼我的，就是看起来没个正经，还喜欢在一些小事上逗我，看我笑话。"上官清却话锋一转，忽然谈起了上官澈，"所以他一点儿都不符合我心目中的兄长形象——温柔、体贴、谦和，这些气质在他身上根本找不到！但是索大哥却偏偏满足了我对兄长的全部幻想。"

"你……"郝英俊猛地转回头，看她的目光中夹杂着一丝欣喜与不确定。

上官清双手背在身后,向前探着上身笑望他:"我怎么了?"

"咳咳,没什么。"他左手握拳抵在唇边清了清嗓子,似有些难以开口,"他满足了你对兄长的幻想,那我呢?我满足了你对什么的幻想?"

"你啊……"上官清用嫌弃的目光上下打量着他,然后一本正经地摇摇头道,"恰恰相反,你打破了我的全部幻想。"

这话实在是太打击人了,郝英俊纠结地拧眉,一时却不知该接什么话。却听得上官清又摇头晃脑地说起来:"我呢,原本幻想着自己喜欢的人会是一个玉树临风、侠肝义胆、人人敬仰的盖世豪侠!谁知道,却偏偏碰见了个满腹坏水、溜门撬锁、官府通缉的惯偷儿!"末了,她还重重一叹,一脸无可奈何只能认栽的表情。

"哈,我说,你哪只眼睛看到我打破了你关于'玉树临风'这个幻想的?"郝英俊怎会不明白她话中之意,开怀地伸手蹂躏她的发顶,"还有,我在江湖上那也是赫赫有名,不说人人敬仰吧,至少做我们这行的,哪个不佩服我?"

上官清瞪他一眼,笑骂道:"真是不害臊!"

"我这副皮囊,莫非还真就输给了索归鸿不成?"郝英俊不服气地挑眉,俯身凑近她,就那么隔着一拳的距离与她对视,誓要将她看到脸红心跳。

上官清不禁想起上次两个人靠得这么近时的情形,只是那回好歹是黑灯瞎火的,睁一只眼闭一只眼也就算了。可现下这屋里还亮堂得很,上官清没来由地一阵羞赧,一巴掌正拍在他的脸上,将他往外推:"这么近看丑死了!"

"所以这么近的时候就应该闭上眼睛。"郝英俊一手捉下她的手,另一手覆上她的眼眸,一个温存的吻落在眉心,让上官清不知所措地轻轻一颤。

肌肤上柔软的触感很快消失,就像蜻蜓点水,可等了半晌,对面站着的人并不发出声响,她也僵在那里不敢动。

"郝英俊?"她有些慌乱地低声唤他。

"嗯,我在。"他应着她,终于将大掌从她的眼前撤开来。

上官清缓缓睁开眸子,便对上了他盈满得逞笑意的星目,就像是讨着了糖果的孩子,扬扬自得,还冒着傻气。她想抽回被他握住的手,却发现他的指腹有意无意地正搭在她的腕上,像是在把脉。

"怎么了?"她不解。

"以后不许再弹《心魂引》。"郝英俊收敛了笑意,"凭你的身子,吃不消。"

还不如直接说她的内力底子太薄呢。上官清瘪瘪嘴,一脸挫败:"明明出生在盟

第八章 身份识破青莲死

主世家，我老哥那么优秀，我却连弹个琴曲的内力都没有，鞭子也甩不直，是不是特别可笑？"从小生活在上官澈的光环之下，上官清的心中不是没有自卑。只是平时大大咧咧、嘻嘻哈哈就过去了，鲜少去触碰那点儿灰暗的存在。可"功到用时方恨少"，每到此时，她就会暗恼自己的不中用。

郝英俊眼底闪过一丝怜意，随即发挥睁眼说瞎话的功力，笑道："上官澈那是笨鸟先飞，勤学苦练的结果。我这种先天根骨奇佳的人，一眼就看得出你和我是同一种人。但你后天不够努力，才没能成为高手。"

说着，他领她走到榻边："不过修内功要循序渐进，不能急在一时。你傍晚强行运功，目前体内真气有些紊乱，我先助你运气调息。盘膝坐好，要心无旁骛。"

尽管某人的哄骗可谓毫无诚意，但上官清确实觉得一股气岔在丹田里难受，晚膳也没能吃个痛快。为了自己的五脏庙，她还是老老实实地盘膝坐到榻上，深呼吸了几回，把脑海放空。

郝英俊则坐到她的身后，双掌运气，贴在她的后背，以自身真气引导着她的气息。

就这么引导了大半个时辰，他才收掌，长出一口气，擦了擦额角的汗："可以了。"

"你做什么传功给我？"上官清再糊涂，也能感受到自己的内力充沛了不少，可郝英俊的脸色却不太好看。对习武之人来说，功力都是日夜勤苦修炼、积攒而来，谁都不会轻易传功给旁人。

"为了让你后天努力起来方便些。"他无所谓地笑笑，"这样离你成为武林高手的梦就又近了一步。以后别人再提起上官世家，就不仅仅知道一个上官澈，还会有你上官清。"

上官清鼻头一酸，突然一头扎进他的怀里，闷声道："我什么样的资质，我自己清楚。我也没有想过要争什么名声，大家不知道我也无所谓。只是偶尔……偶尔别人谈起我的时候就只是武林盟主的妹妹，心里才会有那么一点点的失落而已。"

"对我来说，你就是上官清。"郝英俊一怔，伸手回抱她，轻拍着她的背，"武林盟主的妹妹还是武林魔头的妹妹，都不重要。"

上官清很是感动于他的用心，用脸颊蹭了蹭他的衣襟："嗯，我知道。你是正人君子还是梁上君子，对我来说也都无所谓。"

"早知道这点儿内力就能换一个投怀送抱，我刚才就该再多传给你点儿，说不定还能有个更大的'惊喜'。"郝英俊却突然换了小人得志的欠揍口吻，喟叹道，"也省去我不少'努力'。"

　　结果话音未落，耳朵便被人狠狠揪住，拽下了榻！

　　"喂喂，你做什么？"他龇牙咧嘴地瞪着瞬间从温驯绵羊变身凶残母老虎的上官清，被她一路拽到了房门口。

　　只见上官清皮笑肉不笑地用另一手打开房门，然后就是奋起一脚，把他踹出了门外，再立刻"砰"的一声关上门！

　　"这点儿内力就想收买我？我看你还是继续'努力'吧！"

第九章
一夜惊变
河洛宫

"哇，扬州果然名不虚传。"

初入扬州地界，要不是上官清自认胸无点墨，还真想即兴吟咏一首，抒发对眼前繁华之景的感叹。

东市珍奇琳琅满目，西市商旅往来不绝，勾栏酒肆热闹非凡，歌舞乐坊笙歌曼妙。上官清此次出来寻找《大悲神功》，也算是走遍了半个中岚国，却没有哪处能令她对扬州这般萌生出要移居于此的冲动。

当然了，她有心情逛街赏景，游戏坊间，还多亏了上官澈几日前刚刚寄来的回信。信上说，索家在北翔国虽非权贵之家，却也是世代的书香门第。在东宫任有六品以下小职，老老少少，故居何处，有多少分支，都是记录在案的，避无可避。故而这一家兴衰荣辱，乃至全族性命才都捏在欧阳晟的手中。一旦索归鸿在中岚国"忠心"有变，欧阳晟就算明里找不到索家的把柄治罪，暗中派杀手上府屠戮，也并不难。所以这么多年来，索归鸿才始终为之掣肘。

但巧的是，上官澈正准备在北翔国搞点儿事情出来，令他们自顾不暇，短期内无法出兵中岚国，给平复武林之乱争取时间。至于搞事情的办法，那叫一个简单粗暴，毕竟他渗入北翔国的势力中，在江湖者多于在庙堂者，想要安插些人入朝，就得拉一批官员下来——挑些草菅人命、死不足惜的家伙，提前送他去见阎王爷很容易。

于是乎，索家也就被上官澈列入了"格杀"名单中。自然不是真杀，而是制造一场大火灭门惨案的假象，实则暗中把索家上下都转移到安全地方，再找机会送出北翔国。

收到信的当晚，上官清就兴奋得忘记了敲门，高举着信纸冲进了索归鸿的房里。然后，脚底踩到水渍一滑，在他的屏风前摔了个"五体投地"！

那响动之大，自然是惊动了正在屏风后沐浴的索归鸿，连带着把郝英俊和随风都给引来了。最终的结果当然是，脸黑得堪比包公的郝英俊紧紧捂住上官清的眼睛，把她提溜出屋，只留下一张信纸，被他丢过屏风，稳稳地落在了索归鸿的掌中……

"上官，赶了这么些天路，你要不要早点儿找个客栈先午睡片刻？等晚上再出来逛也不迟。"望着上官清蹦蹦跳跳的背影，索归鸿有些无奈地追上前几步，劝道。

"啊？好……好啊。那我们就先……先去客栈吧……"上官清忙停下，结巴着回应。

自那晚后，她直到现在，都感到自己在索归鸿面前抬不起头来。天晓得，她真的只是太激动了，所以才会忘记敲门，更不是专门找了他在沐浴的时间意图偷窥的！

上官清磕磕巴巴地说完，就感到肩头一沉，反射性抬眼，原来是索归鸿的掌轻搭在上面。他深深地凝视着她："上官，那晚看到盟主的回信后，我始终没有机会和你好好说上几句话。你怎么好像是在避着我？是后来又发生了什么事吗？"

"不是啦！"她使劲摇头，"你别多想，我就是那天……太莽撞了，觉得不好意思。"

索归鸿闻言轻笑，如释重负："原来是这样。是我那些时日总有些魂不守舍，本应落锁再沐浴的，不怪你。"

这样把错处揽到自己身上，上官清更觉得无地自容了……

见她只是讪笑，他又话锋一转，感激道："上官，谢谢你。也替我谢谢上官盟主。"

"不用这么客气的！"上官清夸张地做了个"两肋插刀"的动作，"朋友之间就应该相互扶持！"

"上官，于我而言，今后便是全新的人生，是我从来不敢奢望的能够听从自己心意而活的人生。"索归鸿先是被她逗笑，接着又正色道，"这样的人生，是你给我的。我索归鸿至死都不会忘。"

上官清急急出声打断他："哎呀，这是好事啊，提什么死不死的！索大哥开心，我就开心，就觉得值得！再说了，我也没做什么，就是写了封信而已。以后这事不准再提了，再提我就生气了。"

"好，我不提了。"索归鸿从善如流地应下，只道心中暗自承诺给她的，便是不说出来，也不会有所改变。

两个人正相视一笑，却见随风不知何时就站在三步外，对他们冷眼嫌弃："你们不觉得站在街头说话很挡道吗？"

"呃。"上官清看了看周围都对他们绕道走的行人，感觉好像是有点儿……

索归鸿歉意一笑："抱歉，是在下考虑不周。"

"我方才去前边探过路了，两百步远右拐，就有一处客栈。"随风说完，就兀自越过二人在前面走着，权当带路。

"等等，那郝英俊怎么办啊？他怎么知道我们住哪家客栈了？"上官清这才想起一进扬州地界，就被多年不见的老友拐跑的某个人。

随风既不回头搭理她，也不停步。

还是索归鸿好心提醒她："郝公子可凭香气寻来。"

"对哦，我都给忘了。不过，你不会觉得不自在吗？你们两个大男人，整得像是心有灵犀一样……回头我问问他，有没有什么办法把你身上的追魂香去掉。"上官清于是一面追上随风，一面对索归鸿道。

"这……"本没觉得有何不妥的索归鸿被她这么生动地一问，不由得失笑，"也好。

若真有法子，可以试试。实在不行，半年过后香气也就消散了。"

"八成是有办法的。他之前不是有瓶那个宗主给的什么香，可以解除其他香料的功效吗？多半用那个就可以了。说实话我武功这么差，也想发展点儿别的傍身技艺，感觉制香就可以试试……"

两个人就这么有一搭没一搭地聊着，跟随风进了客栈，各自回房歇息。

郝英俊与那老友也是难舍难分，上官清一觉睡醒，窗外天色都暗下来，也不见人回来。她可耐不住性子在客栈里等他，谁知道他会不会在他那个朋友处过夜。因此，晚膳过后，三个人商量之后，便由索归鸿陪上官清去逛夜市，随风留在客栈等郝英俊。省得他寻香而来却一个人都没见着，以为嗅觉出问题了。

夜幕低垂，夜市中璀璨的灯火在地平线上连成一道流光溢彩的曙河，望不到尽头。

相貌平凡的麻脸少女与俊极无俦的温雅男子并肩缓步在街道上，十分不协调，引来路人与街边摊贩频频侧目。可两个人浑然不觉有什么不妥，男子一脸平和，宠溺的目光始终不离身边的少女。而少女则东张西望，两眼忙得很，这个铺面前转转，那个货郎身边瞧瞧，嘴里也是叽叽喳喳地说个不停。

"索大哥，这些紫砂壶都烧制得好精致，造型也都不一样。不像我们雍城，所有的茶壶长得都差不多。"

"哇，你看那边那个剪纸的婆婆，手好巧啊！早就听说扬州地界剪纸特别流行，什么花鸟兽虫鱼，还有奇山异景，都能剪出来！婆婆这么大年纪还出来赚钱真不容易，我们去买几样吧？"

"这糖的样式好奇怪，买回去尝尝？"

……

这一路上，上官清这也想要，那也想买，而且一买就是五个人份，连她那现在还不知在何处的兄长都想到了。得亏索归鸿出门多带了点儿碎银子，这才应付得过来，双手大包小包地提着，跟在她身边。

"索大哥，有捏面人的！"上官清手里还拿着一包秦邮董糖，正往嘴里丢，又眼馋了，"我们过去看看吧。"

"好。"这大概是今晚索归鸿说得最多的一个字了。但若有机会，他愿用一辈子满足她所有的愿望。但凡她想，他此生便只有一个"好"字。

于是，上官清笑眯眯地将一块糖递到索归鸿唇边，作为奖励："就跟酥糖一样，又酥又软的，你试试！"

他盯着上官清近在咫尺的笑颜有些发愣，直到她催促，才启唇，小心地将那块糖含进嘴里，并不碰到她的指尖。

"好吃吗？"上官清笑问。

"嗯。从未吃过这么香甜的糖，"索归鸿轻颔首，目光变得悠长，"大概以后也很难吃到了……"

上官清不解地一歪脑袋，理所当然道："怎么会？一会儿我们折回去再多买点儿，都给你带着吃。这次吃完了，以后还可以再来买啊。"

"上官说得对。"索归鸿似不愿再与她讨论这糖的问题，转移了话题，"走吧，我看那摊子生意不错，咱们再不过去等会儿就要排队等了。"

"对，对！快点儿。"说风就是雨，上官清忙把糖包好，往怀中一塞，拽着他的衣袖往卖面人的摊位前快步走去，"让一让，让一让……"

仗着索归鸿出众的气质，原本围在摊前的不少女客竟不自觉地给二人让出了一条道来，让他们得以挤到最前面。

看着那摆摊大叔仿佛只是随手揪出一小团彩色的糯米团，在手中快速地捏、搓、揉、掀，再用精巧的小竹刀在上边胸有成竹地点、切、刻、划，原来不成形的一个面团，转眼间就成了一名憨态可掬的"老爷爷"！真是神了！

"大叔，你这儿能照着人捏吗？"上官清一脸期待地问。

"能啊！不过普通的十文钱一个，照着捏要十五文一个。照着捏可能会慢一些哦。"大叔爽快应着，手上不停，又变出个"老太太"来凑成一对。

上官清大喜，指指身边的索归鸿："没问题的！能照着我和他捏吗？"

"这位公子俊朗得很，我这手艺只怕还配不上喽。"那大叔瞥了眼索归鸿，似有些犹疑。

索归鸿浅笑："无妨。图个新鲜罢了。"

"那这位姑娘……"于是大叔又把目光转回上官清面上，尽管难以启齿，但还是硬着头皮问了句，"你……你需要我捏你的时候，做点儿修饰吗？"

"修饰？"上官清茫然地眨眨眼。

"你还戴着人皮面具。"索归鸿忙俯身凑到她耳边低语。

这人皮面具戴久了，她还都给忘了！上官清恍然大悟，抬手就要把这张"假脸"揭下，却被索归鸿出声拦住。

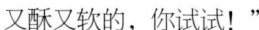

第九章 一夜惊变河洛宫

"上官,不可。此举太招摇了,而且你确实不宜公开露面。"

上官清咬唇:"可是我要这个面人就是想送给你的啊。这样就算以后分开了,你看着这个面人也能想起我……"

"傻丫头,我思念你,又岂是一副皮囊?"鬼使神差地,索归鸿将心中的话脱口而出。

一瞬间,夜市的喧嚣退去,耳边静得只剩下两个人的呼吸与心跳。上官清不免又想起了上次用《心魂引》时,索归鸿对她说过的那一句倾心,一时不知该如何应对。是该装糊涂,还是该说清楚呢?

"上官,"自知失言,索归鸿眼底闪过一丝懊悔,"我……"

"卖扬州饼咧!热腾腾的扬州饼……"

这阵叫卖声来得及时,打断了索归鸿。上官清如获大赦般道:"那个,逛了这么久,我肚子忽然有些饿了!我先去那边吃点儿扬州饼,等大叔捏完你,你再来叫我?"

明白此刻两个人站在一处也是尴尬,索归鸿回头望了一眼那个小吃铺子,就在面人摊的斜对面,距离很近,就点头应下:"也好。"

"好……"上官清垂眸应着,自个儿反身挤出去,去到了小吃铺中,"小哥,来两块扬州饼,再来碗茶水。"

"好嘞!没问题!你先请坐,"伙计拿搭在肩上的毛巾一扫桌面,转身进铺里准备吃食,"饼和茶水立刻上来。"

上官清拢裙坐下,偷偷瞥了眼对面人群中玉树临风的索归鸿的背影,心中一团乱麻。她这才明白郝英俊为什么说,如果不借着《心魂引》,有些话索归鸿一辈子都不可能说出口。因为有些事一旦说破了,两个人的关系不能因此而进一步,那便将面对进退两难的局面……

"哎呀!"正出神,有人从后走来撞了她的胳膊一下,对方的玉佩随之落地,发出一声轻响。

那是名比上官清稍年长几岁的女子:"不好意思。"

"没关系。你的玉佩掉了。"

说话间,两个人同时弯下腰去捡那玉佩。也就在俯身的瞬间,上官清感到那女子手中丝帕在自己面前一挥,香气钻入鼻息,顿时便四肢无力地一倾。

"你是不是不舒服,我送你去医馆看看吧?"那女子顺势扶住她,假意关切,不让旁人看出不对劲。

上官清张口却不能言,确定对方是要将自己劫走,奈何无法呼救,只能被她"扶着"

离开了铺子，往人群稀少的小巷拐去。

　　这香气的药性一点点吞噬着上官清的意识，眼皮越来越沉，她半闭着眼，咬破舌头，逼自己保持清醒。趁女子忙着推开人流，不断四顾时，她用尽最后一点儿力气，将怀中的那包酥糖撕开一个口子，任由糖块在拥挤与走动的颠簸中，一块块从怀里无声地掉落在地……

　　"谢谢。我去叫她过来。"

　　另一边，索归鸿温和有礼地先付了钱，在一群女客痴望的目光中转身挤出人群，却在望向小吃铺时脸色一变！

　　他疾步走过来，举目四望，在人群中搜寻她的踪迹："上官！"

　　可四面人潮涌动，哪里还有那道熟悉的紫影。索归鸿见那招呼客人的伙计正好走过来，焦急地将其拦下："这位小哥，你可知道刚才在你这摊上吃扬州饼的姑娘去哪儿了？"

　　"这位公子，你看我这人来人往的，姑娘这么多，我哪里知道你说的是哪个。"

　　索归鸿也知自己关心则乱，忙补充道："抱歉，是一个紫衣姑娘，脸上有麻子。"

　　那伙计略一抬眼，便想起了："哦！她啊，我还奇怪了！才和我这儿叫了饼和茶水，我这一转头，把东西拿过去，人居然就不见了！"

　　"不见了？"索归鸿大惊失色，心道不妙，将手中的大包小包一股脑塞给了伙计，"多谢。"

　　他很清楚上官清不是无缘无故乱走，让人担心的人。相反，她与他约定好了在小吃摊子等他，便无论如何都不会离开。唯一能解释她会转眼不见的，就是她被人绑架了！且对方必定是用了什么下三滥的招数，才会导致她甚至毫无反抗，无声无息地就被带走了！

　　没有工夫再在人群中浪费时间，索归鸿足尖一点，拔地而起，在众人的惊呼中跃入夜幕，一路向客栈方向赶去。

　　"随风。"他推开随风房间的门，发现郝英俊也在里头。

　　从未见过索归鸿如此慌张，屋内两个人皆心道不妙："出了何事？"

　　"上官被人劫走了！"

　　"你说什么？"随风的脸难得变色。

　　郝英俊更是一个箭步上前，一把拽住他的衣领，眉梢怒竖，咬牙道："她不是和你一块儿出去的吗？你现在浑身上下一点儿伤都没有，却告诉我她被人劫走了？"

　　"是我的疏忽。上官若出事……我愿下去陪她。"索归鸿自责地闭上眼。

　　"陪她？"郝英俊此时就像一条发怒的巨蟒，衣裳的蟒纹团花衬得他的脸色更加可怖，"你没这个资格。"说罢，他反手狠狠一掌，将索归鸿击得连退三步，背抵墙面，才呕出一口血来。

　　还是随风最先冷静下来，抬手按在郝英俊的臂上："事已至此，救人要紧。"

　　"她是在哪里被人劫走的？"郝英俊胸膛起伏着，喘着粗气，也找回了理智，竭力压制怒气，"带我们去。"

　　"随我来。是在夜市的一家小吃摊前，伙计说是转眼就不见的，没有任何打斗痕迹。我当时……"索归鸿也顾不得伤，带二人折返。一路上飞走于屋顶之间。他抓紧时间，简单地将事情的经过给二人描述了一遍。

　　三个人很快来到摊位前，郝英俊抿唇走到其中一张桌前："她曾经坐在这里。"

　　随风并未在附近发现从她身上掉落的物品，而诧异于他的笃定。

　　"我在她身上也下过追魂香。在我第一次发现你们半夜与人传信时，就怕有人会对她不利，以备不时之需。"郝英俊接收到他询问的目光，解释道，"只不过索归鸿身上的香气会干扰我的判断——有些路究竟是他经过的，还是阿清经过的，无法靠香气分辨。所以必须从她消失的地方找起才更加准确。"

　　夜市中各色食物的香气杂糅，快速通过时，追魂香能留下的气息很淡。郝英俊必须全神贯注，才能嗅到空气中那若有若无的异香。

　　另外两个人不敢出声打扰他，只是静静地跟在他的身后，从摊子前离开，往一条巷子口的方向拐去。

　　"这是？"索归鸿感觉脚下踩到了什么，低头一看，"上官果然是从这里经过的。"

　　随风蹲下身，用两指拈起："糖块？"

　　"我们在夜市中买的，上官身上揣了一包。"索归鸿目光向前搜寻，果见前方目之所及处的地面上，又落了一块糖，"她在用这种方式留线索给我们！"

　　"看来我们找的方向没有错。"郝英俊于是循着追魂香与糖块，领着二人在无人的空巷中穿梭，最终出巷时，却发觉已来到城门口了。

　　如今入夜之后城门就关闭了，守城的士兵轮流换岗，守卫不懈。普通人若想带着上官清出城只能持特批的通行证，令士兵开城门放行。但郝英俊察觉，那香气蔓延至

第九章 一夜惊变河洛宫

了半空中，对方分明是以轻功跃过城墙，带人出城的。

见他食指向上，然后再朝前指了指，索归鸿就猜到了他的意思："是江湖中人？"

"不然你以为，就她现在顶着的那张麻子脸，会有哪个人贩子想要吗？"郝英俊先是反问他一句，接着突然想到什么，懊恼地一拍脑门，"可恶！我竟忘了，青莲是见过那个人皮面具的，若她传信回去时稍加描述——我早该想到要换一张人皮面具的！我们也都该换张脸，这样才能让人无从寻起！"

"盟主也未料到，有人竟如此大胆，敢对上官家的人下手。"随风抿唇，"本想着盟主很快就要来扬州与我们会合，一时疏于防备……"

郝英俊摇头："等不及上官澈赶来了，我们现在就得去救人。"

三个人对视一眼，接着便是三道黑影从城墙上一闪而过。

"喂，刚才是不是有人飞过去了？"

"你眼花了吧？我看顶多是什么鸟吧？别一惊一乍的。"

"也对……"

那最初摇晃同伴胳膊的守城士兵揉了揉眼，再看看城墙头，果然有几只乌鸦飞过，便以为真是自己看错了。

可他并没有眼花，郝英俊三个人此时已然跃过城墙，一口气追踪香气追出了五里地。这才在一处高耸巍峨的建筑外停下，藏身到低矮的草丛中观望。

"这是……河洛宫？"索归鸿略感诧异。

河洛宫也是正道中的一个大派，其门派建筑尤其有特色，与多数以山庄样貌存在、楼阁散布其间的门派迥异。偌大的河洛宫只由一座大型宫殿组成，但又与中岚国皇宫的碧瓦飞檐的制式不同，其殿阁消瘦耸立，尖形拱门，相互连体又各自独立，殿阁顶端修长而尖，犹如锥刺，深入长空，仿佛可以刺破云霄。

相传河洛宫的创派祖师乃一名神秘的外域女子，故而门派建筑风格才会如此不同于各派。哪怕不看那拱门上的烫金大字，江湖中人也能一眼认出这是何门何派。

"你确定人是进了河洛宫？"随风向郝英俊问道，"河洛宫与武林各派往来虽不密切，但也不曾听说行事偏差，若贸然闯入……不如等盟主来了，由他出面直接拜访河洛宫的掌门……"这一路，随风都用剑在树干或是石上刻下了上官家的家徽标记，以便上官澈寻来。

"不行！谁知道他什么时候能来？"郝英俊坚决不同意，"这里目之所及，只此

一处人烟，分明就是河洛宫派人掳走了阿清，且多半是为了《大悲神功》！他们若是还忌惮上官澈，便不敢掳人。既然已经行动，就不会再卖他面子。弄不好，他们一旦从阿清身上得到了想要的东西，就会杀人灭口。"

索归鸿点头："不错，不能再耽搁了！这河洛宫颇大，想来内部错综复杂，房间众多，有追魂香可以追踪，只要我们小心行事，或许能在不惊动河洛宫人的情况下把上官救出来。"

顿了顿，他又道："当然，这只是最好的结果。要是在找到上官之前被发现，我与随风公子都没有寻她的能力，就只能与河洛宫的人交手，转移他们的注意力。那郝公子你继续寻找，找到了人就走，不必管我们。若是救出上官后不慎被察觉，还是由你带着她跑，你的轻功最好，脱身的可能性最大。"

"时间匆忙，也只能如此了。"随风抬眼望了望月亮偏移的角度，估算了下时辰后道，"快过子时了，我们务必在天亮前速战速决。"

"正门守卫森严，我们绕到侧面，寻个漏洞潜入……"

河洛宫外，三个人难得团结一心，在郝英俊的带领下展开营救行动。而此时此刻，被关在河洛宫密室内的上官清，双手被绑，双脚离地，被吊在半空中，正唉声叹气地回忆着自己在这大半个时辰内究竟都经历了些什么！

先是被一个身份不明的女子使了迷魂药，劫出城门后失去意识；醒来再发现一堆男男女女正对着半空中的自己指指点点，就像在看耍猴的一样。最重要的是，他们的衣裳对上官清来说还很眼熟，男人统一身着白布短上衣，下穿暗色灯笼裤，女子皆是上披白纱衣，下着纯蓝筒裙——这不正是河洛宫人的打扮吗？以往每次武林大会，就数他们门派的服饰独树一帜，她还琢磨过，要不要去找人家要一套来穿着玩。

"你们都退下。"正当她被这群人围观得不耐烦时，一道威严的女声传来，弟子纷纷退让两旁，让出中间的一条道后转身退出密室。

而缓缓走近的，也是熟面孔——河洛宫的掌门河然。其身后还跟着一名半蒙着面的老者，体态佝偻，挂着一根金色蛇头拐杖。蛇口中含着一颗赤红色晶石，折射出诡异的红光。

"上官姑娘，好久不见。"河然在各派掌门中是最年轻的，只有三十岁出头，样貌冷艳却不显寡淡，反而透着一股媚色，江湖人称"冰山美人"。她虽微微仰头与上官清寒暄，可无论是脸上还是眼底，都无半分笑意。

第九章 一夜惊变河洛宫

上官清装糊涂："上官姑娘？谁啊？"

"你脸上的人皮面具已经被揭下了。"河然眯起眼，不欲与她废话，"明人不说暗话，这回把上官姑娘请来，是有一事需要你相助。"

"嗬，请人帮忙是这个态度？"上官清挣了挣手腕，麻绳结实，捆绑又牢，根本没有任何空隙。

河然的语调毫无波澜："《大悲神功》素来由历代上官家家主继承、修炼，此番流落在外，听说已有不少门派得到了所谓的秘籍，却都修炼无果。本座这里恰巧也得了一本，上头写着需要上官家族的血脉才能练成，旁人修炼只会走火入魔。由此看来，其他门派的修炼情况很符合我这本《神功》上所言。所以，本座打算借你上官家的血脉一用。"

"借血脉用？你没吃错药吧？你又不是我爹我娘生的，怎么可能拥有上官家族的血脉？"上官清觉得这种说法简直荒谬。

"这就不劳上官姑娘费心了。我请来了巫医，可用秘术为我二人替换血脉。"河然瞥了一眼身后的蒙面老者，问道，"老巫，什么时候可以开始？"

老巫欠身，左手搭上右肩行礼，同时答道："老身一会儿便去布阵，布阵结束就能开启秘术了。届时只要您与她都躺在阵内，割破腕脉，便能将她全身的血液与您的交换。"

割破腕脉？上官清厉声喝道："这根本就是在杀人！河然，你好歹是一派掌门，一个所谓的阵法就能把两个人的血液换过一遍，这么荒唐的做法你也相信？只怕血还没换成，我们就都先失血过多而亡了。"

"闭嘴！"河然并指点了上官清的哑穴。真不愧是"冰山美人"，做起事来真够利落的。

那老巫过分凹陷的眼窝看着瘆人，说出的话也令上官清背后发毛："请河掌门放心，老身会在阵内为您护法，保您无事。至于这位姑娘能不能活下来，就看命数了。"

"有劳老巫了。之前说布阵所需的空地已命人清理出来，随本座来吧……"

就这样，密室的石门开启又落下，脑子进水的河然与那不靠谱的巫医一道离开了，只留口不能言的上官清一个人被吊在密室里。她想着，话本中那些正派人士与恶人开战前，都得先打三百回合嘴仗的情节根本就是骗人的！

"唉……"除了叹气，上官清什么事都做不了，也不知道自己靠酥糖留下的线索，是否能让郝英俊他们发现，并找到此处。

　　而正当她停止回忆，叹出第九十九口气时，石门竟然再次打开了！

　　"阿清！"石门在郝英俊身后自动闭合，他纵身一跃，以内力为刃，割断麻绳，牢牢拥住上官清落下，"你怎么样？"

　　上官清先是摇摇头，又忙指着自己的喉咙："呃，呃……"

　　郝英俊立刻看懂了她的意思，并指在她的哑穴上一点，替她解穴："好些了吗？"

　　"呼，总算能说话了，憋死我了。"上官清大力点头，"你是怎么找到这儿的？就你一个人进来了吗？"

　　在这种情况下，郝英俊只能长话短说："我在你身上也下了追魂香。守卫的弟子被我迷晕了，他们两个就在密室外边接应，我们快出去！"

　　"嗯。"上官清正要迈步，却是一阵晕眩加腿软，又跌靠回他的怀中。

　　郝英俊圈住她的腰身，给她支撑："怎么了？"

　　"可能是那个迷药的药效还没有过去，再加上被吊了这么久，有些累……"上官清甩甩头，又掐了一下自己的大腿，让自己保持清醒，"我没事。你稍微扶着我点儿就成。得快些，河然说不定会去而复返。"也不知那老巫的阵法要布置多久，拖延不得。

　　"好，小心点儿。"郝英俊紧紧揽着她，走到石门前，有节奏地在石门上叩击了三下，机关应声而动。

　　石门打开，二人走出密室，果见索归鸿与随风都一脸焦急地守在走道两头，频频探望。

　　"快！他们的巡逻弟子快要过来了。"随风压低声音。

　　索归鸿则冲他们招手道："我这头还没人靠近，走这边。"

　　这个密室在整座殿阁中心，几个人对视一眼，才蹑手蹑脚地撤到索归鸿那一侧，谨慎地四顾片刻，才在郝英俊的领头下，一路躲闪着往外逃。

　　上官清来时全无知觉，悄然离开时才发觉这河洛宫简直就像一座迷宫，里三层外三层，一圈又一圈，转着圈儿地才能出去。要不是有郝英俊这样擅长潜屋入户的家伙在，他们怕是走上大半天都摸索不出门路来。

　　"再坚持一下，就快到了。"郝英俊在她耳边低语。

　　上官清无声地点点头，正要与他一道迈步闪进下一条走道，却听得身后纷杂的脚步声骤然逼近。

　　"他们肯定还没跑出去！每个出口都要派人追，杀无赦。"

第九章 一夜惊变河洛宫

是河然的声音!

"糟了,一定是河然发现我不见了!她怕我出去后事情败露,想杀人灭口!"上官清直道不妙。

"你们先走!我们断后引开追兵。"索归鸿当机立断,将两个人往前一推,转身将背负着的古琴单臂抱于胸前,右手快速拨动琴弦,以琴音化刃,一道道朝后方袭去。

"啊!"追上来的河洛宫弟子只觉双耳内剧痛无比,忍不住以手捂耳,手中兵器"乒乒乓乓"落地,"这琴声中暗含内劲……"血从他们捂耳的指缝中流出,耳鼓轰鸣阵阵,身体无法保持平衡,左右跌撞,乱成一团。

随风也趁势拔剑,杀入其中,接连挑翻一片,为郝英俊与上官清争取时间!

上官清二人见状,也不敢多作逗留,加快脚步在交错复杂的走道中狂奔。每一个岔路口几乎都没有多余的时间思考,行动快于思绪,还得躲避在各个通道里追杀他们的河洛宫弟子。偶有交锋,郝英俊也是速战速决。什么暗器、迷药、烟幕弹,他把身上带着的各种旁门左道的小玩意儿都使了个遍,移步之间,闪躲反击,只为尽快脱身!

到了后来,上官清几乎是被郝英俊拖着在跑!

"喵,喵,我看到出口了。"她气喘吁吁地指着前边的拱门。拱门内灯火通明,拱门外夜色正浓。她从没有像此刻这样,觉得黑暗比光明要可爱得多!

"上官(小姐)!你们没事吧?"索归鸿与随风也正巧分别从另外两条走道跑到了大拱门前,与两个人顺利会合。二人身上都挂彩了,但好在看起来口子都不深。

郝英俊摇摇头,奋力运气,一掌击开本需要两个人合力才能推开的拱门:"没事,快走!"

咻!随风更是一冲出河洛宫,就将上官家族的特制穿云箭射向天边,发出求助信号。

"所有人都上,绝不能让他们活着离开。"河然亲自带人追来,也是下了破釜沉舟之心,倾巢而出,"放箭!"

河洛宫弟子多擅长用弩,方才在殿阁走道内空间逼仄,狭路相逢,只能靠短兵相接,弩的威力难以发挥。可到了河洛宫外的空地上,情况就截然不同了。万箭齐发之下,上官清等人只有且战且退的余地,就连郝英俊的轻功也无法完全施展开来。若只他一个人,仍可在箭雨中左右闪躲,可要带上官清一并踏云而去,却是千难万难。

好在是出于对上官清武学修为的鄙夷,又或者说河然根本不认为她有真秘籍,因此捉了她之后,连武器都没收缴她的。现在这一条长鞭正被郝英俊甩得出神入化,风雨不透,织成了一张密网,抵挡着飞矢,将上官清紧紧护在身后。

"属下来迟!"

这时,随风放出的信号箭也总算起了作用,五名上官家的暗卫从天而降,落在四个人身前,均是手持双剑,配合默契地挡下一拨密集的箭雨,令四个人得以喘息。

上官清以为是上官澈身边的暗卫,大喜:"这是哪里赶来的暗卫?我哥来了?"

"上官家在中原和西域各个大小城池及主要商道皆戍有暗卫,随时听候调遣。"随风一个旋身,徒手接下一箭,反掷回去,正插在一名弩手的心口。

哪怕每处只有三五个人,但这么大范围地安插暗卫,需要培养的暗卫也是数不胜数啊!上官清第一次知道,自家的势力竟是如此庞大。那么问题来了,上官家势力再大,现在还是只有九个人,要对上人家全派数百人,真的能赢?

"别怕!他们就九个人,还有一个不会打!"

河然驭使弟子的这番话说得倒是巧,直接给上官清解疑了,顺带还对她造成了作为一名武者尊严与灵魂上的合力一击……

"都给本座杀上去!杀死一个人,可做入室弟子;杀死两个人以上,本座就封他为长老!"

重赏之下必有勇夫,这回河然话音未落,河洛宫的众人就如潮水般涌向九个人!上官清几个人瞬间就被冲散开来,只能各守一方,相互照应不得。更糟糕的是,除了杀上来近身作战的弟子外,河洛宫的使弩弟子竟为了得赏,毫不顾及同伴性命,还在往混战的人群中放箭!

"快往林子里撤。"知道这么下去不是办法,郝英俊对众人喊道。

密林中有树木遮挡,箭矢的威力确实可以被大大削弱,而且对他们来说也易于甩开追兵脱身。

"小心!"以古琴为兵器的索归鸿,难退箭矢,只能尽量躲闪着后退。随风当机立断,左手横出剑鞘,替他挡下致命的一箭,拽着他的胳膊先一步跃进林子。

郝英俊见状,一掌打开一名挥刀而来的弟子,随即长鞭一卷,又掀开十数支飞箭,将上官清一推:"阿清,你先过去!"

上官清也不拖泥带水,立刻转身快跑,一头扎进林中才喊他快来。听到她的呼喊,郝英俊也一个飞身,在身后铺天盖地的箭雨中几个潇洒腾跃,稳稳地落在上官清的身边。同时,他回身一鞭,打开了破空追来的一支利箭。

"呼——好险……"上官清拍拍胸口,"我们往哪儿走?"

第九章 一夜惊变河洛宫

"想走？先把命留下。"

陡然间，便听得一声女子娇喝，寒光暴现，一对分水峨嵋刺直取二人脖颈！是河然追了上来！

"躲开！"电光石火之间，郝英俊毫不犹豫地伸手护住上官清的颈间要害，用力将她扑倒在地。可尖利的峨嵋刺还是在他的右臂上划出一条深可见骨的大长口子！

可河然哪里会给他们喘息的机会，只见她左右开弓，左手张开撒放之间，峨嵋刺便贴掌急速转动，冷光频闪，刺得上官清难以睁眼反抗；右手则屈指握紧，似剑般直挑郝英俊的眉心，杀意昭昭。

"不许你伤他！"上官清也不知哪里来的急智与孤勇，生死之际，竟是半眯着眼睛，摸到了方才被打落的箭矢，反手握住，使出浑身的劲儿，硬是不避峨嵋刺的利刃，直挺挺地朝河然撞上去，扎下去！

郝英俊大骇："阿清。"

俗话说得好，冲的怕愣的，愣的怕横的，横的怕不要命的。而此刻的上官清"冲""愣""横"与"不要命"这四者可谓占全了！她不懂什么招式，也不管那河然能把一手峨嵋刺使得又像剑，又像刀，又像棍。她只知道河然不死，死的就是郝英俊——那就让河然死！哪怕是同归于尽，她也要河然死！

"你疯了？"河然却半点儿不想死，也不想对上官清下杀招，只得急急收回双手的峨嵋刺扣住，交叉横挡在胸前！

方才这么近的距离，她本可以同时取两个人的性命，却还是念着能留个活口回去，继续换血秘术、修习神功，才转而对上官清留手。却不料，江湖传言几乎没有武功的上官清，竟有余力奋起反抗，那一瞬间爆发出的内力，甚至逼得她倒退半步！

然而，上官清的那点儿内力毕竟是源于郝英俊，在出其不意之下让河然惊诧失手，却无法真正与之抗衡。只听得"叮"的一声，箭头与峨嵋刺相撞后，她就虎口大痛，气血翻涌，箭矢脱手飞出。

"阿清！"

两个人这算不得交手的片刻工夫，倒让郝英俊缓过劲儿，点穴止血，起身用左臂牢牢接住向后跌去的上官清。

与此同时，五名暗卫中的两个人及时寻至，左右夹击河然："小姐先走！"

眼前的危机是解除了，可随之而来的却是从三个方向拥来的大批河洛宫弟子。

"快走……"郝英俊与上官清二人慌不择路，只能往密林深处的山上方向，相互

扶持着逃离。

"掌门！"有弟子追上来要帮助河然。

但河然好歹是一派掌门，自认招架这两名暗卫绰绰有余，只是喝令道："不必留下，都追上去——路上留下记号，本座随后就到！"

"是，掌门。"那批弟子果然奉命，马不停蹄地往山上追去！

密林中光线极为昏暗，上官清跑得跌跌撞撞，体力已所剩无几，好几次都腿软跪倒下去，全靠郝英俊捞着她又站起来，继续往前。

"阿清，不能停，再坚持一下，不要放弃！"郝英俊的耳力远胜于她，纵使在狼狈奔逃间，也能凭借脚步声判断河洛宫的人依旧在对他们穷追不舍，而且是通过他的血迹，不断缩小包围圈在排查。

他也曾想过要不要与上官清分头行动，可实在放心不下她。只恨他们已与索归鸿、随风彻底走散，暗卫一时也很难在林中找到他们会合，否则哪怕有一个人能护在她身边助她先行，他都能安心用血迹，引开追兵。如今，只能寄希望于尽快跑上山顶，然后加速下山，回到扬州地界。一旦回到城中，这批人也就不敢胡来了。

"我真的不行了……"双腿就像灌了铅似的沉，膝上都是磕碰的伤口，上官清的小脸皱成一团，上气不接下气。

"我……我给你讲个故事吧。一个……关于不放弃的故事。"郝英俊今夜也是连番奔波、拼杀，再加上右臂伤口太深，仍然血流不止，因此也很难做到游刃有余，言语之间停顿喘息，在所难免。

上官清好笑："你现在……还有心情说故事？省……省点儿力气吧！"

"有一个小男孩，小时候家里很穷，没钱上学堂，可是他很渴望能跟其他富足人家的孩子一起念书。于是他就天天爬上墙头，趴在那儿偷听学堂里的读书声。那些学堂里的孩子发现了，就用石块扔他！"郝英俊却是自顾自地往下讲，唇边带笑，"于是小男孩的脸上、额上经常挂彩。有一回他被砸得狠了，从墙头上摔下来，就蹲在地上哭。他还不敢哭得太大声，怕打扰夫子，被夫子赶走，连墙头都不让他待着。就在这时，一个比他小三四岁的小女孩出现在了他的面前，问他为什么哭。小男孩难过极了，也不管是否认识，就对她倾诉，说自己有多么想进学堂念书，可自己真的不受欢迎，是不是该放弃了……"

这个故事……怎么有些似曾相识？上官清听得有些发愣，一时间也忘了疲惫，只是下意识地边跟着他跑，边听着。

第九章 一夜惊变河洛宫

"小女孩听完以后，沉默地蹲下来，捡了颗石子在地上写写画画。小男孩疑惑地看着，然后破涕而笑。因为小女孩写了大大的'放弃'两个字，写得歪七扭八，是小男孩见过的最丑的字。于是小女孩就说了，她说，你看，这两个字我写得最丑了！所以我才不要放弃！你没进过学堂，也一定写得很丑，所以你也没资格提'放弃'这两个字。小男孩呆住了，觉得这歪理听起来居然好有道理……"郝英俊在回忆中发笑，"后来，小女孩就拉着小男孩，硬是敲开了学堂的门，与夫子打了个赌。如果小男孩能在三天之内背下《千字文》，那么夫子就允许他与大家一起在学堂中念书。"

说到这儿，郝英俊侧首看向上官清："你猜，小男孩最后做到了吗？"

"我不知道……"上官清记得，自己当时只是跟着爹娘出门游玩，途经那座城镇，只停留了一天就离开了。那之后，她再也没有见过那个小男孩，并且随着时光的流逝，也渐渐不再奢望能够再见。

"他做到了。他一直希望能够再次站在那个小女孩面前，和她说一句谢谢。告诉她，是她给了他此后岁月里的全部勇气——不管是母亲去世时的悲伤与打击，还是习武时遭遇瓶颈的挫败，他都学会了不放弃。"他握着她的手很用力，"也许那个小女孩早已忘记了小男孩的存在，可小男孩从来没有忘。他很庆幸，在多年之后，机缘巧合之下，能够与她重逢，伴她一路同行……"

上官清在心中感慨万千，回握他的手，嘴角漾起笑意："小女孩现在知道了，她很为小男孩骄傲！她也不会输给他，不会放弃的。"

没想到今朝的缘分早在儿时便已生根发芽，两个人相视而笑，仿佛又有了新的力量，支撑他们重新加快速度，翻过这座山。

可当他们满怀希望，千辛万苦，跑上山顶后，才顿悟，今日出门一定是忘了看皇历！在前面等着两个人的竟不是下山路，而是断崖绝路！

尽管断崖的对面也是一座山头，若能飞跃过去，被河洛宫弟子追杀的困境便可迎刃而解。可两者之间的距离极远，目测足有五六丈。这江湖中能一跃五六丈不需借力的，屈指不过五个人，更别说上官清了。

"阿清，别怕，能过得去。"可郝英俊凝视着山头片刻，却突然咧嘴一笑，开始带着她倒退，像是要拉出一段助跑的距离。

上官清狐疑："你确定？"他轻功了得是不假，这江湖中估计除了上官澈无人能及。可带着她，如何能在中途不借力的情况下跃出那么远？

"怎么？不相信我怪癖神偷的本事？还是不敢和我冒一次险？"郝英俊语调轻松，却并不看她，仍是盯着对面。

"你敢我就敢。"她的声音不大，却异常坚定。

郝英俊轻笑出声："很好！记住，过去以后不要回头，只管跑，跑回城，你就安全了。"

"我不认路。"上官清抿唇，凝视着他的侧脸，总觉得他的笑容中有哪里不对劲。

照顾方向感差的人，郝英俊确实有一手："看到月亮了吗？追着它跑，就是回城的方向。"

说着，他已经拉开了十来步的距离，耳郭一动，面上笑意敛去："他们快追上来了。不能等他们过来。"

飞跃悬崖已是极难，根本无法再分神躲避弩射来的箭矢，所以不能等河洛宫的弟子赶上来！

"抓紧我！"郝英俊微眯起眼，气沉丹田，蓄势待发，用未受伤的左臂牢牢箍紧她的腰身，倾身向前奔去。

及至断崖的最后一寸，他才右足猛地蹬地，竟是踏断了崖沿碎石，从而借力高高跃起，如箭一般纵身射向前方！

以往跟郝英俊在夜幕下"飞来飞去"，上官清都是轻松惬意的。可这一回她却紧张得大气都不敢喘一下，死死盯住对面的山头，不断估量两个人距离山头还有多远。

转眼间，两个人已跃至沟壑正中，可是向前的速度也大大减慢下来。郝英俊陡然变换身法，将上官清搂于身前，双脚腾空踏着，借着腰力，使尽浑身解数，以几个平地旋身的动作，又带着她靠旋转的方式向前冲出一丈多。

可这远远不够，还差一丈有余！

然而郝英俊却突然不再动了，只是深深地注视着她，似留恋，似不舍，似……告别。

"郝英俊？"上官清此时正好背对着山头，猛地从他的目光里意识到了什么！

她终于知道哪里不对劲了！打从一开始，郝英俊就根本没有想过两个人能同时跃过去，才会告诉她一个人要怎么跑！

原本紧搂着自己的手臂稍稍松开了些，上官清怔怔地看着郝英俊抬起右掌……

不！

咬牙提气，上官清再一次爆发出了身体的最大潜力，硬生生地拉着郝英俊又转了一圈，使他背对山头。然后她狠狠拽开他搂着自己的手，将全部内力集于掌上，打在他的肩头！

第九章 一夜惊变河洛宫

"郝英俊，我不准你放弃！"

两道身影在空中骤然分开，紫衣少女如断翼之蝶跌落，而黑衣男子却被掌风推上了对面的山头……

"上官清，你回来……"

风在耳边呼啸，盖过了郝英俊撕心裂肺的呼喊，衣袍猎猎作响，身体不断下坠，心口闷痛，浑身真气乱窜，知觉近乎麻木。千百种念头在上官清的脑海中恍惚闪过，最终却只抓住一个：

对不起，这次我放弃了。因为我最不想放弃的就是你，郝英俊……

"滴答，滴答……"

耳边传来的声音越来越清晰，上官清怀疑可能是忘川水在滴落。虽然很不想接受这个现实，但还是要努力地睁开眼，想去讨碗孟婆汤喝喝，因为肚子好饿……

"饿。"心里想的，她便脱口而出了。

却不料"孟婆"的嗓音竟如此清冷好听。

"别人都是先喊'水'，也就你这小丫头片子先喊'饿'。再饿也得先喝点儿水，来……"

迷迷糊糊间，上官清感觉到自己的脑袋被人小心翼翼地扶起，甘甜的溪水淌过喉咙间，舒爽极了。

原来"孟婆"的服务这么到位，孟婆汤也这么好喝啊！她终于把双眼睁开了一条缝，隐约地看清了对方——一身藏蓝衣裙，容色清致，肤白胜雪，一对明眸长而冷，犹如墨玉寒潭，望之愈深。比起一张鹅蛋脸、琼鼻樱唇、眉眼弯弯的上官清，她失了妙龄女子的俏丽，多了几分令人望之却步的清冷孤傲。

"玉姐姐？你怎么也死了？"

上官清一个激灵弹坐起来，后脑勺结结实实地挨了个巴掌。

"老妹啊，你哥我在崖下接你接得稳稳的，可你这脑子怎么好似磕碰傻了一般？"另一侧传来上官澈久违的挤对声。

上官清不敢置信地把目光从玉怜心的面上移开，一点点转动脑袋，看向另一边。在看清上官澈后，突然"哇"的一声扑进他的怀里，哭了出来："哥，你怎么也死了啊？是不是我太重了，被你接住，砸死你了啊？"

"清儿……"玉怜心无奈地摇头失笑，"从山崖跌落虽险，但你哥赶来得及时，所以你还活得好好的。虽然有些擦伤，但我已经都给你们处理过了。"

上官清一愣，从她老哥的怀里撑起身，环顾一圈，发现自己居然是在一个山洞内，柴火堆烧得正旺，之前听到的"滴答"声来自山洞顶上渗下的水珠。所以他们现在真的是在山崖底下？于是，她又趁机使劲拧了一下上官澈的胳膊，果然还是那么结实，索性多下了几次"毒手"。

"上官清，"盟主大人眯起眼，一副不爽的表情，"闹够了没有？"

"够了，够了……"察觉到危险，上官清顿时认怂缩手，转头找玉怜心搭话，"玉姐姐，你怎么也在这儿？我哥消失的这段时间，你都和他在一起？"

玉怜心无波的眼底泛起了一丝涟漪，飞快地瞥了一眼对面而坐的上官澈后，不自

第十章 绝处逢生玩潜伏

然地垂下眼："不……不是。我也是碰巧在这山中采药，才发现你们掉下来的。"

"这样啊，好可惜。"上官清瘪瘪嘴。她心里清楚，玉怜心对谁都是冷口冷面，唯独在自家老哥面前才会揣起些许少女情怀。可幼时的遭遇让玉怜心性格内敛坚毅，不输男子，故而始终无法主动向上官澈表白，也不敢过分显露情意。

见上官澈对妹妹的那句"可惜"恍若未闻，玉怜心便生硬地转开话题："你们接下来打算怎么做？"

"现在天就要亮了。估计天亮之后，就会有人下崖搜寻某个人的尸体。"上官澈笑看妹妹，"可能还不止一拨人，河然自然是活要见人、死要见尸。那个替北翔国太子欧阳晟做事的人，应该也会插手。"

"对啊！那个人究竟是谁？随风前段时间说你已经查出眉目了。"上官清也把心思放到正事上。

上官澈颔首，言简意赅："不错，欧阳晟应该是伙同丐帮帮主乐正山，在江湖中兴风作浪。乐正山图的是《大悲神功》与盟主之位，而欧阳晟谋的则是削弱中岚国武林势力，安排乐正山做傀儡盟主，将整个武林掌控在手。这些日子，他们企图追踪我的所在，暗杀我的人也多半是他们派来的。我彻底查明此事之后，便甩掉了'尾巴'，赶来扬州与你们会合，打算从长计议，给乐正山与欧阳晟下个套儿。呵呵，没想到现在倒是不用费劲了，只需将计就计便可。"

看他那一脸的老谋深算，上官清就知道有些人该倒霉了。

"说吧，你想怎么将计就计？"她叉腰挑眉。

"很简单，给他们一具尸体，然后混入丐帮之中，看他们下一步准备做什么。如果我没猜错的话，很快就会有新的武林大会要在丐帮举行了。"上官澈笑得成竹在胸，"届时我们再当着群雄的面现身，岂不有趣？"

在敌人最得意也是最松懈之时，给其沉重一击。单打独斗如是，制衡武林亦如此。

"此法可行。至于清儿的'尸体'，找一个体格相似的人易容即可。交给我便是。"玉怜心师承"鬼医"。鬼医，鬼医，便是鬼神莫测之意，故而医术、毒术皆习，至于旁的偏门技法，只要是与药石毒物沾边的，也多有涉及。以特制药水给人易容之术，就是"鬼医"一脉的独门秘法。

这种易容术与人皮面具不同，是真真实实地改变了人的容貌，甚至可以再塑面部的骨骼轮廓，非服解药，不可重获本来面目。

"啊，对了！哥，郝英俊呢？他怎么样？就是本来要带我跃过崖涧的那个黑衣男子——是你让他盗取的《大悲神功》，应该也见过他的！"想到易容，又自然而然想到了人皮面具，上官清这才恍然忆起，自己从醒来后，竟遗漏了最重要的一个问题，怪不得总感觉少了什么！

"放心，他没有大碍。你那一掌也是不知轻重，人是给打到对面去了，却也害得人家重伤悲鸣呕血、昏迷不醒。"上官澈用"女大不中留"的眼神瞧着妹妹，"不过后来随风和索归鸿及时把他捡走了，如今大概在什么隐秘的地方养伤，不敢露面吧。毕竟河洛宫的人还在追杀他们。"

上官清气得跳起来："什么？你就放任他们被追杀？他胳膊上也有伤呢！"

"欸，如果我明面上用上官家的势力把他们保护起来，岂不是告诉乐正山他们，我其实始终在暗中观察着他们的一举一动，那还怎么引蛇出洞？"上官澈抬头，按按掌，让她重新坐下，少安毋躁，"所以我只是派人暗中跟着他们。郝英俊虽受伤了，可随风与索归鸿都尚可一战，估计也不需要我的人协助，他们自己就能解决掉那些杀手。"

"呼——你倒是挑重点，直接说你有派人保护他们不就得了！"上官清按着心口，连送他好几个白眼。

上官澈神色悠然："我就是想看看，出门一趟，我这妹妹是不是真的被那个怪癖神偷把心给偷走了。"

"不……不用你管！"上官清双颊微热，又起身，挨着玉怜心坐下，不理他。

谁知这回玉怜心竟也帮着上官澈，笑问道："清儿，我方才替你诊脉，感到你体内多出了一股至阳的内力，想必也是那位郝公子传给你的吧？"

"玉姐姐！怎么连你也……"上官清羞赧。

"好了，好了，我不说了。"玉怜心见好就收，叮嘱着准备起身，"趁着天还没大亮，我与你哥上崖顶寻一具河洛宫女弟子的尸首来易容。昨夜你情急之下，调用内力的法子不得当，险些伤及经脉。好在有你哥替你运功疏导，这才无碍。所以你就在这里好好歇着，短期内不要再妄动内力，知道吗？"

上官澈却率先一步，走到玉怜心身边，按住她的肩头："不必了。你还是留在这里吧。一来我不放心她一个人，二来你也累了一晚，休息一会儿吧，等会儿还要费心易容。"

"可是你腰上还有伤……"玉怜心蹙眉。

"啊？腰上有伤？严重吗？"上官清想起自己醒来时，一下扑进他的怀里，力道还不小，紧张道，"我刚才是不是碰到你的伤口了？"

上官澈摆摆手，丝毫不以为意："皮外伤而已，别一惊一乍的。你们好好休息，我去去就回。"

晨曦微露，他走到洞口，背影沐浴在半明半暗的天光之中。

看着这一幕，上官清忽然心中一动："哥！"

"嗯？"上官澈半转过身望向她，眼底含笑。

"回去以后我一定会孝敬你的。"她本有很多煽情的话想说，可不知怎的脑子一转，上官清听到自己说出了这么一句话来。

上官澈的笑容顿时僵住，脚下一个踉跄，备受打击地任由自己摔下了洞口……

"他没事吧？"上官清咽咽口水。

"洞口离地只有半丈。"玉怜心则是抿唇一笑，"伤不了。"

上官清重重一叹，仰面躺倒下来："唉，我大概真的是把脑子摔坏了吧……"

就在她准备好好检讨一下自己的时候，某个已经摔出山洞的人却突发奇想，以内功传音进来。

"放心，你本来就没脑子可摔，怎么可能摔坏？"

"你滚。"

斗转星移，日月更迭，一转眼，河洛宫那一夜的惊变，已成了半个月前的旧事了。

"都传丐帮是武林各派中第二有钱的门派，我看都错了——明明是第一有钱，比咱们家有钱多了！每天洗鲍鱼都洗到我手酸了！"一身粗布短衣，腰间左右各挂着个褪色的旧口袋，上官清已经完全适应丐帮"二袋弟子"每天只能混迹于伙房的日子了。

上官澈就在她的旁边，负责挑选天然燕窝中的杂质："羡慕？想弃暗投明了？"

"不！我只是觉得，人家的武林大会开得这么高调奢华，把各派掌门的嘴都养刁了。那以后我们家再开，压力岂不是很大？"上官清都有点儿佩服自己的高瞻远瞩了。

"光会砸钱办事有什么用？得靠这里。"上官澈老神在在地指了指自己的额角，"到时候，请你的怜心帮忙对症下药，为各派掌门做一桌药膳，不更显得盟主世家关怀武林同道吗？"

此法真是省钱又省事，药材什么的又不能多吃，说不定比过去招待一次武林大会的伙食开销还要少。因此，上官清除了腾出手冲他竖起大拇指外，实在找不到其他动作。"高，实在是高！"她说道。

"对了，怜心怎么还不回来？"上官澈朝伙房门口望了望。平日里，都是两个姑娘家做些处理食材的事儿，劈柴生火，则由他负责。大半个时辰前，玉怜心被帮中的

一名"三袋弟子"叫去帮忙，还没有回来。

那日在悬崖下，三个人避过了几拨河洛宫弟子的搜寻，终于在第五日等到了乐正山派来的丐帮弟子。他们便打晕了其中落单的三名，一男二女，换上他们的衣服，乔装打扮，再在某个土坡下叫嚷着，当着闻声围上来的其余弟子的面儿，拖出"上官清"已经开始腐烂发臭的尸体。尸体带上山后，三个人就在旁边看着河然亲自验尸，见她再三检查过后，松了一口气的模样，就知蒙混过去了。

之后，河然便命人就地埋尸，带了一批心腹，由在前来搜山的丐帮弟子引路，到丐帮总舵，"拜访"乐正山。说是拜访，其实就是狼狈为奸，因为以河然在江湖中的影响力，哪怕上官家倒台，她也远远不够资格觊觎盟主之位。

但曾给她提供上官清一行人行踪的乐正山不同——他的资历与辈分压得住人，且正当盛年，所率领的丐帮又是数一数二的大派。那么在死无对证之后，请乐正山出面在丐帮临时召开武林大会，编个合情合理的故事，在大会上"揭穿"上官清的真面目，并将那本所谓的从上官清身上搜出的《大悲神功》当众展示出来，便可坐实其害死兄长、盗取秘籍的传言！

如此一来，上官澈已死，上官清伏诛，曾经的盟主世家就再没了能够继任之人。再推举乐正山登上盟主之位，就水到渠成了。

乐正山等人在盘算这些事时，自以为无人知晓，却浑然未觉他们所有的计划与动向，都已被潜伏在丐帮之中的上官澈掌握，只等着在武林大会上，来一招"螳螂捕蝉，黄雀在后"了。

"也许是有事耽搁了吧。玉姐姐是生面孔，不可能暴露的。"上官清不太担心，毕竟连她和上官澈这样的熟面孔，都在玉怜心的妙手修饰之下，得以大摇大摆、昂首挺胸地行走在总舵中，更别提平日和"鬼医"一样神出鬼没，不太与江湖中人来往的玉怜心了。

这么想着，上官清朝自家老哥挤了挤眼："哥，你这么担心玉姐姐，是不是对她有意思啊？玉姐姐她其实也……"

"今天的鲍鱼不够多？"上官澈并不接茬，只是打断她问，"那就把这些燕窝也拣了吧。"

上官清忙讪笑："我眼神不好，还是你这种能百步穿杨的人来拣比较合适……"原本上官澈是不愿将玉怜心也牵扯进来的，只是玉怜心坚持会有用得上她的地方，这才一道混进了丐帮。至于上官清，她觉得自己在丐帮就是混吃等睡，什么都不需要操心。

老哥之所以带着她,大概只是出于她"假死"的情况尴尬,无处可去吧?

"别在怜心面前瞎说。我不想耽误了她。"谁知上官澈自己又把话题绕了回来,一脸正色地交代道。

"你到底为什么不喜欢她嘛!"上官清很希望玉怜心能成为自己的嫂子。

而上官澈对此低叹着摇了摇头,反问她一句:"那你又为何不喜欢索归鸿?"

"什……什么?"上官清不由得震惊,"看不出随风居然是这种人,连……连这种事也报告给你。"

"我关心亲妹妹的感情问题,担心她被某些人的色相所迷惑,有什么不对?"上官澈挑眉。

上官清闻言扶额:"你果然是我亲哥。"

"你们兄妹两个又在斗嘴了?"话音才落,玉怜心的声音就从门外传来,"也不怕有人进来听到。"

"无事。什么人靠近,我听得出来。"上官澈神色淡淡。

"喂。"上官清用胳膊肘捅他一下,气恨他怎能如此不解风情,就算事实如此,也不能这样驳了姑娘家的面子啊!在这一点上,果然还是郝英俊上道。

玉怜心却不介意,只轻颔首道:"那我接下来要说的话,如果有人靠近,你就示意我噤声。"

原来是有正事要说,上官清也收起玩笑之色,认真听起来。

"我方才是被喊去替一个临时生病的弟子上茶。欧阳晟就在乐正山的屋里,我上完茶之后留了个心眼儿,绕到屋后偷听了他们的对话。欧阳晟似乎是让乐正山在饭菜中下毒,将前来赴会的武林人士一举歼灭。"

"乐正山答应了?"上官清倒吸一口冷气。这老家伙疯了吧?

"嗯,他当着欧阳晟的面是应下了。"玉怜心应道。

聪明人之间的对话经常不需要说破,上官澈立刻就捕捉到了她的言下之意:"那他背着欧阳晟又做了什么?"

"他在欧阳晟走后,叫来几名心腹弟子,让他们伺机把药下在武林大会当日的酒水中。"玉怜心淡淡地勾唇,"不过,他让弟子下的药,并非欧阳晟给他的那一瓶。"

上官澈摸着下巴沉吟道:"如果我没猜错,欧阳晟给乐正山的毒药,应是可毙命之毒。但乐正山之所以觊觎武林盟主之位,就是渴望得到号召群雄的权力。如果武林势力被完全削弱,那他这个盟主也就当得毫无意义,彻彻底底成了欧阳晟面前的一条狗。"

所以他换上的毒药，想必并不致命，却又能令那些不服他的人，受制于他。"

"那我们一定不能让他得逞啊！"上官清这回主意倒来得快，"我们把毒药偷出来，让玉姐姐研制出解药，到时候也趁机把解药下到饭菜里——乐正山还以为自己胜券在握，却没想到底牌已经被我们给揭了！"

"清儿出门闯荡历练后，果然不同往日了。"玉怜心的刮目相看，反而让上官清很是受伤。

"所以我的'往日'是有多笨……"

玉怜心莞尔的同时，看的却是上官澈："我的武功虽胜过那几名丐帮弟子，但为保万全，偷毒药的事还得靠你。"

"我明白。你替我指出那几个人便是。"上官澈应道，"武林大会也就在六日后了，我原也打算趁着群雄未到的这几天夜里，在丐帮四处寻寻，看还有没有什么可用的物证，毒药不过是顺手牵羊而已。"

"唉，偷东西这种事情，要是有郝英俊在，那更万无一失了。"上官清忍不住托腮一叹，"也不知道他现在怎么样了……"

"我看，你很快就能见到他了。"看得出自家妹子这是得了相思病，上官澈大摇其头地向她透露道。

上官清突然兴奋起来："真的？"

"这么大的事，他能不来吗？哦，我忘了告诉你，他估计一直以为你已经死了。到时候你一露面，啧啧……"某个人的神情出卖了他看好戏的打算。

"你……你为盟主不尊。"上官清始终认为，两边的消息是互通的，万万没想到她哥居然这么耍着人玩！

倒是玉怜心出言替上官澈解释道："你哥也是想帮你，试试那郝公子对你有几分真心。他若真对你有心，这次武林大会就算是龙潭虎穴，也会来替你讨个公道的。"

"我宁可他不来，多危险啊。伤肯定都还没好全呢……"上官清撇撇嘴，"哥，以后不准你随便试探人家！要试也是我自己试。"

"你要能狠得下心试，我也就不操这份闲心了。"上官澈挑眉，"不过郝英俊此人，虽说顶了个'神偷'的名头，实则为人洒脱磊落、重情重义。哥也是调查过他，才会托其盗取《大悲神功》的。他盗取了秘籍却能不趁机偷阅，而是原封不动地交到我的手中，也足见其人品。只要这回试过，他确实在意你，哥决不再干涉。"

上官清嘟囔着点点头，算是妥协了："好吧，下不为例……"

第十章 绝处逢生玩潜伏

"唉，这还没出嫁，这胳膊肘已经往外拐了。"上官澈无奈地摊摊手，蹲下身，开始生火。

而上官清则从最初听闻郝英俊会来时的愤慨，转而沉浸在即将重逢的喜悦中，傻笑着，继续无怨无悔地搓洗鲍鱼……

时光如飞，上官清只是又洗了六盆鲍鱼之后，就迎来了这一年第二度的武林大会。

丐帮的武林大会幕天席地，就设在总舵后院的大片空地上。火把绕着空地插上一圈，在夜色中倒也显得热闹。上官清站在一众不起眼的普通丐帮弟子中，等着各派长老到场、入座。她无聊地打了个哈欠，眼角余光扫过桌上的酒水，心想着这既混有毒药，又含着解药的菜肴，究竟会是个什么古怪味道。

就在三日前，上官澈出门夜"盗"一圈回来，不仅斩获了乐正山打算给群雄下的毒药，还抱了整整一大叠的假秘籍回来，各种版本都有，每本所写的修炼前提条件也是千奇百怪。当时的上官清几乎就要怀疑自己每天洗的会不会是假鲍鱼了！见过造假的，但没见过乐正山这么能造的！

可他给人下毒，下的却又是真毒。研究了偷回来的毒药后，玉怜心说这些褐色"粉末"实是一种蛊虫的幼卵，一旦被人吞入腹中，就会迅速成长为正常大小的蛊虫，钻入全身经脉。

这些蛊虫平时与宿主相安无事，但若有人以蛊笛催动，便能令宿主生不如死。此毒是没有解药的，蛊虫一旦进入人体内就无法被杀死，便如跗骨之疽，除了指望操纵之人不催动外，别无他法。乐正山显然是打算以此要挟不服者。但要化解他这一手并不难，只消调配出杀死这些幼卵的药水，也洒进酒水之中。如此一来，群雄吃下的是已死的蛊虫卵，自然造不成任何威胁了。

"各位掌门肯给乐某这个面子，远道而来，乐某不胜荣幸！这杯酒，乐某先干为敬了。"

上官清再回神，却是乐正山正在上座向众人敬酒。

"乐帮主客气了。"列席众人纷纷举起面前的酒盏饮尽。

仰头饮酒的同时，乐正山的目光扫视下座一圈，唇边得逞的笑意一闪即逝。只见他放下酒盏，又与众人一抱拳，慷慨陈词道："我乐正山原就是个乞丐，不懂得说客套话，就开门见山了！相信最近一段时间，大家多多少少都听到了一些江湖传闻，说是上官盟主并非因远游悟道而放下武林之事，让其妹上官清代理的。相反，是上官清

觊觎盟主之位，早已把上官盟主暗害，才编造的借口，意图瞒天过海、取而代之！更有甚者，她还监守自盗，私吞了《大悲神功》，却在几个月前的武林大会上当着众人的面，演了一出秘籍失窃的戏码！"

"是听过这种说法，只是不知真假。上官盟主好久没出现了，可代盟主看面相并非凶恶之徒……"

"对啊，况且上官盟主应该不至于这么容易就被暗害了吧？"

"未必，未必，亲生妹妹，防不胜防啊！"

下座诸派长老议论纷纷，这段时间以来，武林群龙无首，人心惶惶，不可能没有牢骚要发，只是缺乏一个契机。现在乐正山就给了他们这样一个机会，让他们把武林盟主与《大悲神功》一事摆到台面上来一道商讨。

"乐帮主，您提起这个谣言，可是有什么确切消息？不如直说吧。"不知是谁突然说了句，其余人均是点头附和，重新安静下来，把目光投向乐正山。

这正是乐正山想要的结果。他立刻换上沉痛的神色，叹道："乐某虽没什么本事，可也想为武林尽一份心力。自从那些谣言传出来以后，乐某就派散布在各处的丐帮弟子打探消息的真假。虽然上官盟主的行踪至今没有任何音讯，但关于代盟主上官清的所作所为，倒是听说了一些。唉……"

众人见他又停下摇头，催促道："乐帮主，您就别卖关子了！"

"不是乐某卖关子，只是不知该如何启齿。这事河洛宫的河掌门也是亲历，不如就由她来说吧。"乐正山刻意推诿。

早就与他商量好的河然随即起身，冲众人一颔首后，接过话来："事实上，上官清已经死了。"

"什么？是谁连上官家的人都敢动？"

"莫非是代盟主出去寻找失窃秘籍时，被奸人所害？"

顿时，满座惊疑，像炸了锅似的，浑然不知被宣布死讯的那个人，现在就站在他们的身后。

"这是我在她身上搜出来的《大悲神功》，由于事出突然，我巧合之下看到了秘籍的第一页，上面写着此神功非上官世家本族血脉不可修炼，否则必将走火入魔。"河然从怀中掏出一册书卷，交给身后的丐帮弟子，传阅众人。她在其他各派掌门前面，依旧是矮了一辈，也不敢自居"本座"，改了自称，"相信今日在场的，也有不少门派曾经收到过神秘人馈赠的所谓《大悲神功》，但时至今日，还不曾听闻有人修炼出

什么结果来。如今想来这其中奥妙,大概便是我们这些人均非上官姓。"

"河掌门的意思是,传言为真,就是上官清盗取了神功秘籍?"

"不见得啊。代盟主离开上官府邸,本就是为了寻回秘籍。秘籍就在她身上,也很可能是她寻得秘籍之后,还来不及送回大悲书阁,就被人所害。"

"此事怪异啊,河掌门是如何得知代盟主死讯的?"

这十几名掌门的意见始终分为两派,谁也说服不了谁。

"大家静一静!"乐正山抬手压掌,控制场面,"听河掌门把话说完。"

于是,河然扬声道:"上官清并非被人所害,而是自取灭亡!她自盗秘籍之后,唯恐被人发现其中蹊跷,竟又造出许多假秘籍来,赠予各派,迷惑诸位,让诸位分心于修炼神功,而无暇细思上官盟主忽然隐世退居,与秘籍是同时失窃这两件事之间的联系!至于我是如何得知上官清的死讯,我在这里可以坦白地告诉大家,上官清就是在我河洛宫外的一处悬崖坠崖而亡的。尸首,我们也已经找到并安葬了。"

"按照你说的,她既已神功到手,如何坠崖而亡?"

"呵呵,大家都知道,上官盟主于武学上是当世奇才,而上官清却不是。随便哪个门派里出个小辈来与其比试,都未必会输。"河然不屑地轻笑,"她资质愚钝,而大悲神功是多么高深的功法,她又如何能够在这短短的几个月中参悟?"

又有人转而问道:"那她又为什么会在你河洛宫外坠崖?"

"这也正是我得知她阴谋的原因。"河然蹙眉,沉声,"就在不久前,我收到了上官清以代盟主身份发来的拜帖,便诚心招待。虽然她来时,除了护卫,身边还带了个古怪的老者。但出于对上官世家的敬重,我不曾多问。她也只说,那老者可卜卦算出失窃秘籍的位置,从方位上,需借我的河洛宫一用。于是,我就命人配合那老者布下卜卦的阵法。"

说到这儿,她顿了顿,见满座都听得入神,才继续道:"可上官清住下两日后,我派内就发现了异常——许多弟子被人杀害!我河洛宫素来不与外人接触,多年来风平浪静,古怪就发生在上官清到来之后。因此再是不愿,我也想到了江湖上对上官清的传闻。为保护门下弟子,我抓了那个老巫盘问。老巫交代,那阵法根本不是卜卦之阵,而是一种能在人死后吸食内功的邪术!是上官清修炼神功始终没有进展,怀疑是由于自己的内力底子薄,才找了我河洛宫这样与世无争、极少露面的门派下手!"

上官清津津有味地听着河然编派自己,故事情节如此传神,自己都觉得在听书一样,听得都要入迷了。

"什么？竟有此等事！"这位反应最大的狼牙帮帮主，上官清是有印象的，就是那个摔了话本的暴脾气。

武当的白须老头儿似乎不太相信这番说辞："河掌门，兹事体大，口说无凭，得有证据。"

"证据，便是我河洛宫数十名弟子的尸首！吴掌门若有兴趣，可以去我河洛宫后山将墓地挖开瞧瞧。"河然冷冷答道。

"这……"武当掌门瞪大了眼，此等掘人坟墓之事，怎么可能去做？

河然也不再理会他，转而又道："事情败露以后，我本想将上官清活捉，待与各位共审，所以命弟子捉拿时处处留情。谁知她却负隅顽抗，一路逃到悬崖边，不自量力地想要跃过五六丈远的崖谷，自寻了死路。那老巫确实是个人证，只可惜上官清逃出河洛宫时，就杀人灭口了。"

"那说了这么半天，便是死无对证喽？"狼牙帮帮主看着五大三粗，却非轻易可以蒙骗之人。

"话不能这么说，我整个河洛宫的弟子都可以见证确有其事。"河然瞥他一眼，又从袖中取出一张名帖，"诸位正在传阅的《大悲神功》也是证据。哦，对了，还有这张上官清的拜帖。大家大可以看看，是不是上官清的字迹。"

狼牙帮帮主剔着牙道："字迹是可以伪造的。"

"佟帮主，你要证据，我给你了，可你却又说是伪造的。就算我现在还有人证，你是不是也会说，是被我买通的？"河然美目一横，似有些动怒。

"欸，这也是合理的怀疑，可以理解。大家莫要因此伤了和气！"乐正山忙出来圆场，笑呵呵地说，"此番临时请各位前来，也不是为了清算什么人的旧账，逝者已逝，还能如何？而今只是想与诸位商量商量，这武林犹如一盘散沙的局面，该如何解决？"

在场之人闻言，都不约而同地陷入了沉默，可沉默的缘由，却是各有不同。

"上官清歹毒，上官盟主又始终不曾露面，多半是遇害了。否则也不会任由江湖上风言风语中伤他的亲妹。所以依我看，应该立刻推举出一位新的武林盟主来，以安武林。"还是河然最先打破沉寂，先是环顾一圈，继而看向乐正山，"我河然一介女流，只想安稳度日。自遇上官清一事后，实在是六神无主、不知所措，甚至想过要偷偷瞒下，息事宁人。最后还是乐帮主向我河洛宫伸出援手，代为善后，劝说我应将前因后果告知诸位，还给武林一个真相。丐帮自古以来就是惩恶扬善的大派，而乐正山乐帮主本人，也有足够的资质与实力带领整个武林走向繁盛。因此，我建议，就由乐帮主出任武林盟主！"

　　这长篇大论听起来有理有据，上官清却是越听越想笑。为了抑制笑出声，她的肩膀都开始抖动，亏得一旁站着的玉怜心及时把她的穴道给点了，只让她在心里笑个够。

　　但在场诸位却笑不出来，河然这话可谓一石激起千层浪，令一心支持上官世家的，与早就想要另立武林新秩序的一方，又争执了起来。

　　"如今并未有确切的证据说明上官盟主已死，怎么能推举新的盟主？我不同意！"

　　"是啊，我们各派的祖辈可都是在百年前与上官世家有过承诺的。"

　　"那都是陈年旧事了！难道还真让上官家的人世世代代都当盟主啊？武林盟主这位置，就应该能者居之！"

　　"上官世家的历代盟主哪个不是能者？"

　　"但能者不一定都出在上官家！这段时间武林都成什么样了，也不见上官澈出来，要不是死了，就是黄毛小子自觉担不起大任躲起来了……"

　　大家你一言我一语，各执一词，没个结果。上官清用目光询问站在对面的上官澈，不明白他怎么到这个节骨眼儿了还不行动。今晚的武林大会，谁都不会留意丐帮普通弟子，因此玉怜心把兄妹两个人的易容修饰都除去了。此时只要上官澈往场中一站，河然与乐正山的说辞就将不攻自破！

第十章　绝处逢生玩潜伏

"各位，各位，推举武林盟主是个大事，存有诸多疑虑在所难免。"乐正山旁观了一阵子，又出来发声，"但是让江湖一直群龙无首，着实也不是个办……"

"群龙无首，也轮不着你这个跳梁小丑说话！"

乐正山不料自己话音未落，竟有人打飞在外围来路上守卫的丐帮弟子，强闯进来，还毫不客气地出言讥讽！于是他当即拍案而起，怒道："什么人？给我轰出去！"

喝令一下，原本立在四面的丐帮弟子都抄起家伙，将闯入的三个人团团围住。这三个人不是别人，正是躲过河洛宫与丐帮追杀的郝英俊、随风与索归鸿。不过郝英俊的手里还拎着个佝偻的老者。

"急着赶人，莫不是心虚了吧？"

连续两次与乐正山呛声的，可不就是郝英俊吗？听这话音中气十足，应该恢复得不错吧？上官清不断地朝玉怜心使眼色，后者总算会意，解了她的穴道，令她得以扭头看去。

"诸位！河掌门刚才所言中最重要的那个人证，我给带来了。"郝英俊一时并未察觉来自角落一处的灼热视线，只是将拎着的老巫往地上一摔，"这就是河掌门口中，替上官清摆邪术吸取人内功，且已经被上官清灭口的老巫！"

"当真？"武当的吴掌门立刻探身问道。

"是不是真的，问问河掌门不就知道了？"郝英俊冰冷的目光直射河然，"河掌门，以后再想杀人灭口时记住要反复验尸。这老巫的心脏比常人歪了半寸，当时只是假死而已。"

河然强作镇定："你什么意思？人又不是我杀的。"

"那么说，你是承认这个老巫，就是你口中的那个了？"郝英俊又笑着看回地上瑟瑟发抖的老巫，"这个女人想杀你，而我们救了你。你要不要说实话，你自己选。"

"我……我说实话。"那老巫拔高音调，"我根本就不认识什么上官清，是河然请我替她行换血之术。说是为了得到上官家的血脉，才能够修炼神功！后来上官清被救走了，河然害怕事情败露，就下了格杀的命令，回过头来她也恐我出去乱说，就对我也下了杀手！"

"胡说！"河然怒喝，"各位不要轻信他们！这三个人中着褐色衣的，就是当日帮着上官清杀我河洛宫弟子的护卫，剩下两个来历不明，多半也是同党。"

然而她才说完，索归鸿就从容地面向琴宗宗主的方向，单膝跪地道："弟子见过师父。"

第十一章 绝处逢生玩潜伏

"归鸿啊,你怎么也来了?"琴宗宗主微讶,"快起来,过来为师这边。"

琴宗宗主让他过去,那批丐帮弟子一时也不知该不该拦,略一踌躇之下,见乐正山并未下令阻止,只得退开一条通路。这下可好,说什么来历不明,结果人家是琴宗的人,还是宗主亲传弟子。

河然的脸有些挂不住了,只得勉强笑道:"沈宗主,这位是?"

"他是我琴宗大弟子,索归鸿。"琴宗的沈宗主年近五十,但在同龄的掌门中,算是位长髯美男子,"只是他常年在外游历,河掌门不曾留意,也属正常。"他如此一说,也算给了河然一个台阶下。

河然当即笑笑,不再言语,似乎打算静观其变。

可她不挑衅,索归鸿却未必肯放过她,只道:"弟子不肖,武林大会结束后偶遇探察秘籍线索的上官小姐,就自作主张跟着她一路协助,不料在河洛宫遇了险。"

"可有受伤?"沈宗主不苟言笑的外表之下,却是真切的爱徒之情。

索归鸿摇摇头:"一点儿小伤早已痊愈,劳师父挂心了。不过师父,弟子也可做证,河然掌门所言不实。是她将上官小姐掳走在先,企图换血。我与随风三个人前去营救,被发现后遭到追杀,上官小姐才……坠崖的。我们三个人也是死里逃生,养伤的同时还要躲避河洛宫人的搜捕。伤稍好一些后,我们为寻得证据来揭穿河洛宫掌门的真面目,就冒死重返,接近河洛宫。这才救回已经被抛尸山中的巫医,带他前来。"

"归鸿,这里各派掌门都在,你可不能信口胡说。"沈宗主谨慎地提醒道。

"师父,弟子所言没有半分隐瞒。"索归鸿的态度笃定,"上官小姐不应该被河掌门如此诬陷。"

"呵呵,这年轻人啊,血气方刚,有时候难免被美色所惑,什么话都说得出来。上官清长得也有几分姿色,莫非是使了美人计?"河然轻笑出声,言下之意再明了不过。

"河然。"郝英俊听她如此轻贱上官清,怒不可遏。

随风忙将他拉住:"不可冲动!"

"人都死了还这么卖命,那上官清想来是有些本事,才能把这一个两个的都迷得神魂颠倒。"河然笑看盛怒的郝英俊,神色轻蔑。

倒是沈宗主先看不过去,皱眉道:"河掌门,你好歹是长辈,言语之间还请自重。"

河然闻言,脸上立刻变得青一阵白一阵,不知该如何下台。毕竟身为一派掌门,当着这么多人的面,她方才得意之下,言辞确实显得轻浮了些。她怔住半晌,才从牙缝里挤出:"沈宗主说得是,我只是觉着这人都死了……"

"谁说我死了？"总被河然左一个"死人"右一个"死人"地说着，上官清终于忍不住跳出来。

那一刹那，郝英俊浑身一震，多日来只有梦境中才能听到的声音、看到的面容，居然在现实中再见了？

"你……你是人是鬼？"河然惊骇，倒退一大步，险些站不稳，当场失态。

上官清指了指自己身后："喏，有影子的，当然是人喽。"

"不可能！"河然瞪大眼，厉声道，"上官清的尸首我查验得清清楚楚——是谁指使你在这里假冒上官清的？"

"你看到的那个尸首才是假的。我玉姐姐的易容术天下无双，你再怎么查验也是徒劳！"说着，上官清得意地看向身边的玉怜心。

玉怜心也上前一步，将自己暴露在众人的视线之中，轻抬螓首，嗓音如冰玉相击，淡淡道："鬼医门下玉怜心，见过诸位。"

"鬼医的弟子怎么与上官清在一起？奇了奇了。"

"老弟莫要妄议，鬼医性格古怪，他的弟子也是难说。咱们日后未必没有求着人家的时候，还是少说为妙……"人在江湖飘，哪能不挨刀？挨了刀，就得有人救治。"鬼医"是江湖上出了名的神医，阎王面前敢抢人，谁都不愿得罪！

"阿清……"

这些"嗡嗡"的议论声，上官清都不在意，唯独混杂在其中的那一声迟疑中压抑着狂喜的沉声呼唤，令她心头一颤。她再次忍不住朝郝英俊望去，与他四目相接。

她多么想现在就飞奔过去，扑进他的怀里，一诉衷肠！可事有轻重缓急，大敌当前，她得先担起自己的责任！

这么想着，上官清狠狠心，转开视线，重新看向河然，冷声道："河掌门，你确认我已然身亡，所以才敢伙同乐正山，在各位掌门面前这么编派我。现在我就站在你面前，你还敢把方才说的那些胡话再说一遍吗？"

"放肆！"乐正山见河然有些抵挡不住了，于是出面应对，"别以为当了个代盟主，就可不把长辈放在眼里了！之前念你已亡，便不再追究你的所作所为，却不想你竟诈死逃窜，还拉拢了几个人在这里帮你颠倒是非黑白。"

"所作所为？我倒是想问问乐帮主还记不记得自己的所作所为了！"话毕，上官清就开始从怀中、两边袖中，不断地抽出书卷，一册一册地往面前的地上砸。原本身材略显臃肿的上官清总算"瘦"了下来，地上的书卷却是越堆越多，那场面莫名滑稽。

第十一章 绝处逢生玩潜伏

"这些假秘籍，可都是从乐帮主你的密室里找出来的！"终于扔完最后一本，上官清环顾众人，正色道，"我知道许多门派都收到了这样的假秘籍，若是有拿去让弟子秘密修炼的掌门，只怕一眼就能看出地上这些，与你们手里的那本，在用纸、做工等各方面是一致的。"

觊觎神功，秘密修炼，修的却是假秘籍。这着实是件丢人的事，有几名掌门不由得默默地低下了头。

"呵呵，可笑！"乐正山冷冷地眯起眼，"这些假秘籍分明就是你造出来散布给各派的，现在拿出剩下的，就敢红口白牙赖在乐某的身上？"

上官清灵机一动，笑道："诸位要是不信，可以随我去乐帮主藏匿这些假秘籍的密室里一观，里面可还有不少呢。"

"不可能！根本就没有那么多。"乐正山脱口而出的瞬间就悔了。

"哇，"上官清故作惊诧，"看样子，乐帮主居然对我做的假秘籍数量了如指掌啊！"

明眼人一听，就明白乐正山被套话露馅了。因此乐正山也不免有些慌神："我不是那个意思……你不要血口喷人！"

"那敢问乐帮主是什么意思？"上官清歪歪脑袋，虚心求教。

"小辈耍滑，乐某不愿与你计较！"乐正山怕再被她绕进去，当即一拂袖道，"既然你说这里所有的秘籍都是假的，包括河掌门得到的那一本也是假的，那么真的又在哪里？你如何证明真秘籍不是你偷的？况且，如今你再巧舌如簧也没用，上官澈一日不露面，你就一日不能洗清暗害兄长的嫌疑！"

"看来乐帮主是笃定我不会露面了？"只见一个高挑男子从座席之后的阴影处缓缓走出，步伐沉着有力，那气势犹如王者归来。

当他的整张面容完全被火光映亮时，众人齐齐发出了惊呼："上官盟主。"

这对兄妹，一个"死而复生"，一个"重现江湖"，反转一个接着一个，比帽子戏法还要精彩，让他们觉得之前几十年的武林大会都白开了！

"你……你怎么……"乐正山看清上官澈穿着丐帮弟子的衣裳，心中已凉了半截。

上官澈笑吟吟地说："乐帮主的脸色怎么这么差啊？难道是不太高兴看见我？"

"呵呵，上官盟主说笑了。"乐正山皮笑肉不笑。

"啊，也对！"上官澈却恍然大悟般点点头，语带惋惜，"如果我真的死了，那么就需要一位新的盟主，乐帮主刚才已经被河然掌门推举出来了。谁知道我居然没死，真是可惜，可惜啊！"

"上官盟主说笑了。你安然无事,我们可都安心了,哪里有什么可惜的!"使狼牙棒的汉子果然是快人快语,"只有某些奸诈小人玩阴的,才会心里不安,大家说对不对?"

"对,对,上官盟主回来了,我等总算是能听到个准信儿了。"

"是啊,这到底是怎么一回事?这段时间上官盟主都去哪儿了?请盟主给我等说说清楚吧!"

原本就不赞同乐正山担任新任盟主的几派掌门面上都笑意重回,一个人一句,都道是整个武林的"主心骨"又回来了。

"各位都是我上官澈的长辈,只是此次事态特殊,故而不曾提前将计划告知,累诸位难安,是我上官澈的罪过。"上官澈先是抱拳垂首一谢罪,之后才解释道,"舍妹一事,方才索公子其实都已说了。她在河洛宫遭遇不测,确实坠崖,是我及时赶到,将她救下,之后便趁着丐帮前来搜寻尸体之时,乔装成弟子混入丐帮。舍妹此前对我的计划也有许多不知情之处,但这段时日以来也是竭尽所能,为武林尽了她自己的一份心,断不是某人口中残害兄长、图谋盟主之位的奸佞之辈!因此这段时间江湖上中伤舍妹的谣言,还望大家莫要相信。"

琴宗的沈宗主捋着长髯,颔首道:"如今上官盟主安然无恙,关于上官姑娘的流言,当是不攻自破了。"正牌盟主现身了,自然没有再称上官清代盟主的理由,故而"代盟主"三字又换回了"姑娘"二字。

顿了顿,沈宗主又看向上官清,眼带长辈的慈爱笑意:"只是这些日子,委屈上官姑娘了。"

"多谢沈宗主,其实也没什么委屈的。倒是这段时间,多亏索大哥照顾了。"上官清憨笑着挠挠头。

"至于舍妹方才掏出的那些假秘籍,皆是我亲手从乐帮主的密室中取得的。这些假秘籍,害人匪浅,相信有些门派也是深受其害。舍妹在最初是于边陲承天教发现了假秘籍,承天教那些走火入魔后被舍妹救回的弟子我也请来了,现就在丐帮附近,随时都能前来做证。后来她发现承天教并非个例,便向各派发出了盟主令,只是出于一些原因,少有响应。"上官澈那仿佛可以洞察一切的目光,一一扫过各座上的掌门,"我得知此事后,还是想方设法,在不打草惊蛇的情况下暗中调查,查出了一些眉目。"

说到这儿,他瞥向早已默然在旁的乐正山,话音骤然生寒:"直到半个月前,舍妹遇险,我才将计就计,潜入丐帮,证实了此前所有线报的真实性——便是乐正山觊觊觎《大悲神功》已久，在武林大会前也曾想过要动手从大悲书阁盗取，却不想阴差阳错，扑了个空，于是又出了个假秘籍的花招，利用人心不足，搅乱武林。同时，传出我已被害的消息，与河然勾结陷害舍妹，误导各位，妄图成为新一任武林盟主！"

"竟是如此！我们这是都被玩弄于股掌之中了，惭愧惭愧……"

"好你个乐正山！"

"河掌门，你怎可如此助纣为虐？"

这下议论成了声讨，无一不是指向乐正山与河然。

上官清及时出声补刀："不仅如此，乐正山还在我身边派了奸细，时时汇报我的动态。这才害得我的行踪暴露，被河然劫走！"

"不错。丐帮的弟子确实是遍天下，我在外的这段时间，乐帮主也派了不少人探访我的下落，好好'招待'过我。"上官澈冷声道。

在场的哪个不是老江湖，怎会听不懂这反讥之语？只怕乐正山是派杀手"招待"的上官澈！

"此等祸害绝不能留！否则我们中岚国武林将永无宁日！"

"对。"

河然不比乐正山，也不是主谋，眼看大势已去，群情激愤，便再支持不住，跌坐在地："我……我……只是一时鬼迷心窍，被乐正山蛊惑，才答应编造上官清的那些事，并且推举他上位！但乐正山的这些图谋，我都没有参与，也毫不知情。"

"你……"乐正山怒极反笑，"好，好，好！事到如今，我也没什么好藏着掖着了！不错，所有的事都是我做的，唯一出乎我意料的便是，会有人先我一步盗取《大悲神功》——但那又怎样？这些假神功，还不是把你们个个骗得团团转？我觊觎神功、觊觎盟主之位，你们这些现在义正词严的，当初难道就没有一点儿想法？还有你，上官澈，你敢说你没有防着这帮人吗？"

"私心、贪念与欲望，人人皆有，只在于有的人能够克制，而有的人却以之为由作恶多端。"上官澈目光清明地与他对视，"我相信江湖经过这一场假秘籍的风波，那些曾经一时控制不住私欲的人，都为自己的贪欲付出了代价，从今往后，也不会再轻易放任自己的欲望。我身为武林盟主，要做的不是防备武林同道，而是防微杜渐，给那些信任我的同道们一个太平的江湖。"

"盟主心胸宽广，我等汗颜……"几名暗地里让弟子修炼过假秘籍的掌门相互对视一眼，起身拜服，"自今日起，我等还当唯盟主马首是瞻！"

上官澈含笑回以一礼："诸位掌门客气了。江湖若只有一个人，便不是江湖了，还得靠各位相互扶持。"

"对啊，以后大家还是猜拳论英雄吧！和和气气的多好！"上官清俏皮地眨眨眼，插话进来。

"可不是吗？倒是有些想念在上官府中划拳的武林大会了。"在座众人不由得开怀一笑，冰释前嫌。

乐正山却发出了狞笑："哈哈哈，你们莫不是忘了，现在你们可还在我丐帮的地界！来人，把他们都围起来，谁都不许放走！"

"是。"

只见乐正山一声令下后，也不知从哪里拥入了一大批丐帮弟子，用大大小小的包围圈，把众人隔离开几处团团围住！这些弟子腰间都有六个以上的口袋，不仅身手不差，想必也多是深受乐正山器重的亲信弟子。

"清儿莫怕。"玉怜心冷眼与围住二人的六名丐帮弟子对视，指尖银针闪着寒芒。

上官清笑眯眯地点头。玉怜心的武艺在江湖上虽排不上名次，但凭借一手银针与一身药石，却也绝不是这些喽啰能伤及的。

"乐正山，你以为凭你一个丐帮，就能把我们这些人都留下吗？"琴宗的沈宗主被索归鸿护在身后，神色泰然，丝毫没有打算出手的意思，想来是对自己的大弟子极有自信。

"呵呵，你们以为，请你们来这武林大会，我会不留后手？"乐正山冷哼着，从怀中掏出一只短笛打量着，"从你们喝下第一杯酒起，命就捏在我的手里了。"

狼牙帮帮主不屑地皱眉："乐正山，你这是什么意思？莫非你手里拿着的小玩意儿，还能抵得上千军万马？"

"那玩意是蛊笛。来自西域，可以以不同的曲调操纵进入人体的蛊虫，对宿主的身体产生不同程度的伤害，直至死亡。"在场的人里，只有郝英俊最熟悉旁门左道之物，也最熟悉西域。乐正山方一亮出蛊笛，他便目光一沉。

乐正山阴沉沉地笑着："哦？既然有人识货，倒也省得我浪费口舌了。蛊虫的虫卵已经被我混入你们的酒水中，在场的每一个人都喝了——现在那些蛊虫已在你们的体内迅速长成，只要我的蛊笛一吹，你们就会痛不欲生！"

"大家别怕，先忍一忍杀出去，再找解药便是！"不知是谁喊了句。

"解药？哈哈哈，蛊虫是没有解药的，只会与宿主同生同死。"乐正山脸上笑意

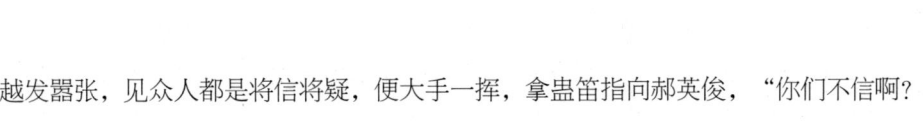

第十一章 绝处逢生玩潜伏

越发嚣张，见众人都是将信将疑，便大手一挥，拿蛊笛指向郝英俊，"你们不信啊？不信可以问他啊。"

感到众人的目光一齐投来，郝英俊只是抿唇："他说得没错。蛊虫入体者，终身受制于人。"他的回答换来了一片沉寂，死一样的沉寂，只剩下火焰燃爆的些微响动。

"所以啊，还是请各位掌门再好好考虑考虑，是继续拥护上官澈，还是从此追随我乐正山？这武林盟主之位谁来坐，你们可要想清楚啊。"用"小人得志"来形容此时乐正山的嘴脸真是再贴切不过。

于是，暴脾气的人看不顺眼了，但见狼牙帮帮主挥起狼牙棒就打倒挡在面前的两名丐帮弟子，来势汹汹地喝道："老子我还就不信这个邪了！把你打死，看谁还能吹那破笛子控制我们。"

这位壮士的思路果然简单粗暴！上官清咂舌，心道又一场好戏要开锣了。

乐正山眼看其挥舞着仿佛千斤重的狼牙棒冲向自己，一路弟子无一不被那棒槌扫飞了去，忙将蛊笛凑到嘴边，吹出一段古怪且刺耳的旋律。

然而，一息过去，两息过去，十息过去了……狼牙帮帮主就站在阶下，还保持着高举狼牙棒，准备砸下的动作，一脸茫然。

各位掌门也是面面相觑，不明白为何自己的身体没有任何不适的感觉。

乐正山见状也是又惊又疑，又开始用力吹笛，变着花样吹了好几段短调。可空气依旧很安静，传说中的蛊虫就好像睡死了一般，并没有响应他的号召……

"这不可能！怎么会……"他不敢置信。

半晌，不只是乐正山意识到蛊虫失效了，在场众人也都回过味来。尤其是动作莫名定格的狼牙帮帮主更是大怒："搞了半天，你是在耍老子啊！"

于是他一棒朝乐正山砸过去，大有排山倒海之势。可后者还处在震惊之中，下意识地举起蛊笛抵挡这一击，就听得"咔嚓"一声，蛊笛断成两截落地。乐正山也倒退好几步，被身后的弟子扶住，呕出一口血来。

"帮主！快保护帮主。"那几名弟子倒也忠心耿耿，把乐正山扶坐下来后，立刻挡到他的身前。只有一名弟子，也不知是不是吓傻了，藏在阴影之中没动。

"乐正山，是条汉子就别躲在这些小辈弟子身后！"狼牙帮帮主看乐正山已被自己一击重伤，并不急着补上一棒，"也让老子见识见识你们丐帮的打狗棒法。"

"这究竟是……难道乐正山只是虚张声势，并不曾对我们下那种蛊虫？"武当掌门还是比较在意蛊虫失效之事究竟是意外，还是另有隐情。

上官澈这才笑道:"诸位不必担忧。乐正山要下毒一事,我与舍妹、玉姑娘潜伏在丐帮中时就已悉知。为不打草惊蛇,并未阻止乐正山,但已由玉姑娘配制了杀死虫卵的药粉同时撒入各位的酒水之中,所以蛊虫才会失效。"

"原来如此。上官盟主这一招高明。"琴宗沈宗主激赏地点点头。

"沈宗主过奖了。"上官澈谦虚了句,才又道,"其实原本要下在众位酒水中的并非是蛊虫,而是可以直接致命的毒药。只是乐正山存有私心,不希望中岚国武林的势力削弱太过,当了盟主也没有什么地位可言,这才调包了毒药。包括这段时间以来,乐正山的所有举动,也都离不开幕后那个人的指使。"

"还有人?是谁?"狼牙帮帮主转过身问,怒气冲冲的样子,大概是打算也往那个人头上先招呼一棒再说。

就像是回答他一般,他身后的乐正山突然出声:"太子!太子您不能丢下我,我留在这里必死无疑啊!"

"那是何人?"

闻言望去的众人无不诧异于眼前看到的一幕,受伤不支的乐正山此时居然不顾自己一帮之主的身份,双臂死死地抱着一名"丐帮弟子"的大腿,还口口声声喊着对方"太子"。而被抱住的"丐帮弟子",正是从始至终都站在主座后阴影之下的那一位。

"那个人就是北翔国太子欧阳晟。"玉怜心侧首对上官清道。她没有刻意压低声音,故而凭借场上这些人的耳力,是都听到了。

上官清盯着他打量了片刻,撇撇嘴:"一看就是坏人相。"潜伏在丐帮的这段时间,上官澈与玉怜心都曾与那北翔国太子有过照面,唯独上官清没有亲眼见过他。

"废物!自作主张调包了毒药,还想让本太子救你?"欧阳晟本见事已败露,准备悄悄离去的,却不料被乐正山缠住,怒骂着想要踹开他,"松手。"

乐正山却是死活不放手:"太子!太子您看在我为您做了那么多事的分儿上,带我……啊!"谁知,他的话还没说完,一把匕首就从背部贯穿了他的心脏!

"你……"乐正山怔怔的,一点儿一点儿艰难地抬起头,看向欧阳晟,"欧阳晟,我死也不会放……唔!"

可欧阳晟并没有让他继续说下去,而是狠狠地将匕首拔出来,同时用力一脚将其踹开!

看到滚开的乐正山两眼圆瞪,死不瞑目。上官清不由得倒吸了一口冷气,没想到乐正山最终竟会死在欧阳晟的手里。这欧阳晟连自己人都毫不留情,当真心思阴沉得可怕！

乐正山是要杀，可也轮不到北翔国人来杀。

"喂，我中岚国武林岂是你想来就来、想走就走、想杀人就杀人的地方。"狼牙帮帮主见状，挥棒就要招呼向欧阳晟。

"蝠卫还不现身！"欧阳晟侧身躲过，向空中喝道。

树上应声便有两个人如夜行的蝙蝠一样飞下，带刃的"羽翼"打开狼牙棒，左右将欧阳晟一夹，腾空而起，消失在远处的夜色中。

"那两个……是人？"上官清揉揉自己的眼睛。

"是蝠卫，北翔国皇室的暗卫组织。这些人善于掩藏气息，耳力过人，身着特殊的翼装，形如蝙蝠，可悄无声息地在空中'飞行'。"上官澈不去做情报工作真是可惜，连别国皇室的暗卫长什么样都知道。

随风盯着欧阳晟离开的方向，请示道："盟主，要不要属下带人去截？"

"不必了。"上官澈摆摆手，"江湖事，江湖毕。欧阳晟的身份毕竟特殊，若做不到密不透风，不如不做，以免挑起国事纷扰。"看来他对欧阳晟是起过杀心的，只是碍于其身边的暗卫数量不明，很难做得干净，才打消了这个念头，没有轻举妄动。

"乐正山已死，你们还要拿着刀枪棍棒，与整个武林为敌吗？"玉怜心此时出声已是忍耐良久，她最恨被人用兵器指着威胁。

那些丐帮弟子也是如梦初醒，这才意识到帮主已死的惊变，手中武器"噼里啪啦"一阵落地。

"盟主，我们……"他们已不知该如何自处。

"你们也是听命于人，无须多言。"上官澈毫不介怀地摇摇头，看向旁边已死的乐正山，"你们把人好生安葬了吧。至于丐帮的帮主由谁接任，容后再议。"

"多谢盟主宽宏！多谢盟主……"

一众弟子如获大赦，连忙七手八脚地将乐正山的尸首抬走。

"郝英俊。"大局已定，原本围住自己的丐帮弟子也撤开了，上官清第一件事就是小跑到他身前，脆声道，"你还活着，我也还活着！"

郝英俊闻言轻笑，屈指轻叩她的脑门："傻气。"

"你肯定以为我死了，是不是特别伤心？"上官清捂住额头，眉眼弯弯。

本是一句调侃的玩笑，郝英俊却忽然脸色一沉，猛地将她拽入怀中拥紧，咬牙切齿地说："你犯什么傻？武功那么差还想逞强！我摔下悬崖尚有办法自保，可你……"

"你……你快放开啦！这里这么多人呢！"上官清被他的铁臂箍得生疼，可甜蜜却远远多过疼痛。

郝英俊在她耳边警告，可那警告声却莫名发颤："下次你要再敢自作主张……就是追到鬼门关前，我也定饶不了你！"

"不会有下次了，不会了……"上官清又怎会不知他心有余悸，抬手抚上他的后背，柔声道，"我保证。"

"这还差不多。"

两个人正旁若无人时，却偏偏有那没有眼力见儿的人出来，强行咳嗽，提醒他们大庭广众之下你侬我侬，要考虑到对单身人士产生的负面心理影响。

"哥！"于是上官清不情不愿地从郝英俊的怀里退出来，瞪了眼还在咳嗽的上官澈，"你别是得肺痨了吧？"

上官澈一本正经地胡说八道："咳，嗯，只是一时真气走岔，现在好了，多谢妹妹关心。"

"唉，没打着真是浑身不舒坦！"狼牙帮帮主此时也走了过来，站定在上官澈面前几步处，问，"盟主，那《大悲神功》会不会也是被北翔国太子偷走的？难道就这样算了？"

"《大悲神功》没有失窃啊，只是被我带走修炼了而已。这确实是我的疏忽，忘了与舍妹交代此事，才让大家误以为秘籍被盗。"这话说出来，上官澈是真不怕被在场的掌门们一人一掌给打死。

众人果然都是一副哭笑不得的神情："这……"

"既然《大悲神功》没有落入奸人之手，为害武林，我等也就放心了。"还是琴宗的沈宗主最先接受了这个盟主有点儿不正经的现实，淡定地起身辞行，"此次临时赶来丐帮，派内还有不少事务不曾打理，沈某就带徒儿先行一步了。"

"索大哥。"上官清忙喊住转身要随沈宗主离开的索归鸿。

索归鸿却并没有回头，只是道："上官，你平安无事就好，以后的日子多保重。"

"嗯，你也多保重……"上官清知道，这回索归鸿能站出来公开与乐正山、欧阳晟作对，说明老哥的计划必然成功了，索家上下应该都已安全撤出北翔国。

"那我武当也告辞了。"

"在下也先行告退。"

第十一章 绝处逢生玩潜伏

……

各派掌门都带着随行弟子一一向上官澈等人辞行，离开了此次武林大会的会场。只剩下河洛宫的两三个弟子，守着瘫坐在地的河然，不知所措。

郝英俊与上官清对视一眼，随即牵着她的手，走到河然的跟前，低头俯视她。

河然显得颇为狼狈，只抬眼片刻，就又垂下，睫毛颤动着，出卖着她的不安。

"你想要怎么处置她？"上官澈也走了过来，轻轻拍拍自家妹子的肩膀。河然确实并未参与到乐正山的全部阴谋中，甚至都不知道原来自己手中的那本秘籍就是乐正山假造的，透露给她上官清的行踪也是其设计的一部分。因此，上官澈并不打算用武林公义来处置她。充其量，河然就是被人当枪使了，差点儿把上官清给害得丢了性命。那么要杀要剐，自然是听上官清的。

"这个……"上官清有些苦恼地歪了歪脑袋，琢磨了一阵子，还是把求助的目光投向了身边的郝英俊。

"她差点儿害死你，依我的性子，不会轻饶。"郝英俊只是挑眉道。

上官清挠挠头："那怎么个不轻饶法？"

"自然是给她个了断。"郝英俊说话的同时，上前一大步，直接抽出了河然身后弟子腰间的佩剑，直指她的咽喉！

河然一骇，忙手脚并用地挪到上官澈跟前，哭得是梨花带雨，不断求饶："盟主！盟主我罪不至死啊！上官姑娘如今也平安无事，就饶过我这一次吧！"

不过很可惜，上官澈一看就不是个会怜香惜玉的人，更何况这两个人还差着辈分呢。

"你还是求我的妹妹吧。"他眉眼不动地提醒。

"上官姑娘！"河然又转而拉扯上官清的衣摆，"上官姑娘，我知道我对不起你。我也是不希望河洛宫因为有一个女掌门而被人看轻，才想修炼神功，想在江湖上更有发言权。你应该明白这种感受吧？我真的就这一次被冲昏了头脑。就看在同是女子的分儿上，原谅我这一回啊……"

"我……"见她那苦苦哀求的模样，上官清还是忍不住起了恻隐之心。

一直旁观的玉怜心一看好友的神情，便知其要松口了，索性也移步过来，沉声道："不如我来替清儿做主吧。河然可以不杀，但要废去一些修为，只保留防身之用。河洛宫的掌门也不能再担当，你也不能再待在河洛宫。"

"好，好，就这样吧！"终于不用再为难，上官清立刻附和。

"不!"谁知河然听了非但没有被饶过一命的狂喜,反而变得更惊恐万状。

但玉怜心却没有给她说下去的机会,电光石火之间,手中三枚银针飞出,刺入穴道,便散去了其大半功力!

"啊。"散功自是痛苦之事,河然惨叫一声,两眼一翻,晕了过去。

这惨叫声让上官清缩了缩头,郝英俊抬臂揽过她,稍稍用力:"她这是罪有应得。"

"我明白。"她点点头,低声应着。

但在场的其余人都知道,上官清并没有完全明白玉怜心此举的用意。废其修为,固然是为了防止河然死性不改,又去害人。若河然真如她自己所言,只是犯了这么一次糊涂,那从此后平平淡淡终其一生,未尝不可。要是她素来作恶,结仇甚多,一旦失去河洛宫掌门之位的依傍,失去高人一筹的武艺,那么在不远处等待她的,依旧是一条死路。所谓苍蝇不叮无缝的蛋,乐正山之所以会选择河然,交付这卷特殊的假秘籍,并且教唆她助他成事,而非旁人,就已经说明河然平日的人品如何了。再加上方才河然听说要废去大半修为时的惊骇,想必她那双手过去没少沾血。

只不过这些,谁都不愿点破。他们不约而同地希望,上官清永远是那个无邪的上官清……

短暂的沉默之后,上官澈投给玉怜心一个感谢的眼神,就对河洛宫的几名弟子交代道:"你们先在丐帮留几日,待我善后完毕,与丐帮各位长老商量推选出新帮主后,再和你们一道回河洛宫,主持派中事宜。"

"全凭盟主做主!"小辈弟子哪有什么主见,稍一迟疑就抱拳领命了。

"接下来的事,有你哥我就够了。"上官澈冲他们一颔首,转而看向自家妹妹,笑得很是慷慨,"你想去做什么,就去吧!"

这正合上官清之意。只见她眼珠一转,随即笑眯眯地扭头,问郝英俊:"你伤好了吗?还能重操旧业吗?"

郝英俊一愣,随即朗声大笑着圈住她的腰身,目光深邃:"试试看不就知道了。"

"呀!"话音还未落,上官清便感到身子一轻,地面上的几个人刹那间变得渺小,苍穹中的银盘却是那样触手可及。

"今夜月色不错。"月色朦胧中,银辉萦绕周身,她听到郝英俊的嗓音低沉,仿佛蛊惑人心的咒语。

最终夜色深处,只剩下她的呢喃:"嗯……人也不错。"

"天地玄黄，宇宙洪荒。日月盈昃，辰宿列张。寒来暑往，秋收冬藏。闰余成岁，律吕调阳。云腾致雨，露结为霜……"

雍城东边的学堂中，夫子与学生一起摇头晃脑，书声琅琅。却有两个人正优哉游哉地仰躺在学堂的屋顶上晒太阳。

"你之后……有什么打算？"上官清半眯着杏眼，望着湛蓝的天空中的白云道，迟疑再三，才将憋在心中好几日的话问出口。

郝英俊脑袋枕着双臂，理所当然地答着："以前怎么过，以后还怎么过呗。"

"这样啊。"她有些失落地应着。原来她并不能对他的人生产生任何影响吗？

上次乐正山的一场"鸿门宴"后，武林各派再度归心。上官清也终于可以卸下代理盟主的担子，又做回上官府中那个游手好闲的大小姐，江湖中那个一无所长的"盟主妹妹"。谁都没有刻意提起，但郝英俊还是自然而然地跟着上官清来到了雍城，以贵客的身份住进了上官府中，一住就是一个月有余。

其间，上官清收到过索归鸿的飞鸽传书，说已把家人接到了琴宗附近居住。从前为了逃避现实总在外游历，如今只想在父母与师尊的身旁侍奉。总而言之，一切安好，让她无须牵挂。

可是既已入江湖走了一遭，这陡然无牵无挂，什么事都不用操心了，上官清反而觉得少了点儿什么……

"对了，你当初为什么会和夫子打赌，说我三天就能背下《千字文》？"也许是看上官清沉默下来出神，郝英俊又挑起话头。

上官清一愣，随即笑道："就是随口说的啊！"

"唉，亏我一直以为，你是当初就看好我，对我的聪明才智有信心，才打了那个赌的。"郝英俊挫败地重重一叹。

"少来！"上官清嗔笑着转身，踹了他一脚。

"那你之后有什么打算？"谁知郝英俊却话锋一转，把同样的问题丢给了她。

上官清呆住，启唇，却无声。有什么打算吗？她的生活其实一直都缺乏个方向，《大悲神功》失窃后，她不得不将寻回秘籍作为努力的方向。可现在所有的纷扰都结束了，一切重回正轨，她却又不知道自己的轨道在哪里。

"上次在沙漠里遇到了马贼，没去成火翰国。"她憋了半晌，搜肠刮肚，总算找到件想做的事，"或许……或许我还会去西域游玩一番吧。"其实比起游览风景，上官清想的是，那里，至少有属于他们的美好回忆。

尾声 江湖险恶须防偷

想到这儿，她又状似无意地一问："你经常来往于西域和中原之间，估计都去腻了吧？"

"是有些腻了。"郝英俊仿佛认真地思考了片刻，点点头。

本打算先试探试探他的态度，再决定要不要厚着脸皮邀他同行。可听了他的答案，上官清小嘴一瘪，顿时没了念想。

"来来回回就那么几句，不听了！我要回去了！"上官清没了心情，原来声声入耳的读书声变得刺耳起来。说着，她就撑起身，自力更生地直接从学堂屋顶跃下，稳稳地落在篱笆墙外。

这些日子，上官澈也是花了些心思引导她。不管怎么说，都不能浪费了郝英俊传给她的内功，至少轻功练扎实了也好逃命。

"不错啊！有进步！"郝英俊紧随其后，也落在她身旁。

但上官清却不理睬他的夸奖，兀自转头走了。

她心中只有一个想法：不要等他丢下她，继续去做那逍遥快活的神偷。她要先离开上官府，离开雍城，这样就不用面对他的背影⋯⋯

江湖儿女出趟远门并不麻烦，对于上官清来说，还和上回离家一样，一个包袱与一条长鞭。唯一不同的是，上次她是被一众掌门丢出府门的，这回她是自个儿偷偷翻后院墙头溜走的。

也不知道是出于什么心理，她没有把自己要去西域的事情告诉上官澈。大概是觉得如果老哥知道了，自己就走不成了吧？或者至少，得被迫带着讨人厌的随风一起上路。

上官清低低一声叹息，甩甩头，用食指挤了挤嘴角，让自己微笑，给这次孤独的旅行打气。

可她才离开上官府，没走出多远，便见一人一马，拦住了去路。

"郝英俊？"她抬眸，不明就里地指着他的马，"你这是⋯⋯"

郝英俊目如星辰，令人移不开眼："去西域啊。咱们顺路？"

"去西域？你不是去腻了吗？"上官清讷讷地问。

郝英俊无奈一笑，也见识到她的迟钝了，俯身向她伸出手，直接邀请道："一个人去腻了，想试试两个人一起去的感觉。你呢？"

"我⋯⋯"上官清这下总算是回过味来了，怔怔地盯了他好一会儿，才展颜一笑，将自己的手交付于他的掌心，"那我就勉为其难陪你去试试吧！"

郝英俊握紧她的手,用力一带,将她带上了马,提到了自己的身前:"你出门怎么都不备马的?想走去西域啊?"

"我备了钱,路上不会买啊?"上官清一拍腰间荷包,却发现空了!

她急急地拽住他的胳膊:"郝英俊!我的钱袋被人偷了!"

"不就在这儿吗?"像变戏法一样,某个人拳头一张,荷包就掉回了上官清的怀中。

她居然忘了身边这个人就是惯偷,恨恨道:"你……你偷我的钱做什么?"

"是想教你出门在外,凡事都要提高警惕。"郝英俊是一脸的恨铁不成钢。

"反正我现在是和你一道走,你警惕着就行了!"上官清无所谓地说着,却突然想起一事,"啊,对了!我还没和我哥说要去西域的事,不然我们先回去一趟……"有郝英俊陪着,她完全可以光明正大地敲老哥一笔旅行费再走啊!

"不必了。"郝英俊握住她扯紧缰绳的手,"我已留书一封,告知过他了。"

上官清讶异:"留书?你怎么说的?"

"我说,"郝英俊勾唇,凑近她耳语,"神功无趣,只有'借'令妹同游,望兄长见谅。怪癖神偷留。"

月朗星稀,双人一骑。

引贼入室,莫过于此。

　　　　　　　　　　　　　　　　　　——本季完——